Spark

© privat

Vivien Summer wurde 1994 in einer Kleinstadt im Süden Niedersachsens geboren. Lange wollte sie mit Büchern nichts am Hut haben, doch schließlich entdeckte auch sie ihre Liebe dafür und verfasste während eines Freiwilligen Sozialen Jahres ihre erste Trilogie. Für die Ausbildung zog sie schließlich nach Hannover, nahm ihre vielen Ideen aber mit und arbeitet nun jede freie Minute daran, ihr Kopfkino zu Papier zu bringen.

VIVIEN SUMMER

SPARK
light my sky

Von Vivien Summer außerdem als E-Book bei Impress erschienen:
Elite-Reihe
Dicionum-Reihe
SoulSystems-Reihe

Ein *Impress*-Titel im Carlsen Verlag
April 2018
Copyright © 2017, 2018 Carlsen Verlag GmbH, Hamburg
Text © Vivien Summer 2017
Umschlagbild: shutterstock.com © Gabriel Georgescu /
Luminescence / tomertu
Umschlaggestaltung: formlabor
Corporate Design Taschenbuch: bell étage
Gesetzt von Dörlemann Satz, Lemförde
ISBN 978-3-551-31721-6

www.impress-books.de
CARLSEN-Newsletter: Tolle Lesetipps kostenlos per E-Mail!
Unsere Bücher gibt es überall im Buchhandel und auf carlsen.de.

Du kannst nicht aufwachen.
Das hier ist kein Traum.
Oder dachtest du, dass sich jeder an die Regeln hält?
Hat dir niemand gesagt, dass wir diejenigen sind,
die die Monster hereinlassen?

Prolog

Jahr 2636

Maxwell Longfellow stand am Fenster seines privaten Arbeitszimmers und betrachtete die wütende Menge, die sich hinter dem Tor seines Anwesens versammelt hatte, mit einem müden Lächeln. Eines, das fast schon ein bisschen siegessicher war, denn er wusste, dass sie ihm nichts konnten.

Hätte er das Fenster geöffnet, hätte er ihre singenden Chöre gehört, die die Abschaffung der Gentherapien forderten. Aber heute hätte nicht mal das sein Hochgefühl zerstören können. So beobachtete er nur, wie die Menschen – viele hatten Kleinkinder auf dem Arm – mit erhobenen Fäusten die Lippen bewegten und versuchten sich an seinen Wachmännern vorbeizudrängen und das Anwesen zu stürmen.

Ein leises Lachen entwich ihm, ehe er die Vorhänge zufallen ließ und sich wieder seinem Computer zuwandte, auf dem er immer noch die Mail des leitenden Arztes geöffnet hatte. Schon seit Jahren arbeiteten sie an einer Verbesserung des Serums, das in wenigen Wochen seinen fünfzehnten Jahrestag feiern würde, und nun endlich – nach acht Jahren harter, intensiver Arbeit – hatten sie es geschafft.

Longfellow konnte es immer noch nicht fassen. Er, der Präsident New Americas, würde die Gentherapien auf ein ganz neues Level bringen und die Soldaten und ihre Fähigkeiten perfektionieren, so dass es nur noch ein oder zwei Jahrzehnte dauern würde, bis er seinen Plan in die Tat umsetzen könnte.

Dann würde er New America zur einzigen Weltmacht küren, die die Menschen brauchen und kennen würden.

Ein Klopfen riss ihn aus seinen Gedanken.

»Herein«, sagte er automatisch, blickte aber nach wie vor auf seinen Bildschirm, als befürchtete er, die frohe Botschaft könne sich in Luft auflösen.

Die Tür öffnete sich – normalerweise hätten es nur seine Frau oder seine Tochter sein können, aber er war überrascht, als Julienne McCann hereintrat, gefolgt von einem kleinen, dunkelhaarigen Jungen, den er unter Tausenden ausgemacht hätte.

Sein Goldstück. Sein Erfolg. Sein Soldat, der der Schlüssel zu allem sein würde.

Sofort war die Mail vergessen; stattdessen erhob sich der Präsident von seinem Stuhl, strich sich das Jackett glatt, als hätte er es mit einem ebenbürtigen Gegenüber zu tun, und ging auf seine Gäste zu.

Julienne strahlte ihn an. »Maxwell, wir dachten, es ist an der Zeit, dass du ihn persönlich kennenlernst.«

»Dem kann ich nur zustimmen«, erwiderte er ebenfalls lächelnd und beugte sich leicht zu dem Zehnjährigen hinunter, nachdem er bei ihm angekommen war.

Er erkannte sofort an den Gesichtszügen, dass das Kind sich nicht entscheiden konnte, es die ausgestreckte Hand des Präsidenten trotzig ignorieren oder freudig ergreifen sollte. Bei diesem Gedanken wurde das Lächeln auf seinen Lippen nur noch breiter – es würde noch lernen gute Miene zum bösen Spiel zu machen.

Schließlich ergriff der Kleine die Hand, ließ Longfellow dabei aber keine Sekunde aus den Augen.

»Hallo«, grüßte er.

»Hallo, Kind«, entgegnete er und schämte sich keine Sekunde dafür, dass er seinen Namen nicht kannte. Das war etwas, das ihn nicht interessierte und für ihn auch keine Relevanz hatte.

Für ihn war das Kind nur eine Mischung aus Buchstaben und Zahlen. *X05212626CCH26XX*. Kurz: 26C.

Longfellow ließ seine Hand wieder los und richtete sie stattdessen einladend auf die kleine Sitzgruppe bei den geschlossenen Fenstern. »Willst du dich setzen?«

»Ja.« Ohne zu zögern, ging der Junge auf die schwarze Ledercouch zu und ließ sich darauf fallen. »Du bist der Präsident«, sagte er bestimmt.

»Richtig. Und du, mein Freund, darfst mich Maxwell nennen«, bot er ihm an und setzte sich ihm gegenüber in einen Sessel; Julienne nahm neben dem Jungen Platz.

Der Kleine wirkte skeptisch. »Wir sind keine Freunde.«

»Dann wird es höchste Zeit, dass wir es werden«, schlug er dem Kind vor.

»Vielleicht«, erwiderte der Junge wenig begeistert, hielt mit ihm jedoch weiterhin direkten Blickkontakt.

Das überraschte Longfellow. Er hatte immer geglaubt, Kinder wären unkonzentriert und einfach zu beeinflussen.

Dann erinnerte er sich an die Untersuchungsergebnisse. In ihnen hatte er ja gelesen, dass 26C kein normales Kind war.

Nun – wie es aussah, stimmte das.

»Was soll ich hier?«, fragte der Junge geradewegs heraus und ließ sich dann mit dem Rücken gegen die Sofalehne fallen.

Julienne rutschte etwas unbehaglich zurück, als müsste sie ihn unter ständiger Beobachtung halten. Als hätte sie Angst vor ihm.

»So ein junger Mann wie du will doch bestimmt Soldat werden, oder?«, fragte der Präsident stattdessen und beobachtete, wie etwas in den Augen des Kindes aufblitzte.

»Klar!«, erwiderte es wie selbstverständlich. »Aber die da draußen nicht.«

Longfellow nickte. »Das stimmt. Leider gibt es Menschen, die keine Soldaten werden wollen.«

»Verstehe ich nicht«, antwortete es prompt.

»Ich auch nicht.« Longfellow seufzte demonstrativ. »Aber

wenn es mehr Kinder wie dich gäbe, könnte sich das vielleicht ändern.«

»Vielleicht«, sagte der Junge mit dem sachlichen Ton eines Erwachsenen.

Gespielt nachdenklich lehnte sich der Präsident im Sessel zurück und überschlug die Beine. Ihm war bewusst, dass das lange Schweigen den Jungen nervös machte und ungeduldig werden ließ, aber das gefiel ihm.

Er wollte zu gern mit eigenen Augen sehen, dass seine Experimente Erfolg zeigten.

Nach einem Räuspern sagte er: »Ich glaube, da könnte ich deine Hilfe gebrauchen. Würdest du mir helfen?«

»Und was springt für mich dabei raus?« Das Kind rührte keine Miene – und Longfellow konnte sich das Grinsen nur mit Mühe verkneifen.

»Was möchtest du denn?«

»Eine Waffe halten.«

»Du meinst, eine Pistole?«

Das Kind nickte.

»Nun, ich wüsste nichts, was dagegenspricht«, stimmte Longfellow zu, woraufhin Julienne einen Moment lang blinzelte, als hätte dieser Vorschlag sie irritiert.

Natürlich vergaß Longfellow nicht, dass sein zukünftiger Soldat noch ein Kind war. Aber eigentlich konnte man nicht früh genug damit anfangen, die Menschen für das Thema Krieg und Verteidigung des eigenen Landes zu sensibilisieren.

»Aber nicht heute«, lenkte er schnell ab und bemühte sich um einen mitleidigen Blick. »Erst wenn du deine Aufgabe erfüllt und mir geholfen hast.«

»Als Belohnung?«, wollte der Junge wissen.

»Sozusagen.«

»Okay. Was muss ich tun?«

Eine selige Zufriedenheit breitete sich in seiner Magengegend aus – er konnte sein Glück immer noch nicht fassen.

»Man sagte mir, dass du dich in der Schule sehr anstrengst und hervorragende Leistungen erzielst. Wollen andere Kinder so sein wie du?«, gab er sich neugierig.

»Ein paar schon. Aber ich bin besser«, antwortete der Junge.

»Und so soll es auch bleiben«, stimmte er ihm zu. »Wenn wir nur noch mehr Kinder hätten, die auch Soldaten werden wollen, wären die Menschen vielleicht nicht mehr so böse ... du müsstest nur ein bisschen Werbung machen.«

»Werbung?« Das Kind hob fragend eine Augenbraue.

»Ganz genau. Du sagst deinen Mitschülern nur, was du daran toll findest, ein Soldat zu sein, und wieso du einer werden möchtest.«

26C legte den Kopf schief. »Und wenn ich das mache, darf ich eine Waffe anfassen?«

»Darauf hast du mein Wort«, antwortete Longfellow dem Kind aus seinem schmallippigen Mund.

Als der Präsident erkannte, wie sich die Mundwinkel des Jungen hoben, spürte er, dass seine es ihm nachtaten. Er hatte ihn und erzielte damit einen höheren Gewinn, als er erwartet hatte. Der Junge war im wahrsten Sinne des Wortes die Lösung all seiner Probleme.

Auf der einen Seite würde er das Serum perfektionieren, auf der anderen die lästigen Demonstranten nach und nach ausradieren – angefangen in seinem Heimatort.

Nachdem Julienne das Kind wieder mitgenommen hatte, erfüllte ihn ein seltsames Glücksgefühl. Er war so beflügelt von dem positiven Ergebnis seiner jahrelangen Arbeit, dass er sich mehr als sicher war: Seine Zeit war genau jetzt gekommen.

Bestimmt würden sich auch die anderen Forschungsteams bald melden und ihren Erfolg verkünden – dann würde 26C Gesellschaft bekommen.

* * *

Der Präsident wartete Tag für Tag und Nacht für Nacht. Während alle anderen Experimente nacheinander scheiterten, sah er mit Stolz dabei zu, wie der Junge älter wurde und sich die Symptome immer stärker ausprägten.

X05212626CCH26XX sollte auch acht Jahre später das einzige erfolgreiche Projekt bleiben.

1

Mein Herz raste.

Das tat es schon, seitdem ich heute Morgen aufgestanden war und mich mit dem Gedanken hatte anfreunden müssen, dass heute ein Tag war, den ich nicht einfach überspringen konnte, obwohl ich es gern gewollt hätte. Und so ging es mir jedes Mal, wenn ich einen Untersuchungstermin hatte, der mein Leben komplett auf den Kopf stellen konnte: Würde ich noch mal mit einem blauen Auge davonkommen oder würde ich meine Freiheit verlieren?

Auf diese Frage eine Antwort zu bekommen machte mir immer wieder Angst, obwohl ich ab heute ein halbes Jahr Zeit haben würde, mich seelisch auf den nächsten Termin vorzubereiten – was nie funktionierte.

Es war nicht das erste Mal, dass ich wie ein Wrack im Wartezimmer saß und weder still sitzen noch meinen Puls beruhigen konnte, indem ich mich abzulenken versuchte.

Da war einerseits das Aquarium in der Ecke, das nie lange dieselben Bewohner hatte, und andererseits waren da die Patienten, die ebenso wie ich auf ein Ergebnis warteten.

Die meisten hofften auf ein positives, ich nicht. Ich wollte es einfach nur hinter mich bringen.

Wenn mir wenigstens die Zeit keinen Strich durch die Rechnung gemacht hätte! Es war schon schlimm genug, dass meine Ärztin ständig auf sich warten ließ, aber die Uhr über mir machte mich schier wahnsinnig. Ich hatte das Gefühl, dass sie mich für meinen Wunsch auslachte, ich könnte diesen Tag einfach vorspulen oder wenigstens die Zeit anhalten.

Nervös spielte ich mit dem Ring an meinem Finger und ließ meinen Blick durch den Raum schweifen, der dank der leise brummenden Klimaanlage die Hitze von draußen aussperrte und meine rasenden Gedanken ein bisschen abkühlte.

Meine Augen blieben an dem Muskelprotz hängen, ein paar Stühle von meinem entfernt, der sich seit seiner Ankunft kaum bewegt hatte. Neben ihm saß ein schlankes Mädchen mit dunkelbraunen Strähnen in den blonden Haaren; sie feilte sich gelangweilt die pink lackierten Fingernägel und kaute noch gelangweilter ihr Kaugummi.

Der Mann war einer ihrer Bodyguards; jeder Rekrut der High Society bekam mindestens einen zugeteilt. Sie hatten die Aufgabe, ihre Schützlinge in einem viel zu großen, fast schon protzigen Wagen herumzukutschieren und zu beschützen. Vor allem, wenn sie zum Ziel einer Demonstration geworden waren, obwohl die Anzahl solcher in den letzten Jahren rapide abgenommen hatte.

Für mich waren die Bodyguards Normalität, immerhin war ich mit ihnen aufgewachsen. Auch wenn viele von ihnen eine gewisse grimmige Ausstrahlung besaßen, hatte ich mich nie vor ihnen gefürchtet.

»Miss Lawrence?« Die dünne Stimme eines Mädchens, das im Türrahmen aufgetaucht war, riss mich aus meinen Gedanken und mir das Herz zeitgleich nahezu in den Tod.

Sie trug einen weißen Kittel, in dem sie nicht viel größer zu sein schien als ich; ihre Füße steckten in rosa-blau gestreiften Gummischuhen, die mich an die Gartenschuhe meiner Mom erinnerten.

Weil sie mich mit großen, erwartungsvollen Augen ansah, zwang ich mich zum Aufstehen und folgte ihr auf wackeligen Beinen in eines der Untersuchungszimmer.

Trotz meiner halbjährlichen Termine spürte ich jedes Mal dasselbe ungute Gefühl im Bauch, wenn ich mich auf die Behandlungsliege setzte, meine Turnschuhe abstreifte und mich hinlegte.

»Dr. Martin kommt gleich zu Ihnen. Bitte versuchen Sie sich ein bisschen zu entspannen«, sagte das Mädchen freundlich und lächelte mir zu. Ehe ich antworten konnte, hatte sie den Raum schon wieder verlassen.

Als die Tür sanft ins Schloss fiel, atmete ich erleichtert aus. Mir blieben noch ein paar Minuten; wertvolle Minuten, in denen ich die Augen zumachte und mich zwang an etwas anderes als die Untersuchung zu denken. Was nicht so leicht war. Der Geruch nach Desinfektionsmittel hatte längst den ganzen Raum verpestet.

Nur zu gern hätte ich die Hände jetzt in die Strickjacke gekrallt, die ich üblicherweise mit dabeihatte, aber die Hitze draußen war heute kaum zu ertragen. Es war absolut unmöglich, selbst mit einer leichten Jacke die Straße zu betreten, ohne so angestarrt zu werden, als hätte man sich in der Jahreszeit geirrt. Also konnte ich nur noch hoffen, dass es in etwa die gleiche Wirkung haben würde, wenn ich die Hände einfach ineinanderklammerte.

Schneller, als ich gehofft hatte, waren meine Minuten gezählt – die Tür öffnete sich und eine blonde, schlanke Frau betrat das Untersuchungszimmer.

»Guten Morgen, Malia«, begrüßte mich die Ärztin, während sie die Tür geschickt mit dem Fuß schloss.

Dr. Martin hatte die Angewohnheit, jeden ihrer Patienten mit einem strahlenden Lächeln zu entwaffnen. Deshalb glaubte ich, für einen kurzen Augenblick würde meine Anspannung einfach von mir abfallen.

»Wie geht es dir heute?«, fragte sie.

Die innere Ruhe hielt aber nur ein paar Herzschläge lang an, bis die Nervosität wieder vollkommen Besitz von mir ergriffen hatte.

»Super«, erwiderte ich tapfer, auch wenn die Lüge in diesem einzigen Wort nicht zu überhören war.

»Du siehst aus, als hättest du Schmerzen«, sagte sie geradewegs heraus und zeigte sich unbeeindruckt. Sie kam einen Schritt auf mich zu. Ihr weißer Kittel, in dessen Taschen sie die Hände vergraben hatte, reichte ihr fast bis zu den Knien. »Wenn es dir nicht gut geht, können wir den Termin gerne verschieben.«

Eine Zustimmung lag mir schon auf der Zunge, aber meine Lippen weigerten sich zu sprechen. Was gut war – selbst nach einem Aufschub von einer Woche hätte ich wieder wie ein Häufchen Elend hier gelegen und darum gebettelt, dass das Testergebnis negativ ausfallen würde. Also musste ich es einfach durchziehen. Je schneller und schmerzloser, desto eher hätte ich wieder meine Ruhe.

»Nein, mir geht's gut«, antwortete ich leise. »Nur die übliche Nervosität.«

Dr. Martin schmunzelte, wobei ihr eine blonde Locke ins Gesicht fiel. Während sie zu einem der Schränke ging, strich sie das widerspenstige Haar hinters Ohr und richtete ihren lockeren Dutt. In der Schranktür befand sich etwa auf Augenhöhe ein Computerbildschirm, den sie mit einem scheinbar zufälligen Fingertipp startete. Ich beobachtete sie dabei, wie sie meine Akte öffnete und sich ihre schwarze Brille zurechtschob.

»Ich werde dir heute etwas mehr Blut abnehmen müssen, aber davon solltest du hinterher nichts spüren. Letzte Woche haben wir ganz hervorragende Medikamente gegen Schwindel bekommen«, informierte sie mich immer noch lächelnd und studierte mit gewissenhaftem Blick das, was auf dem Bildschirm zu lesen war.

Ich nickte bloß, obwohl sie es vermutlich nicht mal mitbekam, und schluckte. Meine Kehle war plötzlich staubtrocken, weshalb ich einen Hustenreiz unterdrücken musste.

Während ich ihr dabei zuhörte, wie sie sich ihre Utensilien aus dem Schrank sowie ein Paar Einweghandschuhe nahm, starrte ich an die weiße Decke. Kurz darauf rollte sie mit ihrem Hocker zu mir herüber und legte alles auf einen kleinen Tisch neben der Behandlungsliege ab.

»Ich bin mir sicher, dass es eine Erleichterung für dich sein wird, wenn du Gewissheit hast.« Im Augenwinkel sah ich sie immer noch aufmunternd lächeln.

Sie hatte gut reden. Sie war schließlich nicht diejenige, die keine Ahnung hatte, ob sie nach der heutigen Untersuchung immer noch dieselbe sein würde.

Immerhin hatte sie das Glück gehabt, von einem positiven Testergebnis verschont geblieben zu sein, denn die serumsbedingten Mutationen konnten nur im Alter von fünfzehn bis zwanzig Jahren ausbrechen.

Anders als Dr. Martin hatte ich, selbst wenn das heutige Testergebnis negativ ausfallen würde, noch drei Jahre vor mir, in denen sich das jederzeit ändern konnte.

Nachdem sie meinen Arm für die Behandlung in eine günstige Position gerückt hatte, nahm sie das Desinfektionsspray und benetzte damit eine willkürliche Stelle meiner Armbeuge. Mittlerweile grenzte es an Körperverletzung – so oft, wie bereits in meine Arme hineingestochen worden war.

Aus Gewohnheit schloss ich die Augen.

»Das wird jetzt kurz wehtun und auch eine Weile dauern«, warnte sie mich vor. »Währenddessen würde ich gern den Schnelltest machen.«

»Okay.«

Ich versuchte mich an einem kleinen Lächeln, biss mir aber auf die Lippe, als sie mir ein Stauband um den rechten Oberarm legte und es festzog.

Früher hatte ich einmal dabei zugesehen, wie sie mir eine Braunüle unter die Haut geschoben hatte – und das war auch das letzte Mal gewesen. Kaum hatte ich mein Blut in einem durchsichtigen Schlauch gesehen, hatte ich damit kämpfen müssen, bei Bewusstsein zu bleiben.

»Hat sich deine Meinung denn inzwischen geändert?«, fragte sie mit mütterlicher Stimme, als würde sie mich damit ablenken wollen. Derweil nahm sie meine andere Hand und stach mit einem kleinen Gerät in die Seite meines Ringfingers.

»Sie meinen, ob ich damit leben könnte, zur Elite, also zur High Society, zu gehören?«

»Ich meine, ob du dich darüber freuen würdest, wenn deine Werte heute positiv sind«, korrigierte sie mich, während sie das Gerät beiseitelegte. Ein Piepton kündigte die Schnellanalyse meines Blutes an.

»Für mich sind sie positiv, wenn sie unverändert negativ sind.«

»Malia«, seufzte sie leise, bemühte sich aber immer noch

um ein Lächeln. »Zur High Society zu gehören ist eine große Ehre.«

Ich blinzelte sie an.

Keine Ahnung, ob es je einen Moment gegeben hatte, in dem ich derselben Meinung gewesen war; aber für mich bedeutete der High Society beizutreten mit Sicherheit nicht, mich geehrt zu fühlen.

Für mich bedeutete es, dass ich eine willenlose, gehorsame Soldatin werden würde – jemand ohne Leben, ohne Rechte, ohne Freiheit, ohne einen Weg zurück. Denn den gab es nicht, oder zumindest keinen, der nicht illegal oder selbstmörderisch wäre.

Es gab keine Möglichkeit, der Regierung zu entkommen.

Fast das ganze Land wusste, dass es einen nicht gerade geringen Bevölkerungsanteil gab, der das genauso sah wie ich. Aber in den letzten Jahren hatte die Regierung es geschafft, die Demonstrationen und Gewaltausartungen im Zaum zu halten. Auch Festnahmen, wenn man sich gegen die Therapie weigerte, gab es kaum noch. Das lag jedoch nicht zuletzt an den wachsenden Drohungen New Asias.

Nichtsdestotrotz existierten zu viele Befürworter, so dass ein Kampf gegen die Gentherapien unmöglich war. Es gab zu viele, die die High Society wie Heilige verehrten, als hätte sie eine neue, bessere Welt erschaffen.

Ich wollte damit nicht sagen, dass das gelogen war, sondern nur, dass sie die Menschen, vor allem die Neugeborenen, zu den Therapien zwang.

Direkt nach der Geburt bekam man die erste Dosis des Serums verabreicht, das einen mithilfe von Mutationen dazu befähigen sollte, eines der vier Elemente zu beherrschen. Damit man ein Soldat sein konnte: eine menschliche Waffe.

Ob jeder Mensch von vornherein zu einem Element bestimmt war, blieb umstritten, in ihrer Entwicklung war jedes der vier aber klassisch. Je mehr man es trainierte, umso mehr Fähigkeiten würden sich zeigen. Obwohl ich mich kaum für die High Society interessierte, wusste ich trotzdem, wozu die wirklich guten Soldaten fähig waren.

Windsoldaten zum Beispiel konnten sich schneller bewegen und Tornados entstehen lassen, Erdsoldaten Erdplatten verschieben, um Erdbeben und Tsunamis auszulösen, Feuersoldaten eine ganze Stadt auf einmal in Brand setzen und Wassersoldaten eben einen solchen wieder löschen. Von diesen sogenannten Elitesoldaten gab es aber nur wenige, was die anderen aber nicht unbedingt weniger gefährlich machte; sie waren nur keine systematischen Massenmörder.

Die Wahrscheinlichkeit, dass die Therapie erfolgreich verlief, lag bei rund fünf Prozent; ich gab die Hoffnung noch nicht auf, dass ich zu den übrigen fünfundneunzig Prozent gehören würde.

Dr. Martin räusperte sich verhalten. »Wenn ich dich etwas fragen dürfte, Malia ... welches der vier Elemente würdest du beherrschen wollen, wenn du es dir aussuchen könntest?«

Da sie das kleine Gerät, auf dem inzwischen bestimmt das Ergebnis des Schnelltests zu sehen war, in der Hand hielt, ahnte ich bereits das Schlimmste.

Dennoch antwortete ich, ohne großartig nachzudenken: »Wasser.«

Es schien mir das harmloseste aller Elemente zu sein, obwohl die Meinungen dazu auseinandergingen. Was nicht bedeutete, dass ich »Hier!« geschrien hätte, wenn jemand bereit wäre mir seine Kräfte zu verschenken.

»Malia, ich kann nur hoffen, dass sich dieser Wunsch erfüllt.« Mit einem Blick auf das kleine Gerät verzog die Ärztin ihre Lippen zu einem freundlichen Lächeln, wobei mir sofort bewusst wurde, dass sie auch das letzte bisschen meiner Hoffnung zunichtemachen würde.

Mir schnürte sich die Kehle zu.

»Mit einer Wahrscheinlichkeit von achtzig Prozent hat eine Genveränderung stattgefunden.«

2

Der Schock über das Testergebnis musste mir ins Gesicht geschrieben stehen, denn Dr. Martins Lächeln bröckelte von Sekunde zu Sekunde ein Stückchen mehr – und genau so sah es auch in meinem Inneren aus. Ihre Worte fühlten sich niederschmetternd an, weshalb ich im ersten Moment nicht reagieren konnte.

An Freudensprünge war überhaupt nicht mehr zu denken, eher war mir zum Heulen zumute.

Wie lange ich die Ärztin wortlos anstarrte, die soeben mein Leben ruiniert hatte, wusste ich nicht; auch nicht, wie ich es schaffte, erfolgreich gegen den Drang anzukämpfen, mir die Nadel aus dem Arm zu reißen.

Vielleicht tat ich Letzteres nicht, weil ich nicht die Nächste im Netzwerk sein wollte, die bei ihrer Untersuchung durchgedreht war.

Behutsam legte Dr. Martin das kleine Gerät zurück auf den Tisch und erwiderte mitfühlend meinen Blick. »Es ist noch nichts bestätigt, hörst du?«, versuchte sie mich – erfolglos – zu beruhigen. »Achtzig Prozent sind für so eine Diagnose immer noch viel zu wenig, um mit Sicherheit sagen zu können, dass deine Gene auf die Therapie reagieren. Wir sollten noch nichts überstürzen, Malia.«

Ich nickte und musste dabei feststellen, dass mein Körper auf keinen anderen Bewegungsbefehl reagierte. So als wäre er eingefroren.

Es war nicht mal eine Minute vergangen, seitdem mir Dr. Martin die hohe Wahrscheinlichkeit einer Genveränderung verkündet hatte, und schon spielten sich in meinem Kopf die schlimmsten Szenarien ab. Zwar wusste ich, wie das Leben der Soldaten aussah, schließlich wurde damit nicht gerade wenig im Netzwerk geprahlt. Das hieß aber nicht, dass ich ein Teil davon werden wollte.

Bereits jetzt nistete sich leise Verzweiflung in meinen Brustkorb ein und drohte mich langsam zu ersticken – und das sollte nicht sein. Jeder andere wäre völlig aus dem Häuschen gewesen, hätte er meine Diagnose erhalten. Er hätte sich stark und unberechenbar gefühlt. Ich war weder das eine noch das andere.

Und wie sollte ich erst meinen Eltern beibringen, dass ich bald eine blutrünstige Killermaschine sein würde?

Nach weiteren schweigsamen Minuten, in denen Dr. Martin abwechselnd etwas in ihre Computerdateien eingab und die Blutabnahme kontrollierte, erlöste sie mich und tauschte die Nadel gegen einen Tupfer aus. Einvernehmlich drückte ich damit auf die Einstichstelle, während sie den Beutel mit den blutgefüllten Röhrchen verschloss. Dann klebte sie mir das vertraute Pflaster auf.

Normalerweise dauerte es immer ein paar Minuten, bis es zu bluten aufhörte, doch jetzt bildete ich mir ein, dass es innerhalb von Sekunden geschah. Kein Wunder, da ich durch die bestätigte – voraussichtliche – Mutation meiner Gene in der Lage war, schneller zu heilen.

Ich Glückliche.

Langsam setzte ich mich auf und lehnte mich mit einem plötzlichen Schwindelgefühl gegen die Wand in meinem Rücken, wobei ich mich aber trotzdem nicht traute die Finger vom Pflaster zu nehmen. Ich wollte es lieber noch eine Weile unter ihnen verstecken.

Als Dr. Martin die Nadel entsorgte und den Beutel in einer weißen Plastikbox verschwinden ließ, hätte ich mich am liebsten auf sie gestürzt. Wenn ich es verhindern könnte, dass sie meine Blutprobe einsandte, würden sie mich zumindest nicht bis zur nächsten Untersuchung registrieren – aber natürlich rührte ich mich keinen Millimeter.

»Wie fühlst du dich?«, fragte sie mich schließlich und drehte sich lächelnd zu mir um.

»Scheiße«, gestand ich offen und kümmerte mich ausnahmsweise mal nicht um meine Wortwahl. Für gewöhnlich dachte ich solche Dinge nur und sprach sie nicht aus – aber gerade interessierten mich meine Manieren herzlich wenig.

»Ich kann dich wirklich verstehen«, meinte sie mit einem besänftigenden Unterton in der Stimme, »aber du solltest versuchen ruhig zu bleiben. Es besteht immer noch die Möglichkeit, dass der Schnelltest fehlerhaft ist.«

Anders als sie vielleicht beabsichtigte, spendeten mir ihre Worte keinen Trost oder schenkten mir die Hoffnung, dass es sich bei dem Ergebnis um einen Irrtum handelte.

»Kann ich jetzt gehen?«, wollte ich ausweichend wissen, damit ich nicht doch noch zu der Heulsuse werden würde, die schon in mir schlummerte.

Dr. Martin lächelte mich an. »Gleich.« Sie erhob sich und ging ein weiteres Mal zu ihrem Schrank. Von dort holte sie eine kleine weiße Schachtel. »Hier, nimm davon eine, wenn dir wieder schwindelig wird. Aber nicht mehr als fünf Stück am Tag und am besten im Abstand von vier Stunden.«

Ich lächelte zurück, nickte und nahm die Tabletten. »Danke.«

»Und hier noch eine für jetzt.« Dr. Martin hielt mir einen kleinen, durchsichtigen, blauen Becher hin, worin sich eine weiße Tablette befand. Ich schluckte sie schnell mit ein bisschen Wasser hinunter.

»Wie lange wird es dauern?«

Dr. Martin lächelte. »Zwei, maximal drei Tage, dann weißt du es mit Sicherheit«, sagte sie und versenkte dabei wieder die Hände in den Taschen ihres Kittels. »Wenn du so weit bist, darfst du auch gehen. Ich sage nur eben vorne Bescheid, dass wir eine Bescheinigung an deine Schule schicken.«

* * *

Ich verließ das Ärztehaus mit einem komischen Gefühl im Bauch, als müsste ich mich gleich übergeben, obwohl sich mein Magen gleichzeitig vollkommen leer anfühlte. Vermutlich die Nebenwirkung der Panik, die sich immerhin langsam verflüchtigte. Unter dem Blick der prallen Mittagssonne hastete ich den Bridgepost Boulevard hinunter, um noch meine Bahn zu erreichen.

Auch wenn alles in mir danach strebte, nach Hause zu rennen und mich in meinem Bett zu verkriechen, musste ich zurück in die Schule und erst mal mit Sara reden. Sie würde es schaffen, meine Nerven zu beruhigen.

Schnaufend bog ich um die Ecke und legte noch einen Zahn zu, da die Bahn schon an der Haltestelle stand und nicht danach aussah, als würde sie auf mich warten.

Vor ein paar Jahrzehnten wäre das kein Problem gewesen, denn dann hätte ich einfach auf den nächsten Bus gewartet, aber diese Art Transportmittel saßen ihre Zeit jetzt nur noch in Museen ab und nicht mehr im öffentlichen Verkehr.

Jeder wusste, dass die Verschmutzung der Umwelt daran schuld war, doch die Regierung redete das Thema schön. Wenn es kaum noch eine schnelle und verlässliche Infrastruktur gab, bewegte man sich immerhin mehr und förderte die Gesundheit.

Da aber eigentlich niemand mit dem Fahrrad fuhr und nicht jede Familie die finanziellen Mittel hatte, um ein Auto zu besitzen, war die Bahn so gut wie immer überfüllt. Inzwischen hatte ich mich allerdings daran gewöhnt, von den ein- und aussteigenden Menschenmassen angerempelt, herumgeschubst und eingequetscht zu werden. Nicht zu vergessen die Lautstärke: kreischende Babys, sich unterhaltende Menschen und die minütliche Ankündigung, welche Haltestelle als Nächstes angefahren werden würde.

Auch jetzt hatte ich nur bedingt Glück. Zwar war das Abteil aufgrund der Uhrzeit deutlich leerer als üblich, aber trotzdem noch so voll, dass ich keinen Sitzplatz bekam. Das bedeutete für die nächste halbe Stunde: stehen. So wie immer also.

Leider war nicht nur die Bahn überfüllt, sondern auch die Stadt. Trotz gesunkener Bevölkerungszahl, die die Folgen der Therapien, vergangene Kriege und Naturkatastrophen verschuldet hatten, zählte Haven – einst *Winter Haven* – zu den größten Städten New Americas und galt somit als Hauptstadt von New Florida.

Das wusste ich aus dem Unterricht. Aber was genau das für Kriege waren, konnte ich nicht sagen. Die Vergangenheit war ein schwieriges Thema, weshalb wir so gut wie nie darüber sprachen; die Lehrer wiederholten lediglich, die Menschen wären schuld daran, dass die Natur unseren Lebensraum zerstörte.

Früher war das Meer über fünfzehn Meilen entfernt gewesen, doch durch den Anstieg seines Spiegels aufgrund der Erderwärmung konnte man es heute sogar zu Fuß erreichen – vorausgesetzt, man hatte eine gute Sonnencreme.

Wir sollten uns glücklich schätzen, dass wir überhaupt noch leben durften.

Als die Bahn vor der Schule hielt, machte sich mein erhöhter Puls bemerkbar. Wenn ich erst mal ein Mitglied der High Society wäre, würde bald nichts mehr so sein wie vorher. Es würde viele geben, die mich mit verachtenden Blicken strafen würden, weil sie genau das wollten, worum ich am liebsten einen riesigen Bogen gemacht hätte.

Diejenigen, die von meiner Vorgeschichte mit Jill wussten, würden eher Mitleid mit mir haben, und das könnte ich noch weniger gebrauchen. Glücklicherweise war ich davon überzeugt, dass ich der Hälfte der Schüler nicht mal auffallen würde – zumindest war das bis jetzt so gewesen. Mit Aufmerksamkeit hatte ich noch nie etwas anfangen können.

Ein Blick auf die Uhr verriet mir, dass wir gerade eine der viertelstündigen Pausen hatten. Ich beeilte mich also, damit ich wenigstens noch kurz mit Sara sprechen konnte.

Bevor ich mich aber in Bewegung setzte, versuchte ich mir noch den Satz *Mein Schnelltest war positiv* von der Stirn zu schrubben. Erst am Haupteingang des kreisrunden, fünfstöckigen Gebäudes hörte ich damit auf und stellte peinlich berührt fest, dass mein Spiegelbild in der Fensterscheibe wie ein Fisch aussah, dem man einen Stromschlag verpasst hatte.

Kaum hatte ich das Gebäude betreten, befand ich mich mitten im Tumult. Zwar war meine Schule mit rund fünfhundert Schülern nicht gerade die größte in Haven, aber trotzdem im ersten Moment so laut, dass ich gerne rückwärts wieder rausgelaufen wäre. Ganz besonders stach dabei das Gelächter der High-Society-Mädchen hervor, die ein paar Meter von mir entfernt an ihren Spinden standen und sich mit Sicherheit über den neuesten Klatsch aus dem *HavenPress* unterhielten. Allein durch diese Geste schienen sie das Selbstbewusstsein zu besitzen, von dem ich eigentlich nur träumen konnte.

Schnell durchquerte ich die Eingangshalle und ging dabei an den gläsernen Aufzügen vorbei, die nur die High Society betreten durfte. Normale Menschen wie ich – zumindest solange ich noch einer sein würde – mussten die Treppe nehmen.

Ich ging mit gesenktem Blick bis in den dritten Stock und atmete erleichtert aus, als ich meine beste Freundin im Schneidersitz vor ihrem Spind sitzen sah. Ihre schulterlangen, blonden Haare hingen wie ein Umhang um ihr Gesicht, während sie vornübergebeugt völlig vertieft auf das Tablet in ihrem Schoß starrte.

Sie bemerkte mich erst, als ich meine Tasche und kurz darauf mich selbst wie einen nassen Sack neben sie fallen ließ. Erschrocken fuhr sie hoch und schaltete schnell das Tablet aus, auf dem sie sich schon wieder durch Modemagazine geblättert hatte.

»Ich glaube, ab heute hat mein Leben keinen Sinn mehr«, offenbarte ich ihr, bevor sie überhaupt zu Wort kommen konnte.

Sara strich sich die Haare aus dem Gesicht und blinzelte mich mit ihren großen, karamellfarbenen Augen mehrmals an. Seit geraumer Zeit schminkte sie sich für die Schule, was zunächst mit Wimperntusche angefangen hatte. Aber inzwischen griff sie auch zu Eyeliner und rosafarbenem Lippenstift, der sie noch mädchenhafter und blasser aussehen ließ.

Offensichtlich hatte sie sich wieder eingekriegt, denn nach einer Weile fragte sie: »Wie war's denn?«

»Furchtbar«, antwortete ich wahrheitsgemäß und ließ den Kopf gegen die Spindtür hinter mir fallen.

»Weil ...?«

»Weil der Schnelltest positiv war. Achtzig Prozent«, seufzte ich frustriert.

»Oh«, entfloh es ihr mitleidig, auch wenn ich ihren funkelnden Augen ansehen konnte, dass sie meinen Frust eher weniger teilte. »Aber so schlimm ist das doch gar nicht.«

»Für mich schon«, entgegnete ich.

Sara stieß mir ihren Ellbogen zwischen die Rippen. »Ich weiß, aber ... ach, komm schon, Malia. Hast du nicht auch mal ein kleines bisschen davon geträumt, wie es wäre dazuzugehören?«

»*Du* träumst davon«, verbesserte ich sie mit skeptischem Blick. »Ich will einfach nicht wissen, wie ich einen Menschen auf hundert verschiedene Weisen töten kann.«

»Dass du auch immer gleich den Teufel an die Wand malen musst!« Sara klappte lachend die Schutzhülle ihres Tablets zu und verstaute das Gerät vorsichtig in ihrem Rucksack. Seit sie diese Modezeitschriften abonniert hatte, behandelte sie es wie einen Schatz.

Bevor ich etwas darauf erwidern konnte, verkündete die Klingel das Ende der Pause. Schweigend erhoben wir uns vom Fußboden und tauchten in Richtung der Treppen in die Schülermenge ein, die sich beinahe blitzartig im Flur gebildet hatte. Vor uns lag eine Unterrichtsstunde in Umweltlehre; der Kursraum lag ein Stockwerk höher.

Kaum hatten wir dieses erreicht, fuhr Sara mit ihrer Argumentation fort. »Die High Society ist – genau genommen – das Beste, was dir passieren kann. Sie sehen alle gut aus, haben Geld, tragen die besten Klamotten, können essen, was sie wollen. Sorgenfreiheit inklusive. Elite eben! Sogar du müsstest sie wenigstens ein bisschen beneiden.«

»Kein Stück«, antwortete ich fest, obwohl das natürlich nicht ganz stimmte.

Die High Society bestand aus Menschen, deren Leben besser nicht sein konnte. Sie hatten alles, was man brauchte, und mussten sich niemals beschweren oder sich Sorgen machen, wie sie den Monat überleben sollten.

Die Palette, die sie fast kostenfrei von der Regierung zur Verfügung gestellt bekamen, erstreckte sich von unnötigen Luxusgütern wie teuren Klamotten und Schmuck bis hin zum vollen Kühlschrank, Dutzenden Freizeitaktivitäten, und was natürlich auch nicht fehlen durfte: begeisterte Fans wie Sara, die alles über die High Society wussten, als wären die Mitglieder weltberühmte Stars und keine Soldaten, die ihr Leben riskierten.

»Wenn du dann reich und berühmt bist, kannst du mich vielleicht irgendwie mit einschleusen?«, witzelte Sara in dem Versuch, mich aufzumuntern. »Du weißt schon ...«

»Du meinst, ich soll die Erdmädchen anbetteln dich in ihren Kreis aufzunehmen, damit sie dir Schönheitstipps geben können?«, witzelte nun ich.

»So würde ich das jetzt nicht unbedingt ausdrücken ...«

»Doch, würdest du.«

Von allen Elementen mochte Sara das Element Erde am liebsten, weil Erdmädchen den Ruf hatten, schöne Haut und noch schönere Haare zu haben. Ich wusste nicht genau, was an dem Klischee dran war, immerhin galten Wassermädchen als besonders einfühlsam. Aber auch da gab es einige Personen, die das widerlegen konnten.

»Na ja, vielleicht«, entgegnete sie aufgeregt und grinste mich verheißungsvoll an.

Ich vergaß ihr zu antworten, als mein Blick auf ein geschlossenes Grüppchen der High Society fiel; da jedes der Mädchen rote Haarsträhnen besaß, ging ich davon aus, dass es sich um Feuersoldaten oder -rekruten handelte – vor allem, weil Chris unter ihnen war.

Als mir das Herz in den Magen rutschte, kniff ich die Lippen zusammen und betete, dass er nicht zu mir herübersehen würde. Wozu es nicht mal einen Grund gab.

»Malia, alles in Ordnung? Du kriegst ganz hässliche Flecken im Gesicht«, informierte Sara mich netterweise, weshalb mir gleich noch mehr Blut in den Kopf schoss.

Meine Wangen glühten. Die ganze Situation war mir so schrecklich peinlich, dass ich wie jedes Mal, wenn ich an ihnen vorbeiging, den Blick auf den Boden gerichtet hielt. Was die ganze Sache eigentlich nur noch schlimmer machte, schließlich hatte ich keine Angst vor ihnen.

Ich wollte den zukünftigen Soldaten New Americas nur nicht im Weg stehen. Erst recht nicht, wenn einer von ihnen der beliebteste von allen sein könnte.

Anscheinend hatte Sara Chris jetzt erst bemerkt – obwohl sie eigentlich immer schneller war als ich –, denn plötzlich verlangsamte sie ihre Schritte und zog mich enger an sich heran. »O mein Gott!«, flüsterte sie und erstickte dabei fast an ihren eigenen Worten. »Christopher Collins ist wieder da.«

»Na und?«, fragte ich bemüht gleichgültig und tat so, als ginge diese Tatsache komplett an mir vorbei. So musste ich Sara wenigstens nicht gestehen, dass ich längst von seiner Rückkehr wusste; ich hatte ihn gestern schon gesehen, als er während der normalen Unterrichtszeit ein paar Formalitäten geklärt hatte, und war dabei mindestens zwei Tode gestorben.

Das erste Mal, als ich zur Toilette gehetzt und dabei Gefahr gelaufen war, von ihm entdeckt zu werden; das zweite Mal, als ich die Toilette wieder verlassen und gehört hatte, dass er sich sehr auf den ersten Schultag seit Langem freute.

Wenn Chris in die Schule ging, dann nur, um die Gerüchteküche anzuheizen.

Von der Seite bemerkte ich Saras entgeisterten Blick. »Na und?«, wiederholte sie perplex und sah mich an, als hätte ich völlig den Verstand verloren. »Da ist Christopher Collins und du interessierst dich nicht mal für ihn?«

»Könntest du bitte leiser reden?«, zischte ich ausweichend, um ihr nicht gestehen zu müssen, dass ich mich natürlich für ihn interessierte. Es war aber auch ein Ding der Unmöglichkeit, es nicht zu tun. Wenn auch nur aus der Ferne. Aus ganz, ganz weiter Ferne.

Sara zog leicht die Schultern hoch, als hätte sie selbst nicht gemerkt, wie laut sie tatsächlich gesprochen hatte. Ich war nur froh, dass keiner aus der Gruppe davon etwas mitbekommen hatte; dafür wimmelte es auf dem Flur Gott sei Dank von sich unterhaltenden Schülern.

Nichtsdestotrotz ließ ich mir einige Strähnen vors Gesicht fallen, um mich vor potenziellen Blicken zu schützen, wozu meine rotblonden Haare jedoch nicht gerade viel beitrugen.

Meiner besten Freundin entging das natürlich nicht. »Malia«, seufzte sie missbilligend. »Du solltest dir echt mal abgewöhnen, Angst vor … was auch immer zu haben.«

Ich verzichtete darauf, ihr zu sagen, dass es nicht wirklich Angst war, die mich daran hinderte, mit ihnen zu reden.

Es war einfach ihr Auftreten, ihre Ausstrahlung, die mich so dermaßen einschüchterte, dass sich mir allein beim Gedanken daran die Zunge verknotete.

Als wir etwa auf einer Höhe mit der kleinen Gruppe waren, konnte ich nicht anders, als doch einen Blick zu riskieren. Ich versuchte meinem Herzen den Wunsch auszuschlagen, dass er hochsehen und mich bemerken würde, aber es hatte mich gerade eindeutig besser im Griff als mein Verstand. Der nämlich wollte mir weismachen, ich würde mich nicht genauso wie Hunderte andere Mädchen für ihn interessieren.

Vor allem, da Chris monatelang von der Bildfläche verschwunden gewesen war.

Obwohl ich nicht mal wusste, was ich erwartet hatte, stellte ich fest, dass er sich nicht verändert hatte. Er trug die dunkelbraunen Haare immer noch kurz und chaotisch und auch sein Kleidungsstil war unverändert sportlich und schlicht. Für manche war er vielleicht zu einfach, doch für ihn war es perfekt.

Das war die allgemeine Meinung aller Mädchen dieser Welt und nicht nur meine eigene.

Chris sah müde aus, vermutlich vom Training, um irgendwann unser Land verteidigen zu können. Und ich würde bald genauso müde sein.

Ehe er mich oder meinen gaffenden Blick bemerken konnte, wandte ich schnell das Gesicht ab und konzentrierte mich auf die hellgrau gesprenkelten Fliesen unter den Füßen. Ich hatte nicht mal lange hingesehen, doch trotzdem hatten sich seine dunkelbraunen Augen wortwörtlich in mein Gedächtnis gebrannt.

Und das war etwas, was ich einfach nicht ignorieren konnte. Niemand konnte es. Jeder sah das Feuer, das in seinen Augen brannte.

3

Zugegeben, als wir mit der Bahn nach Hause fuhren, genoss ich es sogar, dass Sara mich mit ihren Vorträgen über Make-up, Frisuren, Peelings, Maniküren und Pediküren ablenkte. Ab und an kam sie zwar vom Thema ab und landete bei Christopher Collins, aber das verzieh ich ihr. Es war viel zu amüsant, ihr dabei zuzuhören, wie sie sich ausmalte mit ihm auf den Winterball zu gehen, obwohl selbst ein Kometeneinschlag wahrscheinlicher war.

Genau deswegen kam ich nicht umhin mir Sorgen darüber zu machen, dass Sara in fünf Tagen vor meiner Haustür stehen würde, weil sie Liebeskummer hatte. Es war schon öfter vorgekommen, dass sie meinen Vorrat an Süßigkeiten plünderte, nachdem sie sich in irgendeinen Typen verliebt hatte, der sie kaum beachtete. Sie litt sowieso schon genug darunter, dass die Mitglieder der High Society sie nicht bemerkten. Dass sie nicht zur Elite gehörte.

Ehrlich gesagt verstand ich das selbst nicht wirklich – immerhin war sie ein hübsches Mädchen mit schulterlangen, blonden Locken und einem niedlichen Gesicht, dem man einfach nicht böse sein konnte.

Meiner Meinung nach hatte sie wirklich das Potenzial dazu, gesellschaftlich aufzusteigen. Sie hätte es auch eher verdient als ich, ein positives Ergebnis zu erhalten – und das nicht nur, weil sie die Privilegien besser gebrauchen könnte.

»... zum Friseur gehen und mir Strähnchen machen? Meinst du, dass Chris mich so bemerken wird?«, riss mich ihre Stimme aus meiner Träumerei.

Ich hatte gar nicht mitbekommen, was sie gesagt hatte, aber ich gab mir Mühe, möglichst überzeugend zu lächeln. »Versuchen kannst du es ja«, sagte ich, obwohl ich ihr am liebsten davon abgeraten hätte, sich in irgendeiner Weise für einen Kerl zu ändern.

Ich wollte ihre Schwärmerei nicht gleich zerstören, auch wenn jeder in dieser Stadt wusste, wie Christophers Beuteschema aussah. Normale Menschen wie Sara und ich gehörten nämlich nicht dazu. Er war nicht gerade der Typ, der großartig um ein Mädchen werben musste. Eher waren es die Mädchen, die ihn umwarben, damit er sie überhaupt beachtete.

Die Wahl hatte dann letztendlich er. Und Kerle wie er suchten sich kein Mädchen aus der Mittelschicht aus.

Am Rande bekam ich mit, wie Sara weiter von Chris schwärmte und mich damit anzustecken versuchte, aber heute war mir nicht mehr danach. Ich schämte mich sowieso schon dafür, dass ich ihm genauso verfallen war wie alle anderen Mädchen dieser Stadt.

Ich konnte mir nicht mal erklären, wieso das so war. Klar,

er sah gut aus, war ein Charmeur, wenn er ein Auge auf jemanden geworfen hatte, ein talentierter Soldat ... aber das konnte doch nicht alles gewesen sein!

Mir fiel auf, dass Sara nicht mehr redete, weshalb ich per Blickkontakt versuchte herauszufinden, ob sie mir eine bislang unbeantwortete Frage gestellt hatte.

Die Dinge lagen jedoch völlig anders. Sara hatte ihre Aufmerksamkeit auf drei in Schwarz gekleidete Personen gerichtet, die gerade in die Bahn einstiegen, was eigentlich nichts Ungewöhnliches war. Dank der Uniform der High Society war Schwarz sowieso eine beliebte Farbe. Aber das hier war definitiv etwas anderes.

Es wurde vollkommen still in der Bahn, was mir von einer Sekunde zur anderen eine Gänsehaut bereitete.

Die schwarzen Gestalten trugen trotz der Hitze Kapuzenpullover, worunter sie ihre Gesichter verbargen, so dass ich auf den ersten Blick nicht sagen konnte, ob es Männer oder Frauen waren.

Ich zuckte leicht zusammen, als ich Saras Hand an meinem Handgelenk spürte; sie tastete danach und bohrte ihre Finger in meine Haut.

Erst jetzt bemerkte ich, dass am anderen Ende unseres Waggons noch mehr dieser Gestalten eingestiegen waren. Dort waren es fünf.

Als sich die Bahn erneut in Bewegung setzte, nahmen die meisten ihre Gespräche wieder auf, auch wenn die angespannte Stimmung blieb.

Sara neben mir beruhigte sich etwas. Glücklicherweise waren es sowieso nur noch zwei Stationen, bis wir bei *Haven 15* ankommen und aussteigen würden.

»Wie wäre es, wenn wir heute Abend ausgehen, um dich auf andere Gedanken zu bringen?«, fragte sie leise und lächelte mich forschend an. Ich sah genau, wie ihr Blick dabei zu den schwarzen Gestalten wanderte, ignorierte es aber. »Ich verspreche auch, ich werde kein Wort über die High Society verlieren.«

Nachdenklich verzog ich den Mund. »Nur unter einer weiteren Bedingung.«

»Wenn du dich dann besser fühlst.« Ihre Augen huschten kurz zu mir, aber sie klang nicht so, als wäre sie wirklich bei mir.

»Wir reden nicht über Chris.«

Eigentlich hätte ich damit gerechnet, dass sie wenigstens darüber lachen würde, doch das tat sie nicht. Stattdessen sah sie stumm an mir vorbei und beobachtete die Person, die sich von der größeren Gruppe getrennt hatte und nun den Gang entlanglief; man erkannte jetzt deutlich, dass es sich um eine Frau handelte. Sie bewegte sich beinahe elegant, als hätte sie Übung darin, über einen Laufsteg zu schweben. Wenn es nur nicht so grotesk und Angst einflößend gewesen wäre, dass man ihr Gesicht nicht mal sehen konnte.

Indem sie anscheinend zufällig den Kopf hob, als hätte sie meinen starrenden Blick bemerkt, gab sie das schwarze

Bandana zu erkennen, worunter sie Nase und Mund verbarg.

Ich rutschte automatisch ein Stück zurück, als sie mir auf einmal in die Augen sah und mir ihr Element offenbarte.

Je besser die Soldaten die Fähigkeiten ihres Elements im Griff hatten, desto stärker wirkte es sich auf ihre Augen aus, sobald sie diese anwendeten.

Bei den meisten Feuerrekruten hatte ich es schon oft gesehen, dieses Brennen, aber bei einem Windsoldaten war es das erste Mal.

Ihre beinahe weißen Augen funkelten mich belustigt an – zuerst fragte ich mich noch, was sie vorhatte. Doch eigentlich war es mir zu dem Zeitpunkt klar gewesen, als ich das schwarze Bandana gesehen hatte. Mir blieb nur keine Zeit, zu reagieren.

Kaum hatte sie die Hände aus den Taschen ihres Pullovers gezogen, hörte ich jemanden schreien; Glas zersplitterte. Es geschah so schnell, dass ich reflexartig nach Sara griff, die sich näher an mich herandrückte.

Der Schmerz ihrer Finger, die sich in meinen Oberschenkel krallten, blendete fast das Kreischen aus, das in meinen Ohren klirrte.

Ich bildete mir ein, dass die Bahn plötzlich an Geschwindigkeit verlor, obwohl der Wind meine Haare gleichzeitig mitriss – mein Puls geriet völlig außer Kontrolle.

Ich hatte das Bedürfnis, Sara an mir festzuhalten, als könnte der Fahrtwind sie tatsächlich aus dem Fenster ziehen, dessen Scheibe sich in Millionen kleine Scherben aufgelöst hatte. Einige davon lagen auf ihrem Schoß. Die meisten waren nach draußen geschleudert worden, als die Soldatin sie gesprengt hatte.

Am liebsten hätte ich mich in meinen umherwirbelnden Haaren versteckt, aber ich bekam kaum noch Luft. Der Lärm um uns wurde immer größer; während auf der einen Seite die Schüler schrien und sich an allem, was sie greifen konnten, festhielten, brach am anderen Ende des Waggons das Chaos aus. Gerade so konnte ich erkennen, wie die Windsoldatin immer noch in der Mitte der Bahn stand, als würde sie im völligen Gleichgewicht zu der Geschwindigkeit stehen, die sich stetig zu erhöhen schien.

Sara wimmerte leise – und ich hätte unglaublich gern das Gleiche getan, aber meine Kehle hatte sich zu fest zugeschnürt. Auch meine Beine reagierten kaum noch auf den Versuch, näher an Sara heranzurücken; sie fühlten sich kraftlos an und zitterten.

»Was soll die Scheiße?«, brüllte plötzlich jemand – es waren die ersten klaren Worte, die ich in diesem Tumult verstehen konnte und die für kurze Zeit sogar die Trance unterbrachen, in der sich die Fahrgäste befanden. Mich eingeschlossen.

»Wir werden nicht aufgeben!«, konterte eine männliche Stimme. Die anderen schwarzen Gestalten lachten nur, wobei mir klar wurde, was das hier war: eine Demonstration.

Bisher hatte ich immer das Glück gehabt, ganz weit weg

zu sein, wenn die Rebellen mal wieder zuschlugen. Außerdem war ich in letzter Zeit davon ausgegangen, dass die Regierung sie in den Griff bekommen hatte.

Auch wenn ich von ihnen fasziniert war, jagten sie mir beim bloßen Anblick einen Schauer über den Rücken. Nicht zuletzt, weil sich darunter ausgebildete Soldaten befanden wie die Windsoldatin, die, wie es schien, diese Bahn am liebsten auf den Schrottplatz verfrachtet hätte – und mich hoffentlich nicht auf den Friedhof.

Innerlich betete ich, dass es nicht ihr Ziel war, uns als mögliche Opfer der Regierung zu töten, um sich dafür zu rächen, dass sie zu dem geworden waren, was die Therapie mit ihnen gemacht hatte. Zumal ich nicht mal eine Sekunde daran denken konnte, meine Familie im Stich zu lassen – zu sterben kam also überhaupt nicht infrage. Irgendwer würde diese Wahnsinnigen schon aufhalten, irgendwann.

Als hätte man mein Gebet erhört, bremste die Bahn so rasant ab, dass Sara und ich von unseren Plätzen gerissen und unsanft von unseren gegenübersitzenden Nachbarn abgefangen wurden. Noch einmal nahmen die Schreie zu – ich gehörte vermutlich selbst dazu, war mir aber nicht sicher, da das Kreischen meine Ohren piepen ließ und der Aufprall mir sämtlichen Sauerstoff aus der Lunge presste –, dann stand die Bahn.

Erst nachdem ich mir ganz sicher war, dass ich es mir nicht nur einbildete, wagte ich es wieder, Luft zu holen, und ließ es über mich ergehen, dass mir das Herz immer noch gegen die Rippen hämmerte und nicht mal daran dachte, das Tempo zu drosseln. Fast schon beschämt drückte ich mich von dem Schoß des Jungen ab, auf dem ich unfreiwillig und halb liegend gelandet war, und entschuldigte mich leise bei ihm.

Sara neben mir war kreidebleich und klammerte sich an dem Mädchen fest, das nicht weniger zitterte als wir. Eine kleine Scherbe hatte sich in ihren Arm gebohrt, aber er blutete kaum – anders als ihr war mir sofort klar, was das zu bedeuten hatte. Sie realisierte es nicht einmal. Um ihr keine Angst zu machen – ich konnte schließlich nicht wissen, wie sie darauf reagieren würde oder ob sie es möglicherweise schon wusste –, ignorierte ich es und wandte mich stattdessen an Sara.

»Alles in Ordnung?«, fragte ich sie leise, wobei ich den Blick durch die Bahn schweifen ließ und gleichzeitig meine Haare zurückschob.

Ich konnte mein Entsetzen nicht verbergen, als ich feststellte, dass die inzwischen wie vom Erdboden verschluckten, schwarz gekleideten Demonstranten einen Anblick völliger Verwüstung hinterlassen hatten.

Von den Fensterscheiben waren nur noch spitze Scherben in der Fassung zurückgeblieben, der Rest war vom Wind nach draußen gesogen worden oder hatte sich in der Bahn zerstreut.

Es wäre nicht so schlimm gewesen, wenn ich dabei nicht in die Gesichter der anderen Fahrgäste geschaut hätte; der

Großteil von ihnen waren Schüler, die genauso wie ich und Sara heute früher Schluss gehabt hatten. Aber es waren auch einige Kinder dabei, die sich jetzt mit geröteten Wangen an ihre Mütter drückten. Gott sei Dank hatten die Scherben nicht viele von ihnen verletzt; auch mir ging es gut, wenn man vom Zittern absah.

Ich zuckte zusammen, als sich die Türen mit einem Zischen öffneten. Die Soldaten, die während der Zugfahrt gefehlt hatten – schließlich benutzte niemand von ihnen noch öffentliche Verkehrsmittel –, tauchten plötzlich auf und holten uns aus den Waggons heraus.

Zuerst ging diese Handlung völlig an mir vorbei; es schien so unwirklich, dass ich in eine Demonstration geraten war. Aber ausgerechnet an dem Tag, an dem ich von meiner Ärztin erfahren hatte, dass die Therapie wahrscheinlich angeschlagen hatte, passierte das hier?

Das war doch ein schlechter Scherz?!

Sie konnten es nicht wissen ... oder? Nein. Das war unmöglich. Bestimmt war es in ihren Augen einfach mal wieder an der Zeit, unter Beweis zu stellen, dass sie das System verabscheuten.

Mechanisch, fast wie fremdgesteuert half ich Sara endlich vom Schoß des Mädchens hoch, damit sich die Soldaten um sie kümmern konnten.

Bevor wir aus der Bahn ausstiegen, griff ich nach unseren Rucksäcken, die in den Gang gerutscht waren, und beförderte meine beste Freundin und mich nach draußen.

»Sind Sie verletzt?«, sprach mich sofort jemand mit einer professionell ruhigen Stimme an und stellte sich mir in den Weg.

Ich musste blinzeln, um ihn zu erkennen – eindeutig ein Wassersoldat. Die senkrechten Streifen an den Seiten der schwarzen Kampfmontur waren dunkelblau und symbolisierten die Elementzugehörigkeit.

»Nein«, erwiderte ich schließlich mit schwacher Stimme, damit ich endlich aufhörte ihn anzustarren, als wäre er ein Monster, das kurz davor war, mich in seine Arme zu locken.

Sara zitterte immer noch. »Können wir gehen? Bitte?«

»Wie heißen Sie?«

»Malia Lawrence«, antwortete ich schnell. »Das ist Sara Wyatt.«

Der blonde Wassersoldat warf einen prüfenden Blick auf meine Freundin, während er sich gleichzeitig etwas in sein Gerät notierte, das wie mein Tablet aussah, nur nicht so schmal. »Sind Sie verletzt?«, fragte er Sara.

Sie schüttelte den Kopf.

»Nur ein paar Schnittwunden«, erklärte ich ihm notdürftig und presste wieder die Lippen aufeinander, als seine Augen meine streiften.

Einen Moment lang befürchtete ich noch, sie würden uns irgendwohin mitnehmen oder hier festhalten, aber er nickte uns nur zu und widmete sich den nächsten Personen, die mithilfe der Soldaten die Bahn verließen.

Schweigend gingen wir ein gutes Stück, bis Sara ihren

Rucksack wieder allein tragen konnte. Wir waren eine Station zu weit gefahren, weshalb wir nun fast die ganze Strecke zurückgehen mussten, was bei dem Wetter kein Vergnügen war. Außerdem dauerte es eine Weile, bis ich nicht mehr das Gefühl hatte, meine Beine würden bei jedem Schritt wegknicken, vor allem, da ich Sara noch irgendwie stützen musste.

Auf dem Weg nach Hause begegneten uns ein paar schwarze Geländewagen der Regierung, darunter Kamerateams fürs Fernsehen und die Gouverneurin. Außerdem fuhren zwei Rettungswagen an uns vorbei, allerdings ohne Sirene, weshalb ich einfach nur noch froh darüber war, mit dem Schrecken davongekommen zu sein. Noch zumindest.

Es würde bestimmt nicht mal zwei Stunden dauern, und sie würden mit Hunderten Fragen vor meiner Tür stehen, um herauszufinden, ob ich jemanden von den Demonstranten erkannt hatte.

Erleichtert, dass das nicht der Fall war, schleppte ich Sara und mich bis zu ihrem Haus. Ich wartete, bis ihre Eltern die Tür öffneten und die völlig aufgelöste Sara reinholten. Es tat mir in der Seele weh zu wissen, dass diese Aktion sie ganz sicher nicht davon abhalten würde, weiterhin ein Teil der High Society werden zu wollen. Und das, obwohl sie es nicht mal geschafft hatte, bei der gerade eben überstandenen Aktion die Ruhe zu bewahren. Im Krieg würde es noch schlimmer zugehen, aber wie ich Sara kannte, würde sie darüber hinwegsehen.

Nachdem ich mich von Sara und ihren Eltern verabschiedet und ihnen dreimal versichert hatte, dass es mir gut ging, beeilte ich mich ebenfalls nach Hause zu kommen.

Wie erwartet standen meine Eltern bereits auf der Veranda und liefen mir entgegen, als sie mich durch das Vorgartentor kommen sahen.

Wie in einem schlechten Film lief meine Mom auf mich zu und zog mich in ihre Arme; kurz darauf folgte Dad. Ich konnte nicht anders, als meine Stirn auf Moms Schulter sinken zu lassen und wem auch immer dafür zu danken, dass es einfach nur eine Demonstration und ich zur falschen Zeit am falschen Ort gewesen war.

Es war nichts passiert.

Ich war nicht verletzt. Mir ging es gut. Ich würde damit klarkommen. Ich würde es müssen, wenn der Schnelltest nicht gelogen hatte. Mir blieb keine andere Wahl.

»Süße, geht es dir wirklich gut? Sollen wir zu Dr. Martin fahren?«, nuschelte mir Mom durch das völlig zerzauste Haar ins Ohr, ehe sie mich ein Stückchen von sich wegschob und besorgt ansah.

Am liebsten hätte ich meinen Griff verstärkt, aber ich gab mich tapfer. Es war alles gut.

»Schon okay«, erwiderte ich mit einem versuchten Lächeln, wusste aber, dass es nicht besonders überzeugend war.

»Und der Test?«

Von wegen, alles war gut. Nichts war gut. Mir war heute

die schlimmste Mitteilung meines Lebens gemacht worden und ich bezweifelte, dass das alles nur ein Albtraum war, aus dem ich nicht aufwachen konnte. Das hier passierte wirklich, und man hatte mir gerade die erste Vorwarnung erteilt, was noch alles auf mich zukommen würde.

Ich würde zur Soldatin ausgebildet werden.

Ich würde Befehlen folgen müssen.

Ich würde gegen Demonstranten kämpfen müssen. Ich würde die Menschen verhaften müssen, deren Ziele ich genauso verfolgte.

Ich würde jemanden töten müssen.

Ich würde jeden Tag mit der Angst konfrontiert werden, ihn nicht zu überleben.

Meine Miene musste eigentlich schon genug Aufschluss darüber geben, wie es gelaufen war, aber mein Mund öffnete sich dennoch: »Achtzig Prozent«, sagte ich knapp und schmerzlos.

Und nicht weniger niederschmetternd, zumindest, wenn man dem Ausdruck in den Gesichtern meiner Eltern trauen konnte, die mich auf einmal ansahen, als hätte ich ihnen mitgeteilt, dass die Erde untergehen würde.

»Oh«, war schließlich das Einzige, was meine Mom über die Lippen brachte, kurz bevor sie mich wieder in die Arme zog. Es hätte gutgetan, den Frust darüber jetzt rauszulassen, einfach die Tränen gewinnen zu lassen, aber es ging nicht.

Meine Eltern hatten schon eine Tochter an die Gentherapien verloren und ich könnte die zweite sein.

4

Dass ich den Rest des Tages in meinem Zimmer verbringen wollte, nahmen mir meine Eltern nicht übel. Bestimmt brauchten sie selbst erst mal ein bisschen Zeit, um zu begreifen, wie unfair das Leben zu unserer Familie war: eine Tochter gestorben, die andere sollte Soldatin werden – ein schönes, einfaches Leben war meiner Meinung nach etwas anderes, auch wenn die Gesellschaft das nicht so sah.

Jill war nichts weiter als ein gescheitertes Experiment gewesen, das aber einen großen Teil zur Erforschung des Serums beigetragen hatte, das unsere Gene manipulierte – und ich? Ich wäre jetzt der Grund, weshalb meine Familie ein umwerfendes Leben haben würde. Immerhin würden auch sie von meinem vermutlich baldigen gesellschaftlichen Aufstieg profitieren.

Die zusammengeknüllten Taschentücher neben mir waren der eindeutige Beweis, dass ich die Hoffnung längst aufgegeben hatte, die High Society würde mich verschonen.

Kaum hatte ich meine Zimmertür hinter mir geschlossen, waren endlich die Tränen gekommen, die ich vor meinen Eltern nicht hatte laufen lassen können. Sie sollten nicht mitbekommen, dass mich allein die bestätigte Möglichkeit, ein Teil der High Society zu werden, belastete, vor allem, da sie schuld an dem Tod meiner kleinen Schwester war.

Wenn ich meine Augen schloss, sah ich sie immer noch genau vor mir, als wären keine sieben Jahre vergangen, in denen ich irgendwann angefangen hatte mich damit abzufinden, dass sie nicht mehr da war.

Ich war zehn, als Jill aus der Schule abgeholt werden musste, weil sie Fieber hatte. Meine Mutter glaubte, dass sie sich nur bei einem anderen Kind angesteckt hatte und mit den richtigen Medikamenten schon wieder gesund werden würde. Zuerst sah es auch so aus, als würde das Fieber zurückgehen, sie bekam wieder Farbe im Gesicht und schwitzte nicht mehr so stark.

Dieses Bild, wie sie mit einem schläfrigen Grinsen auf den Lippen auf der Couch im Wohnzimmer lag, eingehüllt in zwei Wolldecken, obwohl draußen Temperaturen von über dreißig Grad herrschten, hatte sich tief in mein Gedächtnis gebrannt. Deshalb wusste ich noch genau, dass wir gerade *Memory* auf meinem Tablet spielten, als ihre Hand schlaff vom Display rutschte und ich zuerst dachte, sie wäre bloß eingeschlafen.

Aber dann sah ich das Blut.

»Mom!«, rief ich, aber sie reagierte nicht sofort; das Rattern der Nähmaschine lief weiter. Doch als ich vom Sofa sprang und dabei ein Glas vom Tisch riss, brachte das Klirren der Scherben sie dazu, ins Wohnzimmer zu stürmen.

Die Momente danach waren mir nur verschwommen in Erinnerung geblieben. Was ich aber wusste, war, dass ich in der Angst um meine Schwester weinte, während Mom Jill beinahe resigniert auf die Arme hob und mich anwies den Autoschlüssel zu holen. Ihr Blut auf Moms türkisblauem T-Shirt würde ich auch nie vergessen können.

Wir brachten Jill ins Krankenhaus, wo man dann Dad informierte. Die meiste Zeit warteten Mom und ich vor dem Behandlungsraum auf einen Arzt, aber als Dad endlich kam, durften sie zu ihr. Ich noch nicht. Ich wurde zu einer Krankenschwester gebracht, die vermutlich ihr Bestes tat, um mich abzulenken. Aber es funktionierte nicht.

Keine Ahnung, ob ich da schon wusste, dass Jill sterben würde, immerhin war ich zehn Jahre alt ... aber es dauerte, bis Mom und Dad mir die schlimme Nachricht überbrachten.

Die ersten Tage saßen wir von morgens bis abends im Krankenhaus an ihrem Bett. Jill war nicht ansprechbar, obwohl sie die meiste Zeit wach zu sein schien. Mehrmals versuchte ich mit ihr *Memory* zu spielen, aber sie konnte kaum die Arme bewegen. Fast jede halbe Stunde kam eine Schwester, um nachzusehen, ob alles in Ordnung war. Doch sogar ein Blinder konnte sehen, dass es das nicht war.

Die letzten Tage, bevor Jill starb, durfte ich nicht mehr zu ihr. Wenn Mom und Dad ins Krankenhaus fuhren, brachten sie mich zu einer alten Bekannten und holten mich erst am späten Abend wieder ab.

Mom gab sich natürlich Mühe, in meiner Gegenwart fröhlich zu sein und sich nichts anmerken zu lassen, aber weder sie noch Dad hatten Jills Tod je verkraftet.

Manchmal spürte ich immer noch die Stimmung, die im Auto herrschte, als Mom und Dad mich ein letztes Mal abholten. Wir kamen fast schweigend zu Hause an, setzten uns ins Wohnzimmer, wo sie versuchten mir zu erklären, dass sie nicht mehr wiederkam.

Anfangs war es unfassbar schwer. Ich war mit Jill aufgewachsen, und auch wenn das nicht immer leicht war – ich war ihre große Schwester. Und dann war ich es plötzlich nicht mehr.

Monatelang herrschte Stille in unserem Haus. Kein Lachen, keine Gespräche am Esstisch, kein Weinen. Die Trauer kam erst, als ich schon geglaubt hatte, sie würde nie mehr eintreffen. Fast vier Monate nach Jills Bestattung weinte Mom täglich, schrie und warf alles, was sie greifen konnte, gegen Wände, so dass ich Angst davor hatte, sie könnte sich selbst dabei wehtun.

Sieben Jahre war das jetzt her, und es gab immer noch Nächte, in denen ich Mom weinen hörte.

* * *

In den nächsten Tagen bis zu meinen definitiven Testergebnissen kehrte langsam wieder Normalität ein, wenn man von dem Besuch der Soldaten mal absah. Wie erwartet waren sie aufgetaucht – allerdings statt nach zwei Stunden erst nach einem Tag –, um mich über die Demonstration in der Bahn zu befragen, wozu ich aber nicht viel erzählen konnte. Am liebsten hätte ich gelogen und ihnen nicht berichtet, dass ich eine Windsoldatin anhand ihrer Augen erkannt hatte. Aber ich hatte keine Wahl. Egal wie sehr ich die Regierung hasste und ihre Niederlage herbeisehnte, ich konnte es nicht riskieren, mich oder meine Familie durch eine Falschaussage in Gefahr zu bringen. Nur, dass ich nicht wusste, wer die Windsoldatin gewesen war oder wie ich sie beschreiben sollte, entsprach der Wahrheit.

Spätestens am Montag gehörte das Thema der Vergangenheit an, zudem man auch über das Wochenende alle Beweise beseitigt hatte. Die Scheiben in der Bahn waren ersetzt worden und die Scherben weggeräumt. Niemand würde mehr ahnen, wie es hier noch vor wenigen Tagen ausgesehen hatte.

Nichtsdestotrotz hatte ich auch am Dienstag noch ein komisches Gefühl im Magen, als Sara und ich in die Bahn in Richtung Schule einstiegen. Allerdings waren wir nicht die Einzigen, die die freien Sitzplätze mieden und lieber in der Nähe der Bahntüren standen, um im Notfall schnell abhauen zu können.

In der Schule war ich entspannter. Der Unterricht konnte mich so weit ablenken, dass ich in den Mittagspausen mit Sara über unsere gewohnten Themen sprach: Jungs, High Society, noch mehr Jungs, Christopher Collins, Make-up, Nagellack und Filme. Letzteres war mein Liebstes, weil ich da immerhin mitreden konnte.

Wenn ich nach der Schule wieder zu Hause war, hielt ich Small Talk mit meinen Eltern, während Mom nähte und Dad seinen Unterricht als Mathelehrer einer Grundschule vorbereitete. Für gewöhnlich kam Sara an solchen Nachmittagen zu Besuch oder wir gingen in die Stadt, um ein Eis zu essen. Manchmal spazierten wir auch durch den Park und schauten nebenbei den Jungs beim Fußballspielen zu, obwohl ich das zum Großteil für Sara tat. Natürlich hatten wir unseren Samstagabend auch damit verbracht, den neuen Actionstreifen im Kino anzusehen, um ihn anschließend ausführlich zu analysieren. Das konnten wir übrigens stundenlang, ohne dass einem von uns das Thema lästig wurde.

Vom ganz normalen Leben abgesehen war also nichts Nennenswertes passiert. Überraschenderweise hatte Sara auch noch keinen Liebeskummer. Was aber auch daran liegen konnte, dass sie schnell Trost bei anderen Jungs fand, die sie aus der Ferne anschmachten konnte.

Christopher hingegen ... nun, wie ich das eben so von ihm gewohnt war, hatte er weder Augen für sie noch für mich. Stattdessen schien er seinem Ruf alle Ehre zu machen und erst mal aufzuholen, was er in den letzten Monaten verpasst hatte. Jeden Tag sah ich ihn mit einem neuen Mädchen durch die Schule schlendern, während er sich nachmittags im Café schon wieder mit einer anderen traf. Das Schlimme dabei war, dass sie allesamt hübsche junge Frauen waren, die – zumindest rein äußerlich – gut zum ihm passten.

Und ich wollte ehrlich sein: Egal ob genverändert oder nicht, ich zählte mich selbst nicht zu dieser Kategorie Frau.

Ich war einfach normal. Ich hatte die Haarfarbe meiner Mom, war siebzehn Jahre alt, durchschnittlich groß, nicht zu dick, nicht zu dünn, auch wenn ich ein bisschen Sport vertragen konnte, und ziemlich blass. An meinem unscheinbaren Aussehen änderten auch meine grünen Augen nichts, und schon gar nicht meine Vorliebe für jedes Kleidungsstück, das mich quasi unsichtbar machte.

Nach dem Tod meiner Schwester hatte ich den sozialen Rückzug gebraucht. Nicht zuletzt, weil ich da schon alt genug gewesen war, um zu verstehen, dass ich die Menschen, die meiner Schwester das angetan hatten, für immer hassen würde. Dass ich die Regierung New Americas für immer hassen würde.

Die Tatsache, dass wir ihre Rationen, was Lebensmittel und andere Güter anging, nach wie vor erhielten, machte die Sache auch nicht besser. Wir hätten auch in unserem alten Haus wohnen bleiben dürfen, aber meine Eltern hatten es dort nicht mehr ausgehalten. Also waren wir recht schnell umgezogen.

Als mein kleiner Bruder geboren wurde, waren wir ein drittes Mal umgezogen. Abhängig von der Anzahl der Bewohner bekam man ein Haus zugeteilt, weitere Faktoren wie die Arbeit spielten ebenfalls eine Rolle; weil Dad seinen Unterricht vorbereiten musste und Mom für ihre Schneiderei viel nähte, hatten wir ein Zimmer zusätzlich erhalten.

Aber das machte überhaupt nichts besser, auch wenn die Regierung dachte, damit wäre alles erledigt.

Zwei Jahre nach dem Tod meiner Schwester hatten sie einen Impfstoff auf den Markt gebracht, der die Nebenwirkungen um fünfzig Prozent reduzieren sollte. Das bedeutete, dass der Erkrankte wenigstens eine Chance hatte, zu überleben. Jill war zum Tode verurteilt gewesen, ohne dass irgendjemand etwas dagegen hätte tun können.

Und das wollten sie einfach nicht einsehen.

Um den Gedanken an sie loszuwerden, ging ich zu Dad ins Wohnzimmer. Er war mal wieder eingeschlafen und lag dabei wohl zufällig auf der Fernbedienung; in regelmäßigen Abständen schaltete er das Programm um. Ich konnte mir nämlich kaum vorstellen, dass mein Vater Liebesfilme auf Spanisch für mehr als zwanzig Sekunden sehen wollte.

In der Küche saßen Mom und Aiden, der mit ein paar Autos spielte und sie immer wieder durch die Luft fliegen ließ. Als er mich bemerkte, lächelte er mich an und versuchte Motorengeräusche nachzumachen.

Ich setzte mich Mom gegenüber und betrachtete meinen

kleinen Bruder. Er sah mir kein Stück ähnlich. Vielleicht dachte ich das aber auch nur, weil für mich alle Kleinkinder irgendwie gleich aussahen.

»Was ist los, Süße?«, wollte Mom wissen, ohne von ihren Näharbeiten aufzuschauen. Sie arbeitete wirklich viel. Aber das war nun mal ihr Weg, damit zurechtzukommen. Außerdem kam es der Familie zugute.

Obwohl sie ihren Laden nur samstags geöffnet hatte, erhielt sie über die Woche verteilt so viele Aufträge, dass sie kaum hinterherkam. Wenn ich gekonnt hätte, hätte ich ihr geholfen, aber ich hatte mir schon zu oft eine Stecknadel in den Finger gestochen.

Demonstrativ und etwas lauter als sonst seufzte ich. »Die üblichen Teenagerprobleme«, antwortete ich ihr, weil ich nicht auf Jill zu sprechen kommen wollte. Die Gedanken an sie verfolgten mich schon den ganzen Tag und ließen mich einfach nicht in Ruhe, egal um welche Ablenkung ich mich bemühte.

»Liebeskummer?«

»Nein.« Ich verdrehte die Augen und ließ die Stirn gegen die kühle Tischplatte sinken.

Das Rattern der Nähmaschine erfüllte den Raum. Vor allem nach Jills Tod hatte Mom ununterbrochen daran gesessen und mehr Zeit damit verbracht als mit irgendjemandem sonst. Es war ein Wunder, dass Dad das Ding noch nicht aus dem Fenster geworfen hatte. Aber zu ihrer Verteidigung: Sie nähte wirklich tolle Kleider.

»Bist du sicher? Ich war auch mal so alt wie du. Ich weiß, wie sich Liebeskummer anfühlt.«

»Mom«, jammerte ich mit gedämpfter Stimme, »ich habe keinen Liebeskummer.«

Das Prusten meines Bruders wurde lauter. Am liebsten hätte ich Aiden eines seiner Autos in den Mund gestopft, damit er endlich mit den Motorengeräuschen aufhören würde. Aber es war mir gerade zu anstrengend, mich zu bewegen.

»Das wird schon wieder, glaub mir. Es wird noch viele andere nette Jungs geben, die dich so lieben, wie du bist.«

Gerade fragte ich mich, ob sie mir überhaupt zugehört hatte. Eigentlich war das total untypisch für sie, denn wenn ich sonst ein Problem hatte, konnte ich ungefragt zu ihr kommen. Vermutlich dachte sie einfach, ich würde lügen, weil ich mich schämte.

Dabei war das totaler Unsinn.

Noch nie in meinem Leben hatte ich Liebeskummer gehabt. Ich wusste nicht einmal, wie sich das anfühlte. Während Sara sich von einem Unglück ins andere stürzte, ging es mir super. Schätze, das lag daran, dass ich mir keine Hoffnungen machte, der beliebteste Junge der Stadt könnte sich für mich interessieren.

Ich brummelte irgendwas Unverständliches und hoffte, Mom würde endlich Ruhe geben, aber ehrlich gesagt war da die Wahrscheinlichkeit eines Schneesturms größer – und die gab es in Haven schon seit einigen Jahrhunderten nicht mehr.

Das Klingeln an der Tür unterbrach mich schließlich in meiner gedanklichen Schimpftirade. Augenblicklich hörte Aiden mit seinen komischen Geräuschen auf und ließ eines der Autos aus seinen kleinen Händen fallen, während Moms Nähmaschine ebenfalls verstummte.

5

Und so ging es schon seit meiner positiven Schnelltestuntersuchung. Immer wenn es an der Tür klingelte, bekam jeder einen Herzinfarkt vor Aufregung. Nur ich wollte am liebsten so weit wie möglich wegrennen oder mich im Keller verschanzen.

Es dauerte genau zwei Sekunden, da stand Dad mit zerzausten Haaren in der Küche, die Lesebrille schief auf der Nase. Er sah aus, als hätte er drei Wochen durchgeschlafen und sich dabei fünfhundert Mal hin und her gewälzt. An seiner Stelle hätte ich mich so nicht vor die Tür getraut.

Alle Blicke lagen erwartungsvoll auf mir, weshalb ich mich geschlagen gab und mit hängenden Schultern widerwillig zur Haustür ging.

Bitte, lass es Sara sein, die sich endlich wegen Chris ausheulen will, betete ich sehnlichst, aber schon anhand der Silhouetten war mir klar, dass sie es nicht sein konnte. Durch das milchige, hohe Fenster in der Haustür erkannte ich drei Personen.

Mir wurde bewusst, wie unhöflich es war, die Besucher

warten zu lassen, aber ich wollte sie einfach nicht sehen. Es ging mir gut, mein Leben war perfekt; ich wollte es mir nicht von der Regierung kaputt machen lassen. Wenn ich mutiger gewesen wäre, hätte ich sie wieder weggeschickt, aber um ehrlich zu sein, wollte ich das Gefängnis nicht von innen sehen.

Ausgerechnet in dem Moment, als ich die Türklinke berührte, schoss mein Puls von sechzig auf einhundertzwanzig. Innerlich sträubte ich mich dagegen, die Tür zu öffnen, aber was blieb mir schon für eine Wahl?

Also Augen zu und durch.

»Hallo Malia«, begrüßte sie mich sofort mit einem strahlenden Lächeln, das mit Sicherheit jeden davon überzeugen konnte, es wäre der beste Tag seines Lebens. Nur mich nicht. »Ich bin Julienne McCann.«

»Ich weiß«, antwortete ich wahrheitsgemäß und sah die große, schlanke Frau mit einem neutralen Gesichtsausdruck an.

Ihr Lächeln wurde noch breiter. McCann war vor zwei Jahren – im Alter von dreißig Jahren, was übrigens groß in den Schlagzeilen stand – zur Gouverneurin von New Florida ernannt worden. Da sie zur Regierung gehörte, war es nicht weiter überraschend, dass sie chic angezogen war. Ihr sportlicher Körper steckte in einem knielangen, dunkelblauen Bleistiftrock und einer weißen Bluse mit einem ebenso dunkelblauen Blazer. Ihren Hals zierte eine auffällige goldene Kette. Noch auffälliger war aber der dunkelrote Lip-

64

penstift, der perfekt die Konturen ihrer Lippen nachzeichnete.

Hinter ihr standen zwei breit gebaute Männer in den bekannten Bodyguardanzügen. Beide trugen jeweils eine Sonnenbrille und schienen mit ihren ausdruckslosen Gesichtern ins Nirgendwo zu starren.

Die Gouverneurin drehte sich mit einer einladenden Geste zu den Männern um, wobei ihre schulterlangen blonden Haare elegant ihrer Bewegung folgten. Fehlte nur noch ein bisschen Glitzer, ein roter Teppich und etwa ein Dutzend Fotografen, die sie mit Komplimenten überhäuften – und der Zeitlupeneffekt.

»Dir ist bestimmt bewusst, weshalb wir hier sind«, begann sie ihre kleine Rede, die mich nicht sonderlich beeindruckte. Oder entspannte. Sie sollten einfach wieder verschwinden. »Am besten wäre es, wenn wir das drinnen besprechen.«

Ohne ein Wort öffnete ich die Tür noch ein Stück mehr, was die drei als Einladung auffassten. Als sie eingetreten waren, erkannte ich vor unserem Haus noch mehr Männer, außerdem zwei schwarze, große Autos, die es ausschließlich für die Regierung gab. Sie besaßen dickere Reifen als die bürgerlichen Autos und waren deutlich höhergelegt. Was hinter den abgedunkelten Scheiben war, wollte ich lieber nicht wissen.

Unter dem Blick des Bodyguards, der am Eingang unseres Vorgartens stand, schloss ich die Tür. Schweigend ging ich voraus in die Küche, wo meine Eltern und Aiden brav am Tisch saßen. Moms Nähmaschine war verschwunden, genauso wie Aidens Spielzeugautos.

Mein Dad erhob sich sofort vom Stuhl und strich sich das Hemd glatt. Wie hatte er es geschafft, auf einmal nicht mehr so verschlafen auszusehen?

»Guten Abend, Gouverneurin«, begrüßte er unseren Besuch und kam mit ausgestreckter Hand auf sie zu. Wenn er nicht so reagiert hätte, wäre Dad von ihren Bodyguards vermutlich windelweich geprügelt worden. Der eine sah schon ziemlich verdächtig aus.

»Sehr schön, dass Sie alle beisammensitzen, Mrs und Mr Lawrence. Wie Sie bestimmt schon wissen, geht es um Ihre Tochter Malia.« McCann ließ die Hand meines Vaters wieder los und begrüßte Mom ebenso überschwänglich. »Ich bin sehr begeistert von Ihren Arbeiten, Olivia. Ich darf Sie doch so nennen?«

Auch meiner Mom blieb gar nichts anderes übrig, als zuzustimmen. »Selbstverständlich. Und es freut mich sehr, dass sie Ihnen gefallen. Bitte, setzen Sie sich doch.«

Das ließ sich die Gouverneurin nicht zweimal sagen. Sie setzte sich auf den Stuhl zwischen meinen Eltern, während ich noch immer wie bestellt und nicht abgeholt im Türrahmen verharrte.

Was passierte hier gerade?

Dem Blick meines Vaters nach zu urteilen hatte auch er keine Ahnung, aber er wollte dringend, dass ich mich ebenfalls an den Tisch setzte. Damit ich Platz hatte, nahm er Aiden auf seinen Schoß, so dass ich der Gouverneurin direkt gegenübersaß. Super. Das fühlte sich so an, als würde ich dem Teufel direkt in die Augen sehen.

»Also, Malia, du hast dich meinen Unterlagen zufolge am vergangenen Donnerstag untersuchen lassen und bist mit einem positiven Testergebnis entlassen worden. Dein Blut wurde daraufhin gründlicher untersucht und ich kann nur meinen Glückwunsch aussprechen.« Sie lächelte schon wieder. »Deine Blutwerte sind hervorragend und die Therapie war erfolgreich.«

Ich schluckte unter ihrem erwartungsvollen Blick, konnte mich aber nicht aufraffen etwas zu antworten. Mein Hals war so trocken, dass ich kein einziges Wort fehlerfrei herausgebracht hätte. Also hielt ich lieber von vornherein die Klappe.

»Und was bedeutet das, wenn ich fragen darf?«, wandte meine Mutter ein, weil sie bemerkte, dass ich nichts Vernünftiges zustande bringen konnte, ohne die Nerven zu verlieren. Und davon war ich wirklich nicht weit entfernt. Die Erinnerung an Jill hatte mir schon nicht gutgetan, davor die Demonstration in der Bahn – wieso musste das jetzt auch noch passieren?

McCann schien sich über Moms Frage zu freuen. »Malia wird von nun an einen höheren Status haben und zur sogenannten High Society gehören. Eigentlich eine nicht zugelassene Bezeichnung der militärischen und politischen

Statusstufe, aber gegen das Denken der Bürger kann selbst ich nichts unternehmen«, erwiderte sie mit einem mehr als auffällig gekünstelten Lachen.

Sie wollte es wie einen Witz klingen lassen und versagte dabei auf ganzer Linie. Mein Dad reagierte gar nicht und Mom rang sich wenigstens ein kleines Lächeln ab.

Mir wurde stattdessen einfach nur übel.

»Wie dem auch sei«, sprach sie weiter, »Malia stehen ab heute neue Privilegien zu, die teilweise auch von ihrer Familie in Anspruch genommen werden können. Ich habe Ihnen bereits ein aussagekräftiges Informationsblatt auf Ihre Tablets zukommen lassen. Bei Fragen sollten Sie aber nicht zögern sich mit Malias Kontaktperson in Verbindung zu setzen. Ihr Name ist Johanna Fox und ihre Kontaktdaten haben Sie mit der Benachrichtigung erhalten.«

Hatte sie ihr Lächeln festgetackert?

»Malia, ich bin mir sicher, dass dich das alles ein wenig überfordert, aber wir werden dir selbstverständlich dabei helfen, damit umzugehen. Übermorgen wird man dich von zu Hause abholen und in die Residenz begleiten. Dort wirst du dann den Präsidenten kennenlernen.«

Wie bitte?

Ich brauchte nicht mal etwas zu sagen. Der Schock beherrschte beinahe den ganzen Tisch, weshalb die Gouverneurin schnell zu einer Erklärung ansetzte.

»Wie Sie wissen, unternimmt der Präsident Stadtbesuche, um möglichst viele neue Rekruten persönlich zu begrüßen. Er kommt bloß zweimal im Jahr nach Haven – Malia hat also großes Glück, ihn übermorgen höchstpersönlich kennenzulernen.«

Das war doch jetzt ein schlechter Witz. Das konnte *wirklich* und absolut nicht wahr sein!

»Wenn ich Sie kurz unterbrechen dürfte, Gouverneurin McCann?«, bat Dad und nahm Aiden aus Gewohnheit den Daumen aus dem Mund, weil er schon wieder darauf herumkaute.

Gleichzeitig hoffte ich, dass Dad ihr klarmachen würde, wie mehr als überraschend das Treffen mit dem Präsidenten von New America für mich war – geradezu auf schockierende Weise überraschend. Allerdings schien ihm etwas ganz anderes Sorgen zu bereiten. Als McCann – immer noch lächelnd – nickte, fuhr Dad fort: »Ist schon bekannt, welches Element unsere Tochter beherrscht?«

»Bedauerlicherweise nein. Das wird sich erst übermorgen beim finalen Test zeigen. Leider ist unsere medizinische Forschung noch nicht weit genug, um anhand der Blutwerte das Element zu definieren. Dafür gibt es zu viele unterschiedliche Ergebnisse.«

»Aber wenn es dann bekannt ist, wird sie doch sicherlich eine Ausbildung bekommen?«, hakte Mom nach, die ebenfalls zunehmend besorgter aussah.

»Das steht völlig außer Frage.« McCann verschränkte die Finger ineinander. »Malia wird nach einem ausführlichen Gruppentraining einen persönlichen Trainer zugeteilt bekommen, der sie ihrer Entwicklung entsprechend unterrichten wird. Er oder sie wird ihr alles, was sie wissen und können muss, beibringen. Bis sie ihre Ausbildung nicht erfolgreich abgeschlossen hat, kann ich Ihnen versichern, Olivia, dass Ihre Tochter zu keinem Einsatz geschickt wird.«

Das klang wie eine Einladung, mich möglichst dumm anzustellen, damit ich so lange wie möglich in der Ausbildung wäre. Was nicht so schwer werden würde: Ich trieb ja nicht mal Sport. Wie sollte ich also Kraft und Ausdauer haben?

»Hast du jetzt noch irgendwelche Fragen, Malia?«, richtete sich die Gouverneurin wieder an mich. Alle Blicke lagen plötzlich auf mir, aber ich schüttelte nur sprachlos den Kopf. »Gut, dann würde ich mich jetzt auch schon wieder verabschieden. Es warten noch weitere glückliche Auserwählte auf mich.«

Genau, zu irgendwas musste es ja gut sein, dass man die Gouverneurin eines Staates war. Dabei war alles nur Marketing, um der High Society Ruhm und Wichtigkeit zuzuschreiben; den Glamour, um die Brutalität des Kriegführens zu verschleiern.

McCann erhob sich wieder vom Tisch und reichte meiner Mutter die Hand, daraufhin auch meinem Vater.

Mit ihren dunkelroten Lippen lächelte sie mich an und wollte mir ebenfalls die Hand geben. Obwohl mein Körper fast völlig erstarrt war, schaffte ich es irgendwie, ihrer Aufforderung nachzukommen.

»Ach, ja. Da fällt mir ein, ich habe ganz vergessen zu erwähnen, dass diese beiden netten Herren hinter mir deine zukünftigen Bodyguards sein werden. Aber noch gehören sie mir«, sagte sie mit einem mädchenhaften Kichern.

Es war überall bekannt, dass McCann intime Beziehungen zu jüngeren Männern pflegte. Deswegen konnte sie damit nur einen der beiden meinen. Der rechte sah schon viel zu alt aus, aber der jüngere war breit gebaut, groß und attraktiv.

Während meine Eltern die Überbringerin der Hiobsbotschaft mit ihren Anhängseln noch bis zur Tür begleiteten, ergriff ich die Chance und flüchtete in mein Zimmer.

Ich hatte definitiv genug von der Welt.

* * *

HERZLICH WILLKOMMEN!

Auch Sie haben es ins Militär New Americas geschafft und genießen ab sofort die begehrten Privilegien der High Society.

Sehr geehrte Miss Lawrence, für Sie bedeutet das:

Die Öffentlichkeit wird Sie mit anderen Augen sehen!

Zahlreiche, exklusive Veranstaltungen warten auf Sie

KnowHaven wird über Sie berichten

Egal wo: Sie kommen an erster Stelle!

Sie erhalten gesonderten Zutritt ins Einkaufszentrum, Schwimmbad sowie in Restaurants, Bars, Kinos, etc.

Und das fast immer kostenlos!

Zudem gibt es Getränke und Verpflegung frei Haus*

Auch Ihre Familie wird davon profitieren!

Von jetzt an genießen Sie eine uneingeschränkte Auswahl an Lebensmitteln

Auch die Nutzung des Lieferservice ist inbegriffen!

Natürlich ist auch der Eintritt für Ihre engsten Angehörigen in diversen Räumlichkeiten kostenlos!

Dieses Highlight folgt nach Ihrer Ausbildung:

Schließen Sie Ihre Ausbildung erfolgreich ab und ziehen Sie in das Haus Ihrer Träume!

* beinhaltet p. P. ein Drei-Gänge-Menü, alkoholfreie Getränke und wöchentlich zehn alkoholhaltige Getränke.

** Bitte achten Sie auf die Bedingungen der Veranstaltungsstätte oder des Gastgebers.

* * *

6

Der nächste Schultag zog sich hin wie Kaugummi. Am liebsten hätte ich ihn in die Tonne geworfen, aber das war einfacher gesagt als getan.

Es hatte schon in der Bahn angefangen. Das Klatschblatt *HavenPress* war mal wieder als erstes darüber informiert, wer die glücklichen Neuzugänge waren, die die Gouverneurin am vergangenen Tag begrüßt hatte. Neben mir waren es gestern noch zwei Jungen gewesen, die allerdings nicht auf meine Schule gingen – also wunderte es mich nicht, dass jeglicher Versuch, bis zum Schulende unsichtbar zu bleiben, fehlschlug.

Es war nämlich genau so, wie ich es letzte Woche erwartet hatte. Auf der einen Seite durchlöcherten mich die neidischen Mädchen, die auch endlich in die High Society aufgenommen werden wollten, mit ihren Blicken. Auf der anderen Seite erhielt ich mitleidige Blicke. Kein Wunder, meine Augen waren immer noch leicht geschwollen.

Zum Glück hatte ich Sara an meiner Seite. Durch ihre Ablenkung gelang es mir, nicht auch noch in der Öffentlichkeit in Tränen auszubrechen. Denn obwohl ich damit gerechnet hatte, dass sie gar nicht mehr aufhören würde über meinen Beitritt in den Eliteklub zu reden, schwieg sie das Thema mit überraschendem Durchhaltevermögen tot.

Ehrlich gesagt konnte ich jetzt nur noch darauf hoffen, dass sie mir bald folgen würde, damit ich das Ganze wenigstens nicht alleine durchmachen musste. Zumal es ihrer Familie helfen würde, wenn sie durch Sara gesellschaftlich aufstiegen.

Da es ihrer Mom psychisch nicht so gut ging und ihr Dad nicht den besten Job hatte, gestaltete es sich für sie oftmals schwierig, bis zum Ende des Monats über die Runden zu kommen. Mehr als einmal war es vorgekommen, dass meine Eltern ihre zum Essen eingeladen hatten. Aber für uns war das eine Selbstverständlichkeit, da wir dank Jills Ration mehr als genug hatten.

Sara stupste mich unauffällig mit dem Ellbogen an und riss mich damit aus meinen Gedanken. Sie schien mein Unwohlsein wegen der Blicke zu bemerken, konnte darüber aber nur die Augen verdrehen.

»Malia«, murmelte sie, während sie auf eine kleine Gruppe Wasser- und Erdmädchen blickte, die sich gerade gegenseitig ihre Tricks zeigten. Eines der Wassermädchen streute sich zur Abkühlung mehrere Wasserwölkchen über die Arme, während eines der Erdmädchen mit ein wenig Sand – den sie bestimmt zu Übungszwecken bei sich trug – versuchte ... ja, das war mir leider auch nicht so ganz klar.

Das Element Erde war in meinen Augen das langwei-

ligste und zugleich angsteinflößendste. Die besten Soldaten schafften es, mithilfe von erzeugten Erdbeben ganze
Städte in Schutt und Asche zu legen. Doch von ihnen gab es
nur eine Handvoll. Die meisten Erdrekruten konnten sich
schon glücklich schätzen, wenn man ein kleines Zittern unter den Füßen spürte oder der Asphalt ein paar Zentimeter
aufplatzte.

Das Element Wasser war deutlich interessanter und
mein heimlicher Favorit, und das nicht nur, weil sich damit
das Wasser kontrollieren ließ. Das Element im Allgemeinen fand ich faszinierend: allein dass man besser schwim-
men und unter Wasser atmen konnte. Leider war es in
Anbetracht der schlechten Klimasituation nicht leicht, ein
Wassersoldat zu sein; um das Wasser kontrollieren zu können, musste es erst einmal vorhanden sein, denn allein das
Wasser aus dem Körper reichte nicht aus, um jemanden im
Krieg zu verletzen. Obwohl der ein oder andere bestimmt
auch schon so trainiert war, um jemanden ohne einen be-
sonderen Einfluss von außen ertrinken oder austrocknen
zu lassen.

Saras Stimme riss mich wieder aus meinen düsteren
Gedanken. »Du gehörst ab jetzt zu den Beliebten. Wenn du
so tust, als würde es dir gefallen, starren sie vielleicht nicht
mehr so.«

»Aber es gefällt mir nicht«, gab ich leise zurück und folgte
ihr blind durch den Korridor, die Augen auf den Boden gerichtet, damit ich niemanden mehr ansehen musste.

»Ich weiß. Trotzdem musst du denen das nicht auf die Nase binden«, riet sie mir.

Ich seufzte und war gleichzeitig unendlich erleichtert, als wir endlich die Tür des Kunstraums schlossen und uns hinter dieser in eine entspannende Stille einsperrten. Während ich weiter in den Raum hineinging, antwortete ich ihr absichtlich nicht mehr, da ich an diesem Tag nicht mehr darüber sprechen wollte, wie ich mich gegenüber der High Society zu verhalten hatte. Ich konnte sie, ihre Lebensweise einfach nur verabscheuen. Demnach empfand ich den Hass auf mich selbst fast schon als normal.

»Okay«, sagte Sara schließlich, ehe sie mir an den größten der Tische, der in der Mitte des Raumes stand, folgte. »Hab schon verstanden, du magst das Thema nicht, und obwohl ich finde, dass wir eigentlich darüber reden müssten ...«

»Bitte, lass uns jetzt einfach mit dem Kunstprojekt anfangen!«, unterbrach ich sie in der Angst, sie hätte doch noch vor mich zum Reden zu zwingen.

Ich warf meinen Rucksack auf einen der Stühle und holte mein Tablet heraus.

Sara seufzte demonstrativ. »Dafür sollten wir uns erst mal für ein Thema entscheiden«, sagte sie und ließ sich gegenüber von mir auf einen Stuhl fallen. Langsam holte sie ebenfalls ihr Tablet hervor und schloss es wie ich an einem Netzwerkkabel an, damit wir recherchieren konnten.

Früher hatte es dafür Bücher gebraucht, aber da es seit

einigen Jahrzehnten kaum noch Papier auf der Welt gab, wurden die übrig gebliebenen Werke in Museen aufbewahrt. Ich hatte noch nie ein Buch, geschweige denn ein einzelnes Blatt Papier in der Hand gehalten – dafür hatte jeder sein Tablet. Darauf konnten wir Notizen schreiben, unsere Hausaufgaben machen und die Unterrichtsmaterialien abspeichern.

Normalerweise würde ich nach zwei Jahren, also wenn ich mit der Schule fertig wäre, ein neues Tablet bekommen, da ich es für meinen späteren Beruf gebraucht hätte. Aber da ich ja jetzt offiziell unbegrenzte Möglichkeiten besaß, an Güter zu gelangen, würde es bestimmt nicht lange dauern und man würde mir als Präsent ein nigelnagelneues zukommen lassen. Dabei hing ich an meinem Tablet mit der hellblauen Schutzhülle und dem bunten Regenbogenaufkleber auf der Rückseite.

Während Sara schon anfing zu arbeiten, wanderten meine Gedanken noch einmal zurück zur Mittagspause.

Ich hatte ihr wieder den Großteil meines Essens gegeben, weil der Monat fast um war. Auch wenn meine Nudeln schon kalt gewesen waren – die Hiobsbotschaft von gestern schlug mir immer noch auf den Magen –, hatte sie sie mit einem leisen, beinahe peinlich berührten »Danke!« angenommen. Dabei sagte ich Sara immer wieder, dass sie sich weder schämen noch bedanken brauchte.

Wir hatten außerdem darüber gesprochen, ob ich nach meiner Elementdiagnose bei den Schülern der High Society unter dem bedachten Bereich der Terrasse sitzen würde – ich wollte das nicht, weil Sara meine beste Freundin war. Und nur weil ich jetzt zu ihnen gehörte, änderte sich das nicht. Ich hatte ja auch noch die Hoffnung, dass sie mir dort bald Gesellschaft leisten würde. Zwar hatte sie davon geschwärmt, mit mir am Tisch der Elite zu sitzen, aber sie kannte die Regeln besser als irgendjemand sonst. All das, was die Elite durfte, war der Mittelschicht und allem, was darunterlag, untersagt.

»Okay, wie wäre es, wenn wir zum Thema Elemente einen Tornado darstellen?«, unterbrach Sara mich in meinen Gedanken und sah neugierig von ihrem Tablet auf.

Ich blinzelte kurz. »Hast du dafür schon eine Idee?«

»Na ja, geht so«, antwortete sie. »Wir brauchen irgendein Material, das wir verwenden können.«

»Schwierig bei Wind. Wie wäre es denn mit Feuer? Wir könnten irgendetwas mit Asche machen.«

»Hmm, nee. Das erscheint mir fast schon klischeehaft.«

»Was?«, fragte ich lachend und musterte sie erstaunt. »Gerade du bist doch immer so fasziniert von den Feuerjungs.«

»Ja, genau deswegen ja«, kam es von Sara. »Hab schon von mehreren gehört, dass sie ein Feuerprojekt machen wollen. Da stechen wir doch mit einem Windprojekt deutlich mehr hervor«, erklärte sie mir und zwinkerte mir zu.

Am Ende hatten wir uns aber immer noch nicht entscheiden können und unsere Zeit nur mit unnötigen Diskussionen verschwendet, in der ich versucht hatte sie vom Wind-Thema abzubringen.

Irgendwann beschloss ich einfach mit einem Reserveprojekt anzufangen, damit wir wenigstens nicht den ganzen Nachmittag tatenlos herumsaßen. Obwohl Sara genervt seufzte, als ich ihr sagte, dass ich darin das Wasser-Thema aufgreifen würde, ließ ich mich davon nicht kleinkriegen und nahm ihr das Versprechen ab, sich etwas anderes zu überlegen.

»Wir könnten auch Christopher Collins in Holz schnitzen. Wie wär's?«, schlug Sara grinsend vor und schien nicht überrascht, dass ich mit den Augen rollte.

»Könntest du bitte aufhören ihn Christopher Collins zu nennen?«

»Aber er heißt so.«

»Ja, aber du sprichst es aus, als wäre er ein Popstar«, beklagte ich mich und kramte dabei eine alte, bemalte Leinwand aus dem Schrank hervor. Da wir nichts verschwenden sollten, mussten wir sie so oft benutzen, bis die Farbschicht vermutlich dicker war als die Leinwand selbst.

»Okay, ich höre damit auf. Aber nur, weil er mir heute in der Mittagspause zugezwinkert hat.«

Widerwillig musste ich darüber schmunzeln, wollte ihr aber nicht die Vorstellung ruinieren, es hätte tatsächlich so sein können – auch wenn ich wusste, dass hinter uns ein dunkelhaariges Mädchen mit einem viel zu knappen Rock gesessen hatte.

»Vielen Dank für deine Kooperation«, sagte ich.

Sie zuckte unschuldig mit den Schultern. »Für dich mach ich das doch gern. Aber wenn es dir nichts ausmacht, würde ich schon mal abhauen«, meinte sie mit einem unzufriedenen Unterton in der Stimme. »Hab Dad versprochen ihm beim Haushalt zu helfen. Mom ist schon wieder krankgeschrieben.«

»Kein Problem«, erwiderte ich wegwerfend und baute die Staffelei auf. »Aber wünsch ihr gute Besserung von mir, ja?«

»Klar. Sehen wir uns dann heute Abend?«

»Wie abgesprochen.«

Sara verließ mit einem Luftkuss den Raum und schloss die Tür leise hinter sich.

Ich konnte nichts dafür, aber als sie verschwunden war, atmete ich erleichtert aus. Ruhe. Das war genau das, was ich jetzt gebrauchen konnte. Es war niemand mehr da, der mich mit einem mitleidigen oder neugierigen Blick mustern konnte, niemand, der über die High Society oder Chris sprechen wollte, niemand, der mich ständig daran erinnerte, dass ich bald eine Soldatin sein würde.

Herrlich.

Kleinschrittig begann ich damit, mir meine Arbeitsmaterialien wie weiße Farbe, einen breiten Pinsel und einen Kittel herauszuholen und das alte Gemälde flach auf den Tisch zu legen. Ich hätte eine Menge dafür gegeben, mal die Erste zu sein, die eine Leinwand benutzen durfte, aber das blieb mir leider vergönnt. Also griff ich nach dem kleinen

Farbeimer und öffnete ihn geschickt. Ich hatte gerade mal den Pinsel eingetunkt, als hinter mir die Tür ging – meine kurze Freude über die neu gewonnene Ruhe verpuffte sofort. Dabei hatte es so schön angefangen.

In der Hoffnung, es hätte sich nur jemand in der Tür geirrt, drehte ich mich nicht mal um; vermutlich war es sowieso nur Sara.

»Hast du etwas vergessen?«, fragte ich in einem bemüht lockeren Ton, erstarrte aber, als mir eine Stimme antwortete, die sich so gar nicht nach Sara anhörte.

»Nicht dass ich wüsste.«

Selten hatte ich erlebt, wie mein Herz den Geist aufgab. Ja, die Bekanntgabe meines Testergebnisses bei meiner Ärztin oder die Demonstration in der Bahn waren schon nah dran gewesen, aber die jetzige Situation brachte das Ganze noch mal auf eine völlig neue Stufe.

Am liebsten wäre ich einfach so bescheuert stehen geblieben, mit dem Rücken zur Tür, den Pinsel in der Hand, aber mein Körper reagierte ohne mein Zutun und drehte sich zum Sprecher um.

Da wurde mir klar, dass mein Herz nicht nur den Geist aufgegeben hatte, sondern auch irgendwo dorthin verschwunden war, wo es nichts zu suchen hatte.

Christopher Collins stand ein paar Meter von mir entfernt an der Tür des Kunstraumes und schloss sie gerade hinter sich, um auch die letzte Hoffnung in mir, er wäre doch nur aus Versehen hier gelandet, zu zerstören.

Als mir bewusst wurde, wie unverwandt er mir in die Augen sah, senkte ich den Blick und versuchte, nicht rot anzulaufen – nur leider hatte ich immer noch nicht raus, wie ich das verhindern konnte. Für mich war es schwer genug, überhaupt mit Fremden zu reden, aber das hier war Chris.

Ausgerechnet der Typ, den ich schon, seit ich auf diese Schule ging, mit einer peinlichen Faszination bewunderte wie Hunderte anderer Mädchen.

Dass ich auch noch spürte, wie er mich weiterhin musterte, machte mich nur noch nervöser und brachte mich dazu, dass ich mich kommentarlos von ihm wegdrehte und an meinen Pinsel klammerte, als könnte der mich irgendwie aus dieser Situation herauskatapultieren.

Es war mir so schrecklich unangenehm, dass ich genauso reagierte, wie jede andere es getan hätte, die völlig unvorbereitet mit Chris in einem Raum gelandet war: Außer der Sache mit dem Pinsel tat ich überhaupt nichts. Ich wünschte bloß, meine Kehle würde sich nicht so trocken anfühlen und mein Herz nicht länger rasen – aber ich konnte nichts gegen die Reaktion meines Körpers tun, der sich von seiner bloßen Anwesenheit in die Enge getrieben fühlte.

Auch wenn Chris glückliche Erbanlagen aufwies und quasi der Inbegriff des Liebeskummers war, besaß er auch eine Eigenschaft, die mich noch mehr beunruhigte: Ich wusste nicht, ob es mit seinem Feuerelement zusammenhing, aber er hatte diese einschüchternde Wirkung, die einem eigentlich Angst machen sollte.

Bisher war das für mich immer nur ein Gerücht geblieben, aber als ich die näher kommenden Schritte hören konnte, war das das Ende. Mein Ende.

Tief durchatmend versuchte ich mich auf meine Arbeit zu konzentrieren und schaffte es tatsächlich, mich wieder zu bewegen.

Ich tunkte den Pinsel in die Farbe ein, verteilte eine dünne Schicht auf der bemalten Leinwand, tunkte den Pinsel wieder in Farbe, verteilte erneut Farbe, tunkte den Pins...

Und ließ ihn erschrocken aus der Hand fallen, als Chris in meinem Augenwinkel auftauchte und sich lässig mit der Hüfte gegen den Tisch lehnte. Das tat er natürlich so nah, dass ich fast seinen Ellbogen gestreift hätte, als ich schnell den Pinsel wieder aufhob.

Obwohl ich am Rande meines Blickfelds bemerkte, wie er mich von der Seite musterte, konzentrierte ich mich mit aller Kraft darauf, so zu tun, als wäre er überhaupt nicht da. Diese Option schien mir weniger peinlich als die Gefahr, kein einziges Wort herauszubringen.

»Hallo«, begrüßte er mich überflüssigerweise noch mal und schien noch näher zu rücken.

Ohne ihm zu antworten – ich konnte Sara deswegen gedanklich empört keuchen hören –, wandte ich mich wieder meinem Bild zu. Pinsel eintunken, Farbe dünn verstreichen. Hoffen, dass er das Zittern nicht bemerkte. Pinsel eintunken ... und Pinsel kapitulierend im Farbeimer stehen lassen. Die Gefahr in Kauf nehmen zu stottern.

»Würde es dir etwas ausmachen ...«

»Ja«, unterbrach er mich sofort, obwohl er nicht mal wissen konnte, was ich sagen wollte.

Automatisch hob ich den Blick; es überraschte mich, dass mein Herz wieder zu schlagen begonnen hatte. Dass es mir aber das Gefühl gab, als würde es seine Sachen zusammenpacken und nur darauf warten, die Kündigung zu unterschreiben, eher weniger.

Chris war von der Tatsache, dass ich ihn mit Sicherheit so anstarren musste, als hätte er gerade in einer fremden Sprache geantwortet, völlig unbeeindruckt.

»Du bist«, begann er, wobei er eine nachdenkliche Pause machte und sich beinahe provozierend ein Stück näher an mich heranlehnte, »Malia, richtig?«

Wie mechanisch nickte ich, war aber gleichzeitig in dem Schock gefangen, dass er meinen Namen kannte – was mich eigentlich nicht wundern sollte, schließlich stand er in einer unmöglich zu übersehenden Schriftgröße im *HavenPress*.

Mein bescheuertes Herz überlegte sich das mit der Kündigung noch mal anders und schien hellhörig zu werden: Was konnte Chris noch alles über mich wissen?

»Ich bin Chris«, erklärte er ungerührt.

Danke, das wusste ich bereits. Das wusste vermutlich jeder auf diesem Planeten. Wieder bekam er nur ein Nicken von mir. »Was machst du da?«, fragte er weiter.

»Malen.«

»Cool. Du magst also Kunst?«

Ich nickte.

»Was magst du noch so?«

Verständnislos erwiderte ich seinen Blick und fragte mich gleichzeitig, was das hier werden sollte – und wieso er noch nicht gegangen war.

»Ähm ...«

»Wasser?«, begann er lockend und legte seinen Kopf schief. »Feuer? Luft? Erde?«

Ah. Natürlich. Es ging um die Elemente.

Alles andere wäre auch völlig absurd gewesen – aber wieso wunderte mich das jetzt so? Ich wusste doch, dass ich nicht in die Sparte Mädchen passte, die ihn interessierte. Andernfalls hätte er schon Hunderte Möglichkeiten gehabt, mich vom Gegenteil zu überzeugen.

Zugegeben, ich hatte wirklich für einen winzigen, irrsinnigen Moment gehofft, er wäre doch auf mich aufmerksam geworden. Aber ich war auch irgendwie froh, dass dem nicht so war. Das Letzte, was ich wollte, war zu einem seiner Opfer zu werden, die er erst anlockte und dann mit einem gebrochenen Herzen zurückließ.

Wie gesagt, ich interessierte mich zwar für ihn, würde es aber vorziehen, dies weiterhin aus der Ferne zu tun, wo ich nicht in Versuchung käme, mich zu blamieren.

»Wasser«, erwiderte ich schließlich, konnte aber den bitteren Unterton nicht verbergen.

»Du siehst nicht wirklich aus wie ein Wassermädchen.« Chris beäugte mich kritisch und irgendwie abschätzend.

Am liebsten hätte ich gar nicht reagiert, aber mein Mund machte sich selbstständig.

»Ach, ja?«, gab ich erstaunt von mir.

»Wassermädchen sind meistens blond.«

Auch das war nichts weiter als ein Klischee. Es gab genug Wassermädchen, die auch braune oder schwarze Haare hatten – und ich war mir ziemlich sicher, dass er das wusste und mich nur provozieren wollte. Das würde zumindest dieses auffällige Glitzern in seinen Augen erklären.

»Wie dem auch sei … also würdest du dich für das Wasser entscheiden?«, fragte mich Chris.

Ich zuckte mit den Schultern, obwohl ich bei meiner Untersuchung sofort gewusst hatte, dass ich, wenn überhaupt, nur das Wasser als Element haben wollte.

»Hast du dir denn das Feuer gewünscht?«, lautete meine Gegenfrage.

Chris antwortete nicht sofort, erwiderte meinen Blick aber plötzlich reserviert und so, als hätte er nicht mit dieser Reaktion gerechnet. Vermutlich dauerte es auch deshalb so lang, bis er sein Schweigen brach. Es war aber auch nicht auszuschließen, dass ich nur das Gefühl hatte, dieser Moment würde nicht vergehen, weil ich glaubte Flammen in seiner Iris zu sehen.

»Ich bin mir nicht sicher, ob du eine ehrliche Antwort von mir hören willst.«

Gut, das wusste ich allerdings auch nicht, sah ihn aber trotzdem auffordernd an.

»Wenn ich eine Wahl gehabt hätte, hätte ich mich tatsächlich für das Feuer entschieden«, erklärte er gedehnt. »Aber es wäre für alle besser gewesen, wenn sie die Therapie bei mir abgebrochen hätten.«

Schlagartig verdüsterte sich seine Mimik. Die Flammen in seinen Augen wurden deutlicher. Das Bild der Windsoldatin in der Bahn blitzte vor mir auf. Ihre Augen hatten genauso geglüht, als sie ihr Element angewandt hatte.

Rasch wich ich zurück, als Chris sich vom Tisch abstieß und aufrecht hinstellte. Erst jetzt sah ich, dass er einen Kopf größer war als ich.

»Abbrechen?«, hakte ich nach.

Chris lehnte sich näher zu mir herunter, seinen linken Mundwinkel spöttisch verzogen. Anstatt mir zu antworten, wurde das Grinsen in seinem Gesicht breiter. Das aber wurde kein schönes Lächeln, sondern ein dreckiges und spottendes. Er sah damit aus wie ein verzückter Todesengel.

Es lief mir eiskalt den Rücken herunter.

»Das Wasser ist nicht dein Element«, raunte er scheinheilig und trat noch einen Schritt näher an mich heran. Alles in mir wollte schon zurückweichen, aber als ich im Augenwinkel erkannte, wie meine Leinwand plötzlich aufflammte, erstarrte ich.

Dass ich aufkeuchte, weil ich schockiert war, schien ihn nur noch mehr zu amüsieren.

»Warum hast du das getan?«, fragte ich leise, erstickt, denn meine Stimme war zu mehr nicht in der Lage.

Zu sehen, was er mit meiner Leinwand anrichtete, warf mich völlig aus der Bahn – aber was sollte das überhaupt? Was wollte er damit demonstrieren?

Dass er offensichtlich sehr gut mit seinem Element umgehen konnte? Dem konnte ich nur zustimmen.

Dass er mich einschüchtern konnte? Hundertprozentig.

Dass er mich beeindrucken konnte? Wohl kaum. Dafür war sein Blick viel zu spöttisch und siegessicher.

Chris nutzte meine Starre und beugte sich auf einmal so nah zu meinem Ohr herab, dass mein Herz drohte stehen zu bleiben.

»Ich schätze, weil ich es kann«, erwiderte er gleichgültig, schulterte seinen Rucksack und ließ mich mit den glühenden Überresten meiner Leinwand stehen.

7

Am Abend erzählte ich Sara nichts von meiner Begegnung mit Chris. Vielleicht aus Angst, dass sie mir nicht glauben oder nicht genauso wütend darüber sein würde wie ich. Als sie nach dem Bild fragte, erklärte ich ihr bloß, dass ich die Leinwand gerade mal weiß gestrichen hatte. Was ich auch mit einer zweiten getan hatte, nachdem ich das, was vom ersten Versuch übrig geblieben war, entsorgt hatte.

Wir verbrachten den Abend in einem Café, wo eine Acoustic-Band spielte. Wie erwartet schmachtete Sara die ganze Zeit über den Sänger an. Aber das amüsierte mich eher, als dass es mir auf die Nerven ging – vor allem, da sie es damit beinahe schaffte, das Bild eines himmlisch und zugleich teuflisch lächelnden Christopher aus meinem Gedächtnis zu löschen.

Leider war es dann etwas später geworden, weshalb ich mir jetzt – während ich am nächsten Morgen den verhängnisvollen Schritten meiner Mom auf dem Flur lauschte – am liebsten die Bettdecke über den Kopf gezogen hätte.

Das Klopfen an der Tür machte mir allerdings einen Strich durch die Rechnung.

»Süße, komm, du musst aufstehen«, hörte ich meine Mutter sagen.

Stöhnend zog ich die Decke noch ein Stück höher. »Ich will nicht«, meckerte ich und wünschte mir dabei inständig plötzlich krank zu werden.

»Du musst, Süße, das weißt du. Und jetzt steh auf! Das Frühstück ist auch schon fertig.«

Ich brummelte irgendwas Unverständliches zurück, wusste aber, dass meine Mom ins Zimmer kommen würde, wenn ich nicht aufstand. Das war eine Eigenschaft, die mich wirklich an ihr nervte, mich an manchen Tagen aber auch schon davor bewahrt hatte, die Letzte in der Schule zu sein.

Mürrisch stieg ich aus dem Bett und öffnete die Fenster. Zu dieser frühen Stunde war das Wetter noch erträglich, bevor die Temperaturen heute Mittag auf gefühlte hundert Grad ansteigen würden. Zwar hatte ich nichts gegen Wärme, ich war sie ja gewohnt, aber manchmal fragte ich mich, wie es wäre zu frieren.

Gemeinsam mit dem Osten hatten wir die besten Lebensbedingungen. Im Norden war es gerade zur Winterzeit so bitterkalt, dass viele Menschen an Unterkühlung starben. Und im Süden war es eigentlich immer viel zu heiß.

Früher hatte man alles anders genannt. Da war der Westen noch Amerika, der Norden noch Europa, der Osten noch Asien und der Süden noch Afrika gewesen. Es hatte auch eine Zeit gegeben, da hatten die Menschen einen kleinen Kontinent namens Australien besiedelt. Aber es war zu viel

passiert, um diesen Teil der Erde noch weiter am Leben erhalten zu können. Vielleicht gab es dort noch Einwohner,
vielleicht auch nicht. Sicher aber war, dass man sie – wenn
sie denn tatsächlich existierten – nicht mehr als Teil unserer Welt ansah. Sie waren vielleicht da, spielten aber keine
Rolle.

Alle anderen Gebiete kooperierten miteinander und leb-
ten eigentlich in Ruhe und Frieden. Eigentlich.

Seit geraumer Zeit, seit etwa fünf Jahren, standen der
Westen und der Osten im Konflikt zueinander. Die Regierung von New Asia wollte, dass die Genmanipulationen eingestellt wurden. Sie duldete die Therapien nicht mehr, weil
schon zu viele Menschen daran gestorben waren und es für
sie wichtig war, so viele Leben wie möglich zu erhalten. Bisher waren sie aber nie aktiv gegen uns vorgegangen, und da
es ja inzwischen ein Heilmittel gegen die, nennen wir sie
mal *Nebenwirkungen* gab, sah unser Präsident auch nicht ein,
die Experimente zu stoppen.

Es war also vorprogrammiert, dass sich die Regierungen
des Ostens und des Westens nicht besonders mochten, um
es freundlich auszudrücken. Hier im Westen gab es nun
mal andere Idealvorstellungen vom perfekten Leben. Dazu
zählte auch, dass sich die Regierung im Falle eines Angriffs
verteidigen konnte – und das möglichst ohne mechanische
Waffen.

Die Waffen waren wir Menschen.

In nicht allzu ferner Zukunft würde New America die

mächtigste Nation von allen sein, was Ressourcen, Lebensumstände und Verteidigung anbelangte. Wir hatten geografisch gesehen die besten Bedingungen, um uns auf Dauer selbst zu versorgen.

Was den bestmöglichen militärischen Schutz durch Menschen anging, vertraute die Regierung auf die Elementsoldaten. Sie konnten unsere Besitztümer bestmöglich verteidigen. Falls es denn wirklich zu Angriffen kommen sollte.

»Malia!« Die Stimme meiner Mutter katapultierte mich wieder in die Realität. »Komm runter! Die Pfannkuchen sind fertig!«

* * *

Zu meinem Schönheitsprogramm kam ich erst nach dem Frühstück. Leider nahm es fast zwei Stunden in Anspruch: Grundreinigung, Klamottenauswahl, Feinschliff.

Das Schöne war, dass meine Mom sich um alles kümmerte. Sie hatte die Kleidung rausgesucht, mir eine Flechtfrisur gezaubert und beim Make-up geholfen, weil ich selbst zu selten etwas benutzte.

Auch Sara hätte hierbei eine gute Hilfe abgegeben. Aber sie musste im Gegensatz zu mir in die Schule, während ich mich gleichzeitig dem Elementtest und dem Präsidenten stellen musste. Hätte ich die Wahl gehabt, würde ich jetzt lieber mit Sara im Englischunterricht sitzen.

Als Mom mich schließlich vor den großen Spiegel in meinem Zimmer schob, legte sie fürsorglich ihre Hände auf meine Schultern.

»Ich weiß, dass du es dir nicht ausgesucht hast, Süße«, sagte sie mitfühlend, »vor allem nach dem, was mit deiner Schwester passiert ist.«

Bei ihrer Erwähnung stolperte mein Puls.

Sie lächelte mich traurig im Spiegel an. »Aber es ist das Gesetz. Uns sind die Hände gebunden. Bitte versprich mir, dass du das Beste daraus machen wirst. Tu es für Jill.«

»Mach ich«, antwortete ich und erwiderte ihre Geste, während ich ablenkend meine weiße Bluse glatt strich. Glücklicherweise hatte Mom mir den Business-Klischee-Rock erspart und mir erlaubt eine Jeans anzuziehen. In dem eng anliegenden Oberteil fühlte ich mich schon nicht besonders, aber das musste wohl sein.

Das, was ich jetzt für den Rest meines Lebens tun würde, geschah nicht nur für meine verstorbene Schwester, sondern für meine ganze Familie. Sie hatten es verdient, dass ich keinen Ärger machte, selbst wenn alles in mir dagegen rebellierte, die heutige Tortur über mich ergehen zu lassen.

Tief durchatmend und mit einem Kloß im Hals warf ich meiner Mom ein aufmunterndes Lächeln zu und legte meine Hand auf ihre. »Für Jill.«

* * *

Meine Bodyguards standen pünktlich auf die Minute vor unserer Haustür, um mich abzuholen, was mich alles andere als entspannte. Wie zu erwarten wuchs meine innere Unruhe mit jedem Meter, den wir über den hellgrauen Asphalt zurücklegten.

Die ersten fünf Minuten der Fahrt fand ein reiner Informationsaustausch statt, in dem ich alle Eckdaten beider Männer erfuhr.

Trevor Boyle – groß, dunkelhaarig, gepflegter Bart, ledig, keine Kinder und sechsunddreißig Jahre alt – war mein zweiter Bodyguard, wollte sich aber nur mit Nachnamen ansprechen lassen. Die Sonnenbrille nahm er nur selten ab und auch sonst war Konversation nicht so sein Ding.

Ryan Billyard – ebenfalls groß, dunkelblond, kein Bart, verheiratet, keine Kinder und sechsundzwanzig Jahre alt – war mein erster Bodyguard. Ihm war es egal, wie ich ihn ansprach, aber vor der offiziellen Regierung sollte ich beim Nachnamen bleiben. Er liebte Kuchen, vor allem Apfelkuchen, und musste deswegen mehr Sport als ohnehin schon treiben, was sogar vertraglich vereinbart war.

»Und dass du mein erster Bodyguard bist, bedeutet noch mal was genau?«, fragte ich Ryan, der auf dem Beifahrersitz saß und eine willkommene Abwechslung in Anbetracht meines grauenvollen Treffens mit dem Präsidenten war.

»Als dein erster Bodyguard bin ich dazu verpflichtet, dich aus der Gefahrenzone zu bringen. Während ich also die ganze Party verpasse, lässt Trevor es ordentlich krachen«, erklärte er mir mit einem hörbaren Schmunzeln in der Stimme. Er hatte die schwarze Sonnenbrille abgesetzt, wodurch mir seine blauen Augen freundlich im Spiegel entgegenblickten.

»Gefahrenzonen wie die Demonstration in der Bahn?«, fragte ich nach.

»Genau«, antwortete er. »Nur, dass du ab jetzt keine Bahn mehr fahren wirst. Du hast ja jetzt uns.«

Ja, ich. Aber was war mit Sara? Allein bei dem Gedanken, sie könnte ohne mich in so eine Demonstration geraten, wurde mir schon übel. »Darf ich eigentlich jemanden mitnehmen?«, erkundigte ich mich bei Ryan.

»Sorry«, erwiderte er, aber damit hatte ich eigentlich schon gerechnet. »Am Anfang wirst du dich schlecht fühlen. Das geht vielen so. Aber irgendwann wirst du dich daran gewöhnen, Malia.«

Da ich davon eher weniger überzeugt war, schwieg ich und ließ mich stattdessen tiefer in den Sitz sinken, damit Ryan mich nicht mehr im Rückspiegel beobachten konnte.

An sich waren die beiden anders, als ich erwartet hatte, besonders Ryan, der offen und freundlich war und auch ein bisschen witzig. Trotzdem wäre es mir lieber gewesen, ich hätte sie unter anderen Umständen kennengelernt. Nicht in diesem protzigen Statussymbol mit getönten Fensterscheiben und teuren Ledersitzen.

Meine Nervosität stieg rasant an, als ich erkannte, dass wir schon bei der Residenz angekommen waren.

Das Gebäude sah von außen betrachtet wie ein altes Schloss aus, wirkte durch die sonnengebleichte Bedachung aber bei Weitem nicht mehr so pompös, wie es früher mal gewesen sein musste. Die Residenz war der politische Hauptsitz der Stadt; das Bürgeramt, das Rathaus und das Gericht in einem.

Boyle steuerte den Wagen auf den davorliegenden Parkplatz, wo schon einige andere Autos standen, und reihte sich zwischen ihnen ein. Bevor wir allerdings ausstiegen, griff Ryan nach dem kleinen Funkgerät, das am Armaturenbrett befestigt war.

»Nightwing an Tower«, funkte er. »Wie sieht die Lage aus?«

In den Lautsprechern erklang ein kurzes Piepen, dann hörte man jemanden seufzen.

»Tower an ... Nightwing.« Der Funker, den man durch die schlechte Übertragung nur schwer und mit einem Rauschen im Hintergrund verstehen konnte, zog den Namen lächerlich in die Länge. »Der Luftraum ist nicht freigegeben, aber zu Fuß sollte es auch funktionieren.«

Ich zog fragend, aber amüsiert die Augenbrauen zusammen.

»Alles roger. Nightwing over.« Ryan steckte den Apparat wieder zurück.

Das hinderte den Tower allerdings nicht daran, noch etwas zu erwidern. »Beim nächsten Mal bist du mir ein Bier schuldig, Batman.«

Ryan ließ leicht die Schultern hängen und sah Boyle fragend an. »Was hat er nur gegen unseren Codenamen?«

Wie zu erwarten antwortete der ältere Bodyguard nicht, sondern stieg aus dem Wagen. Ryan folgte kurze Zeit später.

Nur ich blieb noch einen Moment sitzen und starrte mit zusammengepressten Lippen auf das verhängnisvolle Gebäude. Nach Lachen war mir jetzt gar nicht mehr zumute. Doch leider öffnete Ryan schneller, als mir lieb war, die Autotür und grinste mich auffordernd an.

Tief durchatmend versuchte ich meinen Puls wieder in den Griff zu kriegen, ehe ich endlich aus dem Wagen stieg und seinen Ellbogen dankbar annahm. Ich betrachtete die Residenz mit ängstlichen und großen Augen. Mir war absolut fraglich, wie ich den heutigen Tag überstehen sollte. Oder jeden anderen zukünftigen Tag.

»Komm, Küken. Niemand wird dich beißen«, wollte Ryan mich aufmuntern, während Boyle schon voranschritt. Auf der ersten Stufe drehte er sich allerdings zu uns um und wartete, bis wir ihn wieder eingeholt hatten. Vor Nervosität begann ich dann auch noch die Stufen zu zählen.

Eins. Es war bestimmt gar nicht so schwer, wie ich dachte.

Zwei. Sie würden mit Sicherheit alle nett zu mir sein.

Drei. Vielleicht würde es sogar Tee und Kuchen geben.

Vier. Aber dann wären da immer noch alle Augen, die auf mich gerichtet sein würden.

Fünf. An mir würden Tests gemacht werden.

Sechs. Bei meinem Glück würde ich die ganze Nacht dableiben müssen.

Sieben. Was, wenn ich vor aller Augen zusammenklappen würde?

Acht. Ich glaube, ich würde jetzt am liebsten auf der Stelle tot umfallen.

Neun. Weglaufen wäre aber auch eine Option.

Zehn. Noch drei Stufen, dann könnte ich mein Todesurteil unterzeichnen.

Elf. Wenn das so weiterging, bräuchte ich in weniger als zehn Minuten eine neue Bluse.

Zwölf. Merkte Ryan etwa, dass ich mit dem Gedanken spielte, wegzulaufen, oder warum klemmte er meinen Ellbogen zwischen seinem Arm und Körper ein?

Dreizehn. Es gab kein Zurück.

Ohne dass irgendjemand von uns etwas tat, öffnete sich eine der drei großen Eisentüren. Meine Füße erstarrten, aber Ryan zog mich unbeirrt weiter. Ich war anscheinend nicht die Erste der widerwilligen Sorte.

Vor mir erstreckte sich eine hell beleuchtete Halle, die mich an einen Kirchensaal erinnerte. Direkt gegenüber am Ende des Foyers lag eine Treppe aus Stein. Rechts und links davon standen wenige Bänke und Schaukästen mit irgendwelchen Objekten aus der Vergangenheit, die ich von hier aus nicht erkennen konnte. Der Anblick der vielen aus Stein bestehenden, kunstvollen Torbögen verschlug mir den

Atem und ließ mich für einen kurzen Moment meine Angst vergessen.

Wir gingen schweigend bis zur Mitte der Halle, dahin, wo die Treppe begann. Mit inzwischen vor Staunen geweiteten Augen – immerhin hatte es nie zuvor einen Anlass für mich gegeben, die Residenz zu betreten – legte ich meinen Kopf in den Nacken und erkundete den oberen Teil des Gebäudes. Von hier aus konnte man die vielen Emporen sehen, die sich wie Balkone übereinanderstapelten und dem Ganzen einen antiken Flair verliehen.

Mehr stolpernd als gleitend folgte ich meinen beiden Bodyguards die Stufen hinauf.

Eigentlich hätte ich erwartet, dass hier die wichtigsten Leute kreuz und quer durcheinanderlaufen würden, doch überraschenderweise hüllte uns eine geisterhafte Stille ein, als wären aufgrund der Tests und der Anwesenheit des Präsidenten alle weiteren Bereiche geschlossen. Deshalb erschrak ich auch zu Tode, als plötzlich Gouverneurin McCann wie aus dem Nichts vor uns auftauchte und uns ausbremste.

Bei ihrem unverhofften Anblick schoss mir das Blut ins Gesicht, als hätte sie mich bei einer Straftat erwischt. Ich hatte gehofft, mir bliebe noch etwas mehr Zeit, meinem Fluchtplan den letzten Schliff zu verpassen.

»Schön, dass du hier bist, Malia«, begrüßte sie mich, wobei sie die Hände hinter ihren kurvenreichen Hüften versteckte. Genau wie während ihres Besuches bei mir zu

Hause trug sie einen geraden, engen Rock und einen dazu passenden Blazer. Allerdings dieses Mal nicht in Blau, sondern in einem zarten Rosa.

»Wie ich sehe«, sagte sie, »geht es dir ganz wunderbar. Am besten, du kommst dann einfach schnell mit mir mit. Präsident Longfellow ist schon ganz gespannt darauf, dich kennenzulernen.«

Das Lächeln, mit dem sie mich bis auf die Knochen zu durchlöchern schien, erinnerte mich an das bösartige Grinsen einer Katze, bevor sie die Maus mit ihren Krallen aufschlitzte.

Ryan löste meinen Klammergriff von seinem Ellbogen und gab mich wieder frei. Keine Ahnung, ob ich ihn genauso panisch ansah, wie ich mich fühlte, aber er lächelte mir aufmunternd zu und schob mich zu McCann, die bereits ihre Hand nach mir ausstreckte.

Im Augenwinkel sah ich, wie sie Boyle zuzwinkerte und ihm ein entzücktes Lächeln ihrer blutroten Lippen zuwarf. Ich brauchte mich nicht umzudrehen, um zu wissen, dass es Boyle nicht mal ein winziges bisschen juckte.

Hilfe suchend wandte ich mich Ryan zu. Doch ich sah nur, wie er entschuldigend mit den Schultern zuckte.

Große Klasse. Wofür hatte ich denn jetzt Bodyguards, wenn sie mich nicht auch davor beschützen konnten, etwas zu tun, was ich nicht wollte?

8

Den restlichen Weg legten wir schweigend zurück, woran allerdings ich die größte Schuld trug. Jedes Mal, wenn McCann versuchte ein Gespräch mit mir aufzubauen, gab ich nur ein paar Laute von mir und fummelte am Knopf meiner Bluse herum, statt mich um einen vernünftigen Kontakt zu ihr zu bemühen. Ich war verkrampft, nervös und hatte das Gefühl, jetzt schon durchgeschwitzt zu sein, auch wenn es in der Residenz angenehm kühl war. Man trat dem Oberhaupt New Americas schließlich nicht jeden Tag gegenüber, weshalb mein Puls, während ich meinen Blick auf die große, hellbraune Tür am Ende des Flures geheftet hatte, bei jedem Schritt ein bisschen mehr in die Höhe schoss.

Keine Frage: Es fühlte sich an, als würde ich den Gang zum Galgen antreten.

Deswegen war mir auch leicht flau im Magen, als wir das Ende des Flures erreicht hatten und McCann sich noch einmal zu mir umdrehte. Für einen Moment glaubte ich, sie würde mir gleich mütterlich die Klamotten richten, doch glücklicherweise besann sie sich eines Besseren und lächelte bloß.

Dann war es auch schon zu spät. Sie öffnete die Tür so schnell, dass der aufsteigende Hilferuf in mir nicht mal Gestalt annehmen konnte.

Ich musste zugeben, dass die Anwesenheit des Präsidenten schon schlimm genug für mich war. Aber dass sich in diesem Raum noch mindestens ein Dutzend weitere Personen befanden, war weitaus schlimmer. Dass sie sich wie auf Kommando zu mir umdrehten, während ich wie eine Eisskulptur im Türrahmen erstarrte, war jedoch am allerschlimmsten. Man hätte auch ein Foto von mir schießen und es mit den Worten *Peinlichste Reaktion des Jahrtausends* betiteln können – es hätte im Endeffekt die gleiche Wirkung gehabt.

Wie in Trance bemerkte ich, dass McCann völlig selbstbewusst den Raum betrat und direkt auf die kleine Gruppe zuging. Ich hingegen verweilte noch eine Weile in der Peinlichkeit – in der die hektischen, roten Flecken natürlich nicht lange auf sich warten ließen – und starrte mit einer Mischung aus Fassungslosigkeit und Verwirrung den einzigen Menschen an, den ich kannte.

Aus welchen Gründen auch immer befand sich Christopher Collins unter den Regierungsmitgliedern. Anscheinend erwiderte ich seinen Blick ein wenig zu intensiv, denn es dauerte nur wenige Sekunden, da umspielte schon ein wissender, schelmischer Zug seine Lippen.

Als McCann auf halber Strecke stehen geblieben war und sich langsam zu mir umdrehte, erwachte ich endgültig aus meiner Starre.

»Miss Lawrence?«, fragte sie mit einem Hauch Belustigung in der Stimme, weshalb ich schnell blinzelte und mit wackligen Knien den großen Raum betrat.

Dieser war an sich ziemlich leer, von ein paar Tischen, die in U-Form angeordnet waren, mal abgesehen. Nur der dunkelrote Teppich und die zartgelben, fast vanillefarbigen Wände mit Strukturtapete ließen den Raum überhaupt einladend wirken.

Einer der Männer erhob sich aus seiner sitzenden Position ganz am linken Rand des Us der Tische. Genau wie die anderen trug er einen schlichten, schwarzen Anzug und ein weißes Hemd.

Nur Chris trug keinen, sondern ein schlichtes, schwarzes Shirt und eine Jeans. Er passte überhaupt nicht hierher.

»Schön, dass Sie es so pünktlich geschafft haben, Miss Lawrence. Bitte, setzen Sie sich doch.« Der Mann deutete mit der ausgestreckten Hand auf den leeren Stuhl in der Mitte des Raumes.

Ich brachte nur ein Nicken zustande, da meine Kehle zu trocken war, um überhaupt ans Sprechen zu denken – auch wenn mir bewusst war, dass ich mich nicht mehr lange davor drücken konnte. Den Blick auf den Boden gerichtet trat ich vor und setzte mich völlig verkrampft auf den Stuhl. Zu allem Übel wusste ich nicht mal, wo ich meine Hände hintun sollte, ob ich meine Beine übereinanderschlagen oder einfach nur lächeln sollte.

»Malia Lawrence«, unterbrach jemand meine Überlegungen. »Wie schön, dass Sie hierhergefunden haben.«

Der Mann, der mich angesprochen hatte, war unschwer als Präsident Longfellow zu erkennen. Nicht, weil er irgendwie beindruckender aussah als die Männer rechts und links neben ihm, sondern weil nun mal jeder sein Gesicht kannte.

Seine Haut war sonnengebräunt und an den Augen und der Stirn faltig. Graue Strähnen durchzogen das dunkle Haar, besonders an den Schläfen. Alles in allem war der Präsident mit seinen rund fünfzig Jahren aber ein gut aussehender, gepflegter Mann, der mich mit seinen grauen Augen interessiert musterte. Warum auch immer fiel mir jetzt, da ich ihm direkt gegenübersaß, auf, dass er ein ziemlich markantes Kinn hatte.

Mit größter Mühe bekam ich ein Lächeln zustande. Ich konnte nur hoffen, dass es nicht so aussah, als hätte ich mir die Hand abgehackt und würde jetzt die Tränen unterdrücken.

Ein erwartungsvolles Schweigen beherrschte den Raum. Ärgerlicherweise änderte das nichts daran, dass ich immer noch keinen Ton herausbrachte. Zu meinem Pech gab es da jemanden, der die Situation noch verschlimmerte.

»Sie ist eine sehr stille Persönlichkeit, Maxwell«, ließ uns Chris alle wissen, der sich inzwischen mit verschränkten Armen auf dem Tisch abstützte und dabei mit dem Eingabestift seines Tablets herumspielte. Dass er den Präsidenten gerade bei seinem Vornamen genannt hatte, schien niemanden zu überraschen – außer mir.

Der Angesprochene drehte aufhorchend den Kopf in Chris' Richtung. »Ach, ist das so?«, hinterfragte er ihn. Aber bevor er eine Antwort bekam, fuhr er fort: »Dann sollten wir unsere Zeit wohl besser nicht mit Small Talk vergeuden. Meine Herren ...« Der Präsident hob die Hand zum Zeichen für ... ja, für was eigentlich?

Zwei Männer rechts von mir standen von ihren Plätzen auf und verließen kurzerhand den Raum. Das Klackern ihrer blitzblanken, glänzenden Schuhe war neben meinem rasenden Herzschlag das einzige für mich wahrzunehmende Geräusch.

Bis der Präsident wieder seine Stimme vernehmen ließ. »Also, Christopher, du kennst unsere Rekrutin?«

Auf Chris' Gesicht zeichnete sich wieder das gleiche Lächeln wie vorhin ab, auch wenn es nun irgendwie netter wirkte. Für einen Moment streifte sein Blick meinen, aber so etwas wie eine Entschuldigung für meine verbrannte Leinwand fehlte darin. Oh, Wunder!

»Ich würde jetzt nicht direkt sagen, dass wir uns kennen«, korrigierte er ihn. »Aber sie ist mir durchaus bekannt in ihrem ... ihrem Dasein.«

Ohne mein Zutun zogen sich meine Augenbrauen fragend zusammen. Was hatte das denn jetzt bitte zu bedeuten? Und woher wusste er überhaupt, dass ich existiere?

Vor dem Vorfall im Kunstraum hätte ich mich darüber

gefreut, aber jetzt wäre es mir lieber gewesen, er wäre nie dort aufgetaucht.

Dann hätte ich nämlich auch nie am eigenen Leib spüren müssen, wie Christopher Collins war, wenn er kein Interesse an jemandem hatte. Zumindest in romantischer Hinsicht. Obwohl Chris sowieso mit keinem Mädchen romantische Absichten hatte.

»Und, Malia, kennen Sie Christopher?« Der Präsident richtete sich an mich.

Das erstaunte mich, denn ich dachte, er wolle den Small Talk sein lassen? Trotzdem nickte ich nur.

Longfellow schien amüsiert. »Das ist hervorragend. Wie Sie womöglich wissen, steht Christopher kurz vor dem Ende seiner Rekrutierung. Aber nicht nur, weil er zu den Besten seines Jahrgangs gehört, dürfen wir uns glücklich schätzen, ihn in unseren Reihen zu wissen. Sondern auch, weil er die Laufbahn eines Ausbilders anstrebt. Es ist eine große Bereicherung für unsere Gesellschaft.«

Na, herzlichen Glückwunsch! Dann konnte ich ja noch mal froh sein, dass er selbst noch ein Rekrut war und mich nicht ausbilden konnte. Sonst hätte ich auch langsam an meinem Karma gezweifelt.

Ich wurde von den beiden zurückkehrenden Männern vor weiteren Unannehmlichkeiten bewahrt. Allerdings war ihr Mitbringsel derart Angst einflößend, dass ich diesen Gedanken sofort wieder zurücknahm.

Von wegen Glück! Dieser Tag wurde immer schlimmer.

Während der eine den Wagen, auf dem sich ein überdimensionaler Bildschirm befand, schob, zog und lenkte der andere ihn. An einem Haken des Wagengestells hingen mehrere bunte Kabel, wobei eines davon ziemlich lang und dicker als die üblichen war.

Der Mann, der zu Beginn schon einmal mit mir gesprochen hatte, meldete sich wieder zu Wort.

»Wir würden Sie um Erlaubnis bitten, einige Untersuchungen mit Ihnen durchzuführen. Selbstverständlich werden Sie keine Schäden davontragen.«

Um Erlaubnis bitten? – Als ob ich hier etwas zu sagen gehabt hätte! Und *Schäden?* – Daran hätte ich nicht mal gedacht, doch jetzt ...

»Was machen Sie mit mir?« Es war das Erste, das ich seit meiner Ankunft sagen konnte, und genauso hörte es sich auch an. Fehlte nur noch die gehustete Staubwolke.

»Die beiden Herren werden Elektroden an Ihren Körper anbringen, die einen automatischen Scan ausführen und dabei mehrere Tests durchlaufen. Das System ist inzwischen so ausgereift, dass es nur wenige Minuten dauern wird.«

»Tests?« Meine Stimme schoss eine Oktave höher. Natürlich hatte ich gewusst, dass das auf mich zukommen würde. Das hieß jedoch noch lange nicht, dass ich davor keine Angst hatte und nicht versuchte noch mehr Zeit zu schinden.

Der Mann lächelte mich beruhigend an, wobei sich ein kleines Grübchen auf seiner rechten Wange bildete. Mir fiel auf, dass seine Krawatte ein wenig schief hing.

»Wie gesagt, man wird Ihnen keinen Schaden zufügen.«

Ich schluckte schwer, hatte aber keine andere Wahl, als zustimmend zu nicken. Es war immerhin besser, als gezwungen zu werden.

Die beiden Männer begannen die Kabel auseinanderzufummeln. Die Arbeit schien so routiniert, dass ich hoffte, ich würde von der Untersuchung nichts mitbekommen. Trotzdem spürte ich jedes einzelne Klebepad, das sie mir auf Schläfen, Stirn, Nacken, Schlüsselbein, Handgelenke und zuletzt auf die rechte Halsschlagader drückten. Ich fühlte mich wie angekettet.

Viel zu spät meldete mein Gehirn den Befehl *Zurückweichen* an meine geschockte Motorik, so dass ich es erst tat, als die Männer von mir wegtraten. Sie verbanden das übrig gebliebene Kabel mit einem Anschluss an einem der Tische, an denen die Männer und die Gouverneurin saßen. Erst da fiel mir auf, dass jeder ein Tablet vor sich liegen hatte, das ebenfalls an Kabeln angeschlossen war.

Ich warf einen verstohlenen Blick auf den Bildschirm und entdeckte eine Linie, die verdächtig im Rhythmus meines hektischen Pulses ausschlug.

Wunderbar! Ich wollte gar nicht wissen, was sie noch alles über mich sehen konnten.

Während der ersten Minute schwiegen alle und vertieften sich in ihre Tablets. Eine Ausnahme bildeten Chris und sein Sitznachbar, der sich zu ihm beugte und ihm die angezeigten Funktionen leise zu erklären schien.

»Wissen Sie, Malia«, begann Longfellow, »was bei der Therapie genau passiert?«

Dankbar für die Ablenkung schüttelte ich den Kopf.

»Bevor ich Ihnen eine Erklärung gebe«, reagierte Longfellow auf meine Geste, »sollten Sie wissen, dass ich mich selbst nur wenig mit den medizinischen Vorgängen auskenne. Aber grundlegend ist, dass sich das Serum E4 mit zweierlei Dingen auseinandersetzt.« Er benutzte seine Finger zur Aufzählung. »Erstens verändert sich Gen A. Das führt zu einer Fehlfunktion der Zellen im Rückenmark, so dass bei Verletzungen verminderte bis gar keine Schmerzempfindungssignale über das zentrale Nervensystem an das Gehirn weitergeleitet werden. Zweitens das Gen B, das für eine schnelle Regeneration der Zellen sorgt.«

Präsident Longfellow unterbrach sich kurz, um mir die Möglichkeit zu geben, ihm eine Frage zu stellen. Allerdings war ich der Meinung, dass ich heute schon genug geredet hatte.

»Zuletzt werden die Zellen verändert. Diese Manipulation und Mutation ist schließlich für die Entwicklung metaphysischer Aktivitäten zuständig, sprich für Ihre besondere Fähigkeit. Es ist ein Jammer, dass diese nicht weitervererbt wird. So könnten wir uns eine Menge Arbeit sparen.«

Ich erwiderte nichts darauf, sondern ließ den Blick unruhig durch den Raum schweifen. Meine Gedanken fuhren bei der Vorstellung Achterbahn, dass sie gerade Dinge über mich in Erfahrung brachten, die ich gern für mich behalten hätte. Waren sie auf mehr Informationen über mich aus, oder wollten sie tatsächlich nur prüfen, zu welchem Element ich gehörte? Ich verstand nämlich absolut nicht, was all die Linien, blinkenden Punkte und Buchstaben auf dem Bildschirm zu bedeuten hatten.

Die Männer verfielen in ein leises Gemurmel, was mich noch nervöser machte. Auch wenn ich mich währenddessen weitaus weniger beobachtet fühlte, war mir dennoch klar, dass sie gar kein anderes Gesprächsthema als mich und meine Ergebnisse haben konnten.

Meine Hände waren noch immer schweißnass, als ich den Präsidenten dabei beobachtete, wie er sich mit einem seiner Angestellten unterhielt. Oder was auch immer sie sonst waren. Seine Berater vielleicht?

Mein Magen sackte eine Etage tiefer, als er sich plötzlich wieder erhob und das Gemurmel der Männer mit einem Handzeichen verstummen ließ.

»Gentlemen, Gouverneurin McCann, wenn ich um Ihre Aufmerksamkeit bitten dürfte.« Er wartete noch einen Moment, bis es auch wirklich mucksmäuschenstill im Raum war. Dann verschränkte er die Hände ineinander und legte ein Lächeln auf. »Wie Sie auf Ihren Tablets erkennen können, steht das Ergebnis der Genuntersuchung für die Rekrutin Malia Lawrence fest.«

Bei diesen Worten setzte mein Herz kurz aus. Auf dem Bildschirm fiel eine Kurve rapide in die Tiefe, verdoppelte sich in der nächsten Sekunde aber längst wieder. Keine Ahnung, ob das normal war. Vermutlich eher weniger.

»Ich weiß, Malia, dass es für Sie durchaus aufregend und Angst einflößend zugleich ist. Aber ich kann Ihnen versichern, für Ihr Wohlbefinden wird immer gesorgt sein.« Longfellows Lächeln wurde freundlicher.

Mein Blick überflog kurz die anderen Männer und blieb einen Moment zu lang bei Chris hängen. Er sah mich mit der gleichen Genugtuung an, mit der er mich gestern im Kunstraum bedacht hatte, kurz nachdem meine Leinwand nichts weiter als ein qualmender Aschehaufen gewesen war.

Das bestätigte meine schlimmste Befürchtung.

»Ich gratuliere Ihnen, Malia, und heiße Sie herzlich als«, er machte eine kleine Kunstpause, »*Feuerrekrutin* willkommen.«

9

So gut wie alle schienen von mir zu erwarten, dass ich in Jubelschreie ausbrechen würde – nur Chris genoss es anscheinend regelrecht, dass er recht behalten hatte und ich kein Wassermädchen war.

Was Longfellow mir gerade gesagt hatte, begriff ich dennoch nicht. Das waren zu viele Dinge auf einmal, die meine Gedanken von einer Sekunde zur anderen blockierten und mich daran zweifeln ließen, dass das hier alles gerade wirklich passierte.

Was auch immer dieses Feuerrekrutending zu bedeuten hatte – ich wurde den Gedanken nicht los, dass Chris sich diabolisch die Hände unterm Tisch rieb. Schließlich wären wir doch jetzt die dicksten Kumpels für immer und ewig, wenn wir schon neben demselben Klub auch noch dasselbe Element teilten.

»Ich befürchte, dass Miss Lawrence diese Neuigkeit erst einmal verdauen muss«, meldete sich die einzige weibliche Stimme im Raum zu Wort. »Es wäre wohl das Beste, wenn ich Billyard und Boyle informiere, damit sie sie ...«

»Wenn es dir nichts ausmacht«, unterbrach Chris die

Gouverneurin, richtete aber seinen Blick auf den Präsidenten, »würde ich sie nach draußen begleiten.«

Longfellow nickte unbeirrt. »Aber selbstverständlich. Bevor ihr geht, müssen wir nur noch die Kennung durchführen.«

Die Härchen in meinem Nacken stellten sich ablehnend auf. Jene Prozedur war mir bekannt, auch wenn ich sie bis zu diesem Zeitpunkt völlig verdrängt hatte. Ich wollte das einfach nicht. Ich wollte weder das Element noch das Geld und erst recht nicht die Kennung als Zeichen, dass ich tatsächlich und bis an mein Lebensende das Eigentum der Regierung war.

Während sich die Männer daranmachten, die Kabel von mir zu entfernen, erhob sich Chris und kam auf mich zu.

»Julienne, wer war die Nächste noch gleich?«, wollte der Präsident wissen, wobei er mit fragend zusammengezogenen Augenbrauen von seinem Tablet aufblickte.

McCann antwortete schnell, aber ein bisschen genervt. »Ihr Name ist Karliah Leicester. Aber die junge Dame möchte gern mit Kay angesprochen werden.«

Als das letzte Klebepad entfernt war, fühlte es sich wie das Erreichen der Ziellinie an – ich wollte nichts sehnlicher, als dieses Gebäude so schnell wie möglich zu verlassen und nie mehr wiederzukommen. Schade, dass es nicht so einfach war, wie es klang.

»Bitte strecken Sie Ihr rechtes Handgelenk aus, Miss

Lawrence«, forderte mich einer der Männer auf, was ich nach einem kurzen Zögern tat.

Ich ließ es zu, dass er meinen Arm auf die Stuhllehne drückte und anschließend ein kleines, quadratisches Gerät auf die Innenseite meines Handgelenks legte. Er schob es ein Stück nach links und dann wieder nach rechts, als würde er nach einer geeigneten Position suchen.

Mit einem rasenden Herzschlag wartete ich und hatte keine Ahnung, was auf mich zukam. Würde es wehtun?

Als der Mann das Gerät aktivierte, erklang ein leises Klackern, gefolgt von einem Piepen. Der Ton bedeutete bereits das Ende des Vorgangs, denn er nahm das faustgroße Gerät schon wieder von mir. Zurück blieben Zahlen und Buchstaben.

F08172627MLH2644.

Element, Geburtstag, Initialen, Geburtsort, Beitrittsjahr.

Kaum waren die Männer von mir weggetreten, deckte ich automatisch die schwarze Kennung mit meiner Hand ab, als würde das alles rückgängig machen können.

Mehr schlecht als recht strich ich meine weiße Bluse glatt, stand auf und wollte schon ohne ein weiteres Wort aus dem Raum stürmen, als mich die Stimme von Longfellow davon abhielt.

»Malia, wenn ich Sie noch kurz aufhalten dürfte«, erklang seine freundliche Stimme, ehe ich ihm vollends den Rücken zugedreht hatte.

»Ich wollte Sie nur an die Feierlichkeit heute Abend erinnern. Bitte denken Sie daran, pünktlich zu sein. Ich würde mich wirklich sehr über einen reibungslosen Ablauf freuen.«

Feierlichkeit? Wovon zum Teufel ...?

Verdammt! Das hatte ich völlig vergessen. Diese bescheuerte Party. Warum ausgerechnet jetzt und ausgerechnet heute?

Jedes Mal, wenn Longfellow in Haven war, um bei den Tests der neuen Rekruten dabei zu sein, schmiss er am selben Abend eine Art Begrüßungsparty.

Auf die ich keine Lust hatte. Weder heute noch in den nächsten sechs Monaten. Oder generell in diesem Leben.

»Das werde ich«, erwiderte ich vermutlich zu leise, hielt es aber keine Sekunde länger hier aus und setzte mich schnell in Bewegung.

Ich hatte gehofft Chris dadurch abzuhängen. Allerdings brauchte ich mich nicht mal umzudrehen, um zu wissen, dass er mir nach draußen folgte. An der ersten Abbiegung hatte er mich bereits eingeholt.

»Siehst du«, begann er leicht spottend, »ich habe dir ja gleich gesagt, dass du kein Wassermädchen wirst.«

Ich versuchte ihn zu ignorieren und zuckte absichtlich die Schultern, um ihm zu signalisieren, dass es mich nicht groß kümmerte. Gut, dann war ich eben ein Feuermädchen ...

Aber er ließ mich einfach nicht in Ruhe. Warum folgte er mir überhaupt? Zu provozieren sah ihm ja ähnlich, aber so wenig Anstand hätte ich nicht mal ihm zugetraut.

»Für unsere Konversation wäre es wirklich von Vorteil, wenn du einfach mal den Mund aufbekommen würdest«, sagte er herablassend. Dabei starrte er geradeaus, als hätte er mit jemand anderem gesprochen.

Ich bemerkte, wie ich wieder rot wurde – und Herrgott, ich hasste mich gerade dafür –, aber das wollte ich nicht auf mir ruhen lassen. Die Wut über die vergangene halbe Stunde half mir dabei.

»Ich spreche mit niemandem, der meine Projekte in Brand steckt«, stieß ich hervor.

Chris lachte. »Deine Stimme ist süß, wenn du dich aufregst«, entgegnete er darauf und grinste mich an.

Ich reagierte aber nicht darauf – ich wusste auch überhaupt nicht, was ich dazu hätte sagen sollen.

»Komm schon, sprich mit mir. Ich steh drauf, wenn Frauen die Krallen ausfahren.«

Fassungslos blieb ich kurz stehen, ehe ich mich eines Besseren besann und schnurstracks an ihm vorbeilief.

»Da fragt man sich doch, ob wir alle blind sind«, grummelte ich, realisierte allerdings zu spät, dass ich das gerade laut ausgesprochen hatte. Immerhin war ich auch eines der Mädchen, das ziemlich blind gewesen war.

Es wäre doch viel besser, wenn ich so tun würde, als würde ich ihn nicht mögen, vor allem in seiner Gegenwart. Ich durfte ihm nicht mal den Hauch einer Möglichkeit bieten, mir näherzukommen. In ihn verknallt zu sein war schon ein Desaster zu viel. Aber würde ich mich auch noch in ihn verlieben, könnte ich mir gleich das Herz selbst herausreißen und darauf herumtanzen.

Chris lachte, doch dieses Mal war ich mir sicher, dass er mich auslachte.

»Uuuh!«, machte er und zog den kleinen Buchstaben anerkennend in die Länge. »Du willst es drauf anlegen, oder? Hätte ich von der kleinen, unscheinbaren Malia Lawrence gar nicht erwartet!«

»Ich will überhaupt nichts«, sagte ich klar und bestimmt.

»Du willst, dass ich mich für die spektakuläre Brandnummer gestern entschuldige«, stellte er fest.

Ich spürte seinen eindringlichen Blick von der Seite, aber anstatt ihn zu erwidern, sah ich stur geradeaus und konzentrierte mich darauf, nicht die Treppe vor mir hinunterzustolpern. Gott sei Dank sah ich schon den Ausgang.

»Ich sag dir jetzt mal etwas, das du wirklich über mich wissen solltest, Prinzessin.« Chris stellte sich mir in den Weg, als wir die Treppe verlassen hatten, und sah mich eindringlich an.

Es fiel mir unglaublich leicht, mich unter seinem überlegenen und gleichzeitig intensiven Blick wie ein Idiot zu fühlen.

»Die vier kleinen Worte, die du so dringend von mir hören willst, werden mir niemals über diese atemberaubenden Lippen kommen. Also solltest du dich besser jetzt damit abfinden.«

Ich brachte ein abwertendes Geräusch zustande, das ich

weder als Schnauben noch als Lachen definieren konnte. Am liebsten wäre ich einfach weitergelaufen, aber um meines eigenen Friedens willen brauchte ich eine Antwort. »Eigentlich würde ich nur gerne wissen, warum du das getan hast.«

»Ganz ehrlich?« Er sah mich mit einer hochgezogenen rechten Augenbraue an.

»Ganz ehrlich.«

Chris legte den Kopf schief. »Was, wenn ich dir sage, dass ich nicht weiß, warum ich es getan habe?«

»Dann glaube ich dir nicht.«

»Dann solltest du mich besser nicht noch einmal fragen.«

Wartend und ruhig sah ich ihn an. Doch ziemlich schnell wurde mir klar, dass Chris seine Worte tatsächlich ernst meinte. Oder wollte er mich einfach nur weiterhin provozieren?

Froh darüber, dass ein paar Meter von uns entfernt auf einmal die Tür aufging und ich um eine Antwort herumkam, entfernte ich mich sofort von ihm.

Für heute hatte ich definitiv genug zwischenmenschliche Kommunikation betrieben, für die ich mich in ein paar Stunden bestimmt in Grund und Boden schämen würde. Obwohl, das tat ich jetzt eigentlich auch schon.

Vor uns erschien ein Mädchen – vielleicht gerade mal so alt wie ich – mit braunen, zu einem lockeren Dutt zusammengebundenen Haaren, wobei ihr einzelne Strähnen ins Gesicht fielen.

Ihre Kleidung war sehr ... gewöhnungsbedürftig. Ihre dunkelgrüne Jacke – wieso trug man bei gefühlten fünfzig Grad Außentemperatur eine Jacke? – war mindestens vier Nummern zu groß und hing ihr bis in die Kniekehlen. Obwohl sie darin regelrecht versank, strahlte sie ein Selbstbewusstsein aus, das einschüchternder war als Chris.

Sie bemerkte meinen überraschten Blick, als ich ihre Schuhe betrachtete. Aktuell trug sie nämlich keine.

Ihre angriffslustigen, grünen Augen wurden schmaler. »Was glotzt ihr so scheiße?«, fragte sie uns in einem unerwartet schroffen Tonfall.

Na, wenn das nicht die heiß ersehnten Worte waren, um dieses überflüssige Gespräch zwischen Chris und mir zu beenden?!

Chris drehte sich sofort zu ihr. »Du musst Karliah sein.«

»Wer will das wissen?«, blaffte die Kleine zurück.

Er hielt ihr seine Hand hin, aber sie starrte diese nur angewidert an und verschränkte demonstrativ die Arme vor der Brust.

Chris ließ sich davon nicht beirren. »Ich bin Chris und bring dich zu deinem Termin.«

»Superfreundlich von dir«, erwiderte sie überheblich, wobei sie ihre Gesichtszüge angewidert verzog. »Wisch dir aber doch bitte die Schleimspur ausm Gesicht, wenn du das nächste Mal vorhast mit mir zu sprechen.«

Ich war nicht überrascht, dass Chris ihre Beleidigung

anscheinend witzig fand. Denn bevor er sich in Bewegung setzte, lachte er herzlich.

»Du gefällst mir«, meinte er zu Karliah, falls sie es denn wirklich war, und wies sie mit einem Nicken an ihm zu folgen. Mich würdigte er keines Blickes mehr.

10

Wieder zu Hause angekommen war ich den Tränen so nah, dass sie aus mir herausbrachen, als ich Sara hinter meinen Eltern stehen sah. Wie immer hatten sie mich hinter der Haustür erwartet, mit dem kleinen Unterschied, dass sie dieses Mal schon wussten, ich würde am Boden zerstört heimkommen. Vielleicht war Sara deswegen da – Gott sei Dank!

Mir war klar, dass, auch wenn sie mich nicht verstand, sie mit mir mitfühlte. Das bewies sie mir, indem sie nicht eine einzige Frage stellte, während sie mich in die Küche führte, wo kleine Schokoladentörtchen auf dem Tisch standen. Meine Eltern folgten uns.

Fast hätte ich über die Törtchen lachen müssen, aber die Tränen schnürten mir so fest die Kehle zu, dass ich nicht mal ein Schluchzen herausbrachte.

Schweigend hielt ich ihnen mein Handgelenk hin, auf dem die Kennung verewigt worden war. Anhand des Buchstabens *F* konnten sie erkennen, dass das Feuer mein Element war.

Den Blicken meiner Eltern nach zu urteilen hatten sie auf

ein anderes Ergebnis gehofft, ebenso wie ich. Dass ich das, was ich haben wollte, nicht bekommen hatte, wurde mir erst jetzt so richtig bewusst.

Das Feuer war wirklich das Allerletzte, das ich mir ausgesucht hätte. Nicht nur, weil es die meisten Menschen mit charakterlichen Vorurteilen verbanden, auch war es das angsteinflößendste Element von allen. Für mich zumindest.

Die Feuersoldaten wurden gefürchtet, da es hieß, sie seien impulsiv, arrogant und unberechenbar. Dass alles zutraf, hatte Chris vor ein paar Tagen bewiesen, als er meine Leinwand in Brand gesteckt hatte.

Und ich war so ziemlich das Gegenteil von allem, was einen Feuersoldaten ausmachte. Es sei denn, die Gentherapie würde mich in meinem Wesen verändern.

Nachdem alle Anwesenden im Raum mit der allgemeinen Beileidsbekundung fertig waren und ich aufgehört hatte zu weinen, gingen Sara und ich hoch in mein Zimmer. Hier warf ich mich vollkommen ausgelaugt auf mein Bett und stellte mir gleichzeitig die Frage, wie ich den heutigen Abend überleben sollte.

Hätte diese bescheuerte Party nicht einfach irgendwann anders sein können? Vorzugsweise niemals?

»Ich glaube, ich muss dir noch was gestehen«, eröffnete Sara das Gespräch, während sie meine Zimmertür schloss und mit einem verkniffenen Gesichtsausdruck auf mich zukam.

Da sie schuldbewusst wirkte, wurde ich hellhörig. »Was hast du angestellt?«, fragte ich sie.

Ob sie vielleicht endlich mal einen Typen gefunden hatte, der sie vierundzwanzig Stunden später immer noch interessierte? Aber nein, sie sah eher so aus, als würde es direkt mich betreffen.

»Also, ich habe gar nichts angestellt«, verteidigte sie sich sofort. »Aber ich gehe mal davon aus, dass du den Artikel im *HavenPress* nicht gelesen hast. Und ich habe ihn gelesen. Natürlich. Und ich habe dir noch nicht gesagt, was da drinsteht, obwohl ich es hätte tun sollen. Aber ich wusste, dass du heute sowieso schon aufgeregt genug bist, und wollte dich nicht noch mehr aufregen, also hab ich's dir nicht gesagt, aber ...«

»Sara«, unterbrach ich ihren nervösen Redefluss, bevor ich mich im Bett aufsetzte und auf die Decke klopfte, damit sie sich ebenfalls setzte. »Und jetzt noch mal langsam.«

Ohne sie ein zweites Mal darum bitten zu müssen, ließ sie sich neben mir aufs Bett fallen und sah mich mitleidig an. »Angeblich soll Chris schon ein Team bekommen. Für seine Ausbildung als Ausbilder.«

»Was?«

»Ich weiß, ich hätte es dir heute Morgen sagen sollen, es ...«, meinte sie etwas kleinlaut.

»Sara«, seufzte ich wieder, »hör auf damit. Erklär mir lieber mal, wieso. Ich meine, er hat seine Ausbildung doch nicht mal beendet.«

Mir wurde schlagartig übel. Also war er bei meinem Test dabei gewesen, weil er selbst ausbilden sollte. Aber wieso er? Wieso jetzt? Sollte ich von ihm ausgebildet werden?

Oh nein, das durfte bitte nicht wahr sein!

»Ich weiß. Ist das nicht aufregend?«, grinste sie mich mit funkelnden Augen an, erkannte aber sofort, wie unangebracht das war, und hörte damit auf. »Aber das muss ja nicht heißen, dass er dein Ausbilder wird.«

»Er war bei meinem Test dabei.«

Sara klappte die Kinnlade runter. »Nicht dein Ernst.«

»Doch«, erwiderte ich und ließ mich gleichzeitig rückwärts in meine Kissen fallen.

Dass mir dabei eines direkt aufs Gesicht fiel, sah ich als willkommene Einladung, mich für den Rest des Tages darunter zu verstecken.

Sara nahm es wieder weg. »Aber das muss auch nichts heißen«, versuchte sie mich aufzumuntern, was absolut nicht funktionierte.

Ich nahm ihr das Kissen wieder ab und drückte es mir schmollend aufs Gesicht.

»Bitte sag mir, dass das alles nur ein Traum ist. Erst der positive Test, dann das Feuer und jetzt, dass ich von Chris ausgebildet werde?«

»Mal nicht den Teufel an die Wand. So schlimm wäre das doch nicht.«

»Es wäre eine Katastrophe«, nuschelte ich ins Kissen und war kurz davor, meinen Frust herauszuschreien.

Da wollte mir irgendjemand das Leben zur Hölle machen und ich fand das Ganze überhaupt nicht lustig.

»Also, langsam wird es echt auffällig. Verheimlichst du mir irgendwas in Bezug auf Chris?«

»Nein. Ich kann ihn einfach nicht ausstehen.«

»Hat er dir ein Bein gestellt?«, fragte sie amüsiert und zog mir schon wieder das Kissen weg.

Ich seufzte. »Nicht direkt«, grummelte ich ausweichend, ehe ich über meinen eigenen Schatten sprang und ihr von unserer Begegnung im Kunstraum erzählte. »Er hat meine Leinwand verbrannt.«

»Er hat *was* getan?« Wenigstens entglitten ihr die Gesichtszüge.

»Meine Leinwand verbrannt.«

»Und wann?«

»Gestern im Kunstraum ...«

»Und wieso erfahr ich das erst jetzt?«, wollte sie schockiert wissen und schlug mit dem Kissen nach mir.

Ich zuckte zusammen und versuchte ein unschuldiges Gesicht aufzulegen. »Ich musste ... ähm, keine Ahnung. Ich war einfach so sauer deswegen.«

Zu meiner Überraschung lachte Sara, was mein schlechtes Gewissen verpuffen ließ, bevor es Besitz von mir ergreifen konnte. Es wäre schön, wenn das mit meinem Selbstmitleid genauso wäre.

»Und verbünden wir uns jetzt gegen ihn oder darf ich ihn weiter heiß finden?«, erkundigte sich Sara ironisch.

»Nur aus der Ferne.« Ich schmunzelte sie an.

»Na gut«, stimmte sie mir zu, obwohl ich ganz genau wusste, dass sie sich höchstens zwei Tage daran halten würde.

Anschließend ließ sie sich neben mir in die Kissen fallen und griff nach meinem Tablet. Damit startete sie ihr Ablenkungsmanöver. Das erkannte ich daran, dass sie die Videothek aufrief.

»Also, was willst du schauen?«, fragte mich Sara. »Wir haben ja noch ein paar Stunden Zeit, bevor sie dich abholen.«

»Egal, aber nichts, wo ich heulen muss. Davon habe ich heute echt genug.«

* * *

Drei Stunden später war es zu meinem Bedauern schon so weit. Ryan und Boyle holten mich und brachten mich in die Residenz. Hier wartete eine Frau namens Laurie auf mich, um sich um meine Garderobe für den Abend zu kümmern.

Ryan schwärmte in hohen Tönen von ihr, und ich ging – ohne dass er es zuzugeben brauchte – davon aus, dass sie seine Frau war. Am liebsten hätte ich ihm auch wirklich zugehört, aber mein Kopf war so voll mit anderen Dingen, dass ich nicht mal mitbekam, was er überhaupt erzählte.

Während der gesamten Fahrt starrte ich aus dem Fenster, wobei ich das Gefühl nicht loswurde, dass mehr Soldaten als sonst unterwegs waren. Viele von ihnen besaßen Motorräder, mit denen sie die Straßen abfuhren, um nach möglichen Störenfrieden zu suchen.

Gerade für den heutigen Abend erwarteten sie wohl Demonstrationen. Das überraschte mich nicht besonders, machte mich aber trotzdem nur noch nervöser. Zumal es mir nur von Nutzen gewesen wäre, sollten sie diese vor Beginn der Veranstaltung durchführen. Dann würde ich wenigstens nicht schon wieder mittendrin sein und käme drum herum, mich zu blamieren.

Bei der Residenz angekommen brachte Ryan mich zu Laurie. Dafür durchquerten wir das Foyer auf einem roten Teppich, der die Treppe hinauf in den ersten Stock führte; wir blieben allerdings im Erdgeschoss und verschwanden in einem Korridor, der von Kleiderständern gesäumt war.

Ich konnte nicht anders, als meinen Blick darüber schweifen zu lassen. Wie jedes Mädchen wollte auch ich mal ein schönes, pompöses Kleid tragen, das ich niemals im Leben angezogen hätte, wäre ich nicht Rekrutin geworden – und diese Exemplare vor mir waren definitiv potenzielle Kandidaten.

Ryan hielt schließlich vor einer Tür, auf der mein Name stand. Beim Betreten des Flures war mir schon aufgefallen, dass in die Türen kleine Bildschirme eingearbeitet waren, auf denen entweder *Bitte nicht stören!* oder ein Name stand.

Da sie von außen nicht zu öffnen waren, musste Ryan klopfen und darauf warten, dass jemand aufmachte. Was eine schlanke, dunkelhaarige Frau innerhalb weniger Sekunden auch tat.

Mir fielen zuerst ihre großen Kulleraugen auf, die mich einen Moment lang interessiert musterten, ehe sich ein Lächeln auf ihren vollen Lippen ausbreitete. Bereits auf den ersten Blick war mir klar, wieso Ryan sie geheiratet hatte – sie strahlte etwas unfassbar Herzliches aus, wodurch ich mich gleich willkommen fühlte.

»Laurie, das ist Malia«, stellte mein erster Bodyguard mich knapp vor und schob mich in den Raum hinein, da ich mich selbst noch kein Stück gerührt hatte. »Ich lass euch auch erst mal allein, weil ich noch was zu erledigen habe. Was meinst du, wann kann ich sie wieder abholen? Amber will das Interview noch unbedingt vor dem Essen machen.«

»Maximal eine Stunde, dann bin ich mit ihr fertig«, erwiderte Laurie, wobei sie ihren Mann aber nicht mal ansah, sondern ihren Blick analytisch über meinen Körper wandern ließ. An meinen Haaren blieb sie einen Moment hängen, bevor sie Ryan doch kurz ansah. In seinem schwarzen Anzug wirkte er so, als wäre er einer der Gäste heute Abend. »Bis später dann.«

Er verbeugte sich vor mir mit einem Grinsen auf den Lippen, was ich nur für den Hauch einer Sekunde erwiderte. Wenn ich Ryan im Auto richtig zugehört hätte, wäre ich jetzt nicht so sehr über das Wort »Interview« schockiert gewesen.

Peinlich berührt sah ich mich im Raum um, der mit allem

möglichen Schnickschnack ausgestattet war, den man in jedem Friseursalon finden konnte.

Nachdem Laurie die Tür hinter uns geschlossen hatte, ging sie gleich zu dem Lederstuhl vor einem riesigen Spiegel und klopfte auf die Lehne.

»Dann setz dich mal!«

»Okay«, antwortete ich etwas unbeholfen, kam ihrer Aufforderung aber nach.

Mein Gesicht glühte jetzt schon, wenn ich nur daran dachte, wie viel Aufmerksamkeit ich heute bekommen würde. Das Interview, das Essen ... und wer weiß, was noch alles geplant war.

Schweigend warf Laurie mir einen schwarzen, leichten Umhang über die Schultern und strich meine Haare nach hinten. Dass ich die Hände aufgeregt ineinanderkrallte, konnte sie dank des Umhangs nicht sehen.

Ich räusperte mich leicht. »Was meinte Ryan mit dem Interview?«

Laurie lächelte mich im Spiegel an, während sie begann mir die Haare zu bürsten. Mir fiel auf, dass sie eine kleine Tasche um die Hüfte geschnallt hatte, in der ich mehrere Scheren und Kämme ausmachen konnte.

»Heute Abend soll offiziell werden, dass Chris Rekruten ausbilden wird und wer die sind«, sagte sie.

»Und die Rekruten erfahren es – *wann*?«, wollte ich unbedingt wissen.

»Offiziell auch erst heute Abend.«

»Und inoffiziell bedeutet das Interview …?«

Laurie nickte. »Ich verstehe auch nicht, wieso sie es euch nicht einfach vorher schon sagen. Normalerweise sollte das Interview erst nach der Verkündung stattfinden. Aber zufällig weiß ich, dass Amber sich – wieso auch immer – eine schriftliche Erlaubnis geholt hat, euer Interview vorzuziehen. Vielleicht mag sie es einfach nur authentisch.«

»Dann danke für die Warnung«, seufzte ich und ließ die Schultern hängen.

»Gern geschehen.«

Von Lauries letztem Satz an schwiegen wir. Dafür war ich dankbar. Denn seit dem Morgen fuhren meine Gedanken Achterbahn. Und jetzt schienen sie wie im freien Fall abzustürzen.

Es fiel mir schwer, mir nichts anmerken zu lassen. Aber Laurie schien ohnehin völlig darin vertieft zu sein, meine Haarspitzen zu korrigieren.

Nebenbei fragte sie mich noch ein paar Sachen, zum Beispiel, ob ich allergisch auf irgendwelche Kosmetika reagierte, was ich mir für eine Frisur wünschte, welche Nagellackfarbe ich haben wollte und ob meine Haarfarbe so bleiben sollte.

Letzteres fragte sie wegen des Trends der Elementmädchen, sich ihrer Fähigkeit farblich anzupassen. Aber da ich bereits rote Haare hatte … das nannte ich mal Schicksal. Ganz klassisch stand Rot für das Feuer, Blau für das Wasser, Braun oder Grün für die Erde und Grau für die Luft.

Für die ganze Prozedur brauchte sie eine halbe Stunde, aber die Zeit verging trotzdem viel zu schnell.

Innerlich versuchte ich zu verarbeiten, dass mich Chris ausbilden würde. Als Laurie mich inklusive einer perfekt sitzenden Frisur und frischer Maniküre aufforderte aufzustehen, war mir das noch nicht gelungen.

Ich warf einen prüfenden Blick in den Spiegel und stellte glücklicherweise fest, dass ich zu keinem Modepüppchen geworden war.

Laurie war sparsam gewesen, was Make-up und Frisur anging. So hatte sie Augen und Lippen nur leicht betont und meine Haare gelockt, wobei sie die vorderen Strähnen an meinem Hinterkopf festgesteckt hatte.

»Bist du bereit für das Kleid?«, wollte sie wissen, obwohl ich mir ziemlich sicher war, dass die Frage rhetorisch gemeint war.

»Her damit!«, erwiderte ich seufzend und hielt den Atem an, als sie den Reißverschluss einer Schutzhülle öffnete, die an einem Haken an der Wand hing.

Dieses Mal war ich diejenige, der die Kinnlade herunterklappte.

11

Nachdem Laurie den Reißverschluss im Rücken geschlossen hatte, konnte ich nicht anders, als mich völlig fremd zu fühlen. Selbst wenn ich eine Wahl gehabt hätte – für dieses Kleid hätte ich mich nicht entschieden. Nun aber zierte es meinen Körper, als wäre es wie für mich gemacht.

Das Kleid war hochgeschlossen. Es bedeckte mein Dekolleté bis zu den Schlüsselbeinen. Seine Träger umspielten ringförmig meinen Hals. Von der Taille abwärts ergoss sich der schwarze, beinahe seidenartige Stoff über die Beine bis zu den Knien. Ich spürte ihn kaum auf meiner Haut.

Als ich einen genaueren Blick auf meinen Oberkörper warf, musste ich den Drang unterdrücken, mir schützend die Hände vor die Brust zu halten. Der Brustbereich des Kleides bestand aus einem etwas festeren, nur halb blickdichten Spitzenstoff, der die Haut vom Brustbein bis zum Bauchnabel entblößte. Nicht mal einen BH konnte ich dazu tragen.

»Ich fühle mich nackt«, gestand ich Laurie, die immer noch hinter mir stand und gespannt auf meine Meinung wartete.

»Das wird sich legen«, meinte sie ausweichend und begann den Stoff zurechtzuzupfen. »Die Spitze verdeckt doch das meiste.«

Mit den Fingern betastete ich den schwarzen Stoff auf meiner Brust. Gut, vielleicht hatte sie recht – und eigentlich war das Kleid ja auch echt schön. Vor allem die kaum sichtbaren Silberfäden gefielen mir, die in die Spitze eingearbeitet waren und das Kleid im Licht leicht glitzern ließen.

»Sicher?«, wollte ich es genau wissen.

»Ganz sicher«, bestätigte Laurie mir und tätschelte mir die Schulter. »Jetzt fehlen nur noch die Schuhe.«

Nachdem wir auch die ausgesucht hatten – schlichte schwarze Pumps mit einer Angst einflößenden Höhe von sieben Zentimetern –, klopfte es wieder an der Tür. Ryan kam zurück, um mich abzuholen, was meinen Puls unweigerlich in die Höhe trieb.

Laurie hatte kaum die Tür geöffnet, als er schon seinen Kopf hindurchsteckte und mir grinsend zuzwinkerte.

»Miss Lawrence«, meinte er anerkennend und neigte dabei den Kopf, »Sie sehen hinreißend aus.«

»Danke«, murmelte ich, während ich die Pumps ein wenig hilflos in den Händen hielt.

Das blieb natürlich nicht unbemerkt. »Wir nehmen am besten andere«, schlug Laurie vor. »Welche mit Riemchen. Schau mal im Regal nach, ob du etwas findest, was dir gefällt.«

»Und setz ein Lächeln auf, Küken«, kam es von Ryan. »Das hier ist eine Feier und keine Beerdigung.«

»Fühlt sich aber so an«, nuschelte ich und drehte mich von den beiden weg, um mir ein paar Schuhe herauszusuchen.

Ziemlich schnell entschied ich mich für schwarze Riemchensandalen mit Keilabsätzen. Da Laurie mir mit einem Nicken ihr Okay gab, zog ich sie an und stellte zu meiner Erleichterung fest, dass ich den Abend darauf überleben würde.

Da Ryan im Türrahmen eine gewisse Ungeduld ausstrahlte, ging ich mit großem Widerwillen zu ihm und hakte mich ein, als er mir seinen Ellbogen hinhielt.

Laurie lächelte mich aufmunternd an und richtete ein letztes Mal meine Locken. »Ich wünsche dir viel Spaß heute Abend. Und seid bloß vorsichtig, wenn ihr nachher die Fotos macht.«

Bevor ich fragen konnte, was damit schon wieder gemeint sei, bugsierte Ryan mich auf den Flur. Hinter uns fiel die Tür ins Schloss.

Bereits jetzt wünschte ich mir, dass dieser Abend endlich vorbei wäre – oder dass ich meinem ersten Bodyguard wenigstens zugehört hätte. Dann wüsste ich, was auf mich zukommen würde, und ich könnte mich im Notfall vielleicht immer noch krankstellen oder vortäuschen mich übergeben zu müssen.

Nur leider war der Weg schneller schon wieder beendet,

als ich erwartet hätte. Wir blieben im selben Flur, warteten aber vor einer anderen Tür, auf der auch mein Name per Bildschirm erschien.

Christopher Collins, Malia Lawrence, Karliah Leicaster, Benjamin McGraves.

Mein Herz setzte einen Schlag aus, als sich die Tür öffnete. Dahinter erschien eine dunkelhäutige Frau, die mich mit strahlend weißen Zähnen anlächelte.

»Hallo Malia«, begrüßte sie mich mit einer angenehmen, tiefen Stimme und reichte mir die Hand. »Ich bin Johanna Fox, aber Jo reicht aus. Sozusagen dein Mädchen für alles.«

Ich nahm Johannas Hand und erwiderte ihr Lächeln. Vielleicht empfand nur ich das so, aber wie die anderen Dunkelhäutigen war sie ohne Zweifel eine Schönheit. Sie hatte tolle, beinahe schwarze Augen, beneidenswerte Lippen und langes, schwarzes Haar, das ihr mindestens bis zum Bauchnabel gehen musste.

Johanna gab meine Hand wieder frei. »Komm rein. Wir sollten dich auf das Interview vorbereiten, solange wir noch unsere Ruhe haben.«

Spätestens jetzt, als Ryan mich schon wieder in den Raum schieben musste, fühlte ich mich wie an einem Laufband. Zuerst die Station bei Laurie, jetzt bei Johanna, obwohl ich eigentlich gedacht hätte irgendeiner Amber zu begegnen. Was kam als Nächstes?

Der Raum schien nur ein Vorraum zu sein. Rechts an der Wand stand eine riesige, rote Sofagruppe, die beinahe jeden Quadratzentimeter Platz für sich beanspruchte. Gegenüber davon befanden sich zwei verschlossene Türen. Zuerst dachte ich, ich würde gleich in eine von ihnen hineingeführt werden, aber Johanna brachte mich zum Sofa. Nachdem ich mich gesetzt hatte, ging das straffe Programm weiter.

»Also, wie du vielleicht schon geahnt hast, wird es im Interview um Christophers Karriere gehen«, eröffnete sie das Gespräch.

Sie sah mich prüfend an. Doch ich rührte keine Miene. Dank Laurie hatte ich quasi fünfundvierzig Minuten Zeit gehabt, mich mental darauf vorzubereiten.

»Wie ich sehe«, sprach Johanna weiter, »bist du nicht überrascht. Das ist gut. Vor Amber könntest du aber schon ein wenig ... geschockt wirken. Sie liebt Authentizität.«

Auch das hatte Laurie schon erwähnt. Ich nickte brav und tat so, als wüsste ich ganz genau, wie ich das anstellen sollte.

Johanna griff nach einem Tablet, das bisher ausgeschaltet auf dem Tisch vor uns gelegen hatte. Als sie es einschaltete, erschien darauf eine Liste.

»Also gut. Das Interview wird auf jeden Fall aufgezeichnet, nur damit du Bescheid weißt. Amber macht das immer, um keine Unterbrechungen zu haben. Wie gesagt Authentizität. Ben wird leider nicht dabei sein, da er aufgrund eines privaten Zwischenfalls nicht rechtzeitig hier sein kann. Aber bei den Fotos ist er da.«

Ich nickte wieder nur und spielte an meinem Kleid herum. Diese vielen neuen Informationen, diese ungewohnt intensive Aufmerksamkeit – mir war ganz heiß davon.

»Amber wird euch erst mal ein paar persönliche Fragen stellen. Fragen zur Glaubensrichtung oder deiner sexuellen Orientierung dürfen nicht gefragt werden. Aber eigentlich weiß Amber das auch. Sie ist schließlich schon ein paar Jahre in ihrem Beruf.« Johanna lächelte mir freundlich zu. »Aber nimm dich trotzdem in Acht. Sie kann sich ziemlich gut verpacken.«

»Ich werde aufpassen.«

»Gut«, nickte sie. »Nach den persönlichen Fragen sind die Fragen zur Rekrutierung dran. Zum Beispiel, wie du dir deine Ausbildung bei Chris vorstellst oder deine Zukunft planst. Zuletzt werden dir Fragen zur Politik gestellt. Am häufigsten kommt die Frage, wie du zu der politischen Einstellung des Landes stehst. Sie ist schwierig zu beantworten, ohne in ein Fettnäpfchen nach dem anderen zu treten.«

»Das klingt nicht gerade beruhigend.«

»'tschuldigung, aber ich bin mir sicher, das kriegst du auch hin.«

»Hmm«, machte ich bloß und war komplett vom Gegenteil überzeugt. Vor allem deshalb, weil Reden so gar nicht mein Ding war. Dass sogar die ganze Stadt das Interview im *HavenPress* nachlesen konnte, machte es nur noch schlimmer.

»Na ja, wenn wir dann damit fertig sind, hast du die größte Arbeit schon geschafft. Dann werdet ihr zur Veranstaltung gebracht und nach dem Abendessen werden dann Fotos für die Titelstory gemacht.«

»*Titelstory?*«, fragte ich erstickt, weshalb meine Stimme zwei Oktaven nach oben schoss.

Also, langsam hatte ich wirklich genug!

Ehe Johanna darauf antworten konnte, klopfte es an der Tür. Genauso wie bei Laurie war sie von außen nicht zu öffnen, weshalb Johanna aufstehen musste.

Mir rutschte das Herz in die Hose. Entweder würde es Karliah sein, die nach dem Test heute nicht gerade den freundlichsten Eindruck auf mich gemacht hatte, oder Chris. Und den wollte ich jetzt am wenigsten sehen.

Als Letzterer im Türrahmen erschien, sank ich tiefer ins Polster und wünschte mir darin unterzugehen. Wer auch immer für mein grausames Schicksal verantwortlich war, gönnte mir nicht mal das.

So blieb mir keine andere Wahl, als mich von Chris ansehen zu lassen, und zwar so, als wüsste er nicht so recht, ob er lachen oder Mitleid mit mir haben sollte. Die Hitze in meinen Wangen war vermutlich aussagekräftig genug.

Im Gegensatz zu mir war er weitaus weniger chic angezogen, was ihn aber nur noch attraktiver machte.

Mit einer einfachen, schwarzen Jeans und einem noch einfacheren, weißen T-Shirt bekleidet setzte er sich auf die Couch mir gegenüber und legte das dunkelblaue Jackett über die Lehne. Von seinen chaotischen Haaren wollte ich gar nicht erst anfangen.

»Wo ist Karliah?«, fragte er Johanna, ohne mich überhaupt zu begrüßen. Aber gut, ich hätte sowieso gerade kein Wort rausgekriegt.

»Das habe ich mich ehrlich gesagt auch schon gefragt. Ich werde mich mal auf die Suche nach ihr machen. Du weißt ja, wie das alles gleich ablaufen wird, oder, Chris?«

»Ja, ja, schon klar«, winkte er ab und ließ genervt den Kopf gegen die Sofalehne fallen.

»Gut. Malia, du kannst dir gern etwas zu trinken nehmen«, betonte sie unauffällig und zwinkerte mir zu, als sie auch schon die Flucht antrat.

Die Glückliche, immerhin konnte sie so einfach gehen. Ich saß hier fest. Mit einem schweigenden, mies gelaunten Christopher Collins, der immer noch nicht damit aufgehört hatte, mich anzustarren.

Keine Ahnung, wie lange er das tat. Immerhin versuchte ich überall sonst hinzusehen und ihn nicht zu beachten. Aber es störte mich, wie seine Blicke auf meiner Haut prickelten. Ich befürchtete sogar, dass mich seine brennenden Augen ansehen würden, sollte ich zu ihm hinüberschauen.

Schon wieder dachte ich dabei an die Demonstration in der Bahn. Eine Gänsehaut bildete sich auf meinen Unterarmen, als die weißen Augen der Windsoldatin vor mir auftauchten. Irgendwie war ich erleichtert, dass ich nicht zu diesem Element gehörte.

Als Chris sich plötzlich nach vorn lehnte, riss er mich aus diesen Gedanken und meine Aufmerksamkeit an sich.

»Wie läuft's eigentlich mit deinem Kunstprojekt?«

»Super«, log ich und atmete vor Erleichterung, dass kein Feuer in seinen Augen zu erkennen war, leise aus.

Ein kurzes Lachen verließ seine Lippen, als würde er meine Lüge riechen können.

»Ich hoffe doch, das Wasserthema ist jetzt nicht mehr so interessant für dich.«

»Keine Sorge«, erwiderte ich von seiner Provokation ermutigt. »Du hast deutlich gemacht, was du davon hältst.«

»Stets ein Vergnügen«, stimmte er mir grinsend zu, wurde aber unterbrochen, falls er noch mehr hätte sagen wollen.

Wie auch immer Johanna es anstellte, öffnete sie von außen die Tür und hatte Karliah im Schlepptau.

Die Kleine schien so gar nicht begeistert darüber, hier zu sein. Sie hatte die Arme vor der Brust verschränkt und würdigte uns keines Blickes.

Mensch, da würden wir ja heute ein lustiges Trio abgeben! Wie ich trug sie ein langes, elegantes Kleid. Ihres war jedoch dunkelblau, trägerlos und hatte einen herzförmigen Ausschnitt. Die auf dem Dekolleté eingearbeiteten, silbernen Schmucksteine wollten nicht so recht zur ihr passen, was sich in ihrem Gesicht auch widerspiegelte.

»Kann's losgehen?«, fragte Johanna mit einem Lächeln, als würde sie sich am liebsten gleich selbst die Kugel geben. Allem Anschein nach hatte sie erkannt, wie unmotiviert wir alle für das anstehende Interview waren.

Ich war vermutlich die Einzige, die sich wenigstens zusammenreißen wollte. Das lag aber nur daran, dass ich lieber schweigend das tat, was von mir verlangt wurde, anstatt Ärger zu riskieren. Der Nachteil: Ich musste auch diese Ausbildung über mich ergehen lassen.

Amber wartete in einem kleinen, separaten Raum auf uns. Sie saß hinter einem wuchtigen Schreibtisch, der genau zur Atmosphäre dieses Gebäudes passte. An der Wand gegenüber der Fensterfront zog sich ein Regal entlang, in dem früher mit Sicherheit einmal Bücher gestanden hatten. Jetzt war es größtenteils leer. Nur ein bisschen Dekoration zierte das dunkle Holz.

Kaum hatten wir die Tür hinter uns geschlossen, erhob Amber sich aus ihrem Stuhl und warf dabei ihre langen, blonden Haare über die Schultern nach hinten. Sie trug ein elegantes, mitternachtsblaues Kleid, das ihre schlanke Figur betonte. Mit einer einladenden Geste winkte sie uns heran.

»Nun, kommt schon näher. Dann können wir gleich anfangen. Johanna, du kannst dich da auf die Couch setzen. Jeff kommt auch gleich noch.«

»Super, danke«, sagte meine Assistentin und befolgte ihre Anweisung.

»Jeff kommt her?«, fragte Chris nach und hob gelangweilt den Blick.

Amber quittierte seine Frage mit einem kleinen, mädchenhaften Lächeln.

»Klar«, antwortete sie ihm. »Irgendjemand muss doch darauf achten, dass ich meinen Job richtig mache.«

Als wir schließlich auf den drei Stühlen direkt vor ihr Platz nahmen, lächelte sie uns der Reihe nach an.

Lustigerweise ging genau in diesem Moment die Tür hinter uns auf und ein Mann in den Mittvierzigern betrat den Raum. Endlich mal jemand, der in dieser Elite-Scheinwelt keine Schönheit war: Er hatte eine Halbglatze und sein kleines Bäuchlein war auch nicht gerade zu übersehen.

»Bin da«, gab er grunzend zu verstehen und ließ sich ungeniert neben Johanna auf die Couch fallen. Seine Sitznachbarin kommentierte dieses Verhalten mit einem Schnauben, das Unzufriedenheit signalisierte.

Amber tat so, als hätte sie nichts gesehen. »Gut, dann kann's ja losgehen.« Sie streckte die Hand nach ihrem Tablet aus und drückte auf das Display. Sofort erschien die Anzeige für die Tonaufnahme.

»Schön, dass ihr gekommen seid«, begrüßte sie uns überflüssigerweise und lächelte uns strahlend an.

»Wir freuen uns ebenso«, meinte Chris wenig begeistert und lehnte sich auf seinem Stuhl so weit zurück, dass er mehr lag als saß – was mit einem Kleid wie meinem unmöglich gewesen wäre.

Amber beugte sich über ein zweites Tablet, wobei ihr eine Haarsträhne ins Gesicht fiel.

»Eine Frage brennt mir besonders auf der Zunge. Sag,

Chris, wie schafft es jemand, der seine Rekrutierung noch nicht abgeschlossen hat, selbst zum Ausbilder zu werden?«

Chris seufzte, als hätte er auf diese Frage schon hundertmal geantwortet.

»So einfach ist das leider nicht. Ein vollwertiger Ausbilder werde ich erst sein, wenn meine Ausbildung abgeschlossen ist und ich die anschließende Ausbilderprüfung hinter mir habe. So gesehen könnte man es eher als Praktikum mit Eignungstest bezeichnen.«

»Und wie ist es dazu gekommen?«, hakte Amber nach.

»Nun ja«, überlegte er und stützte seinen Ellbogen auf beide Stuhllehnen. »Wenn ich ehrlich bin, weiß ich das gar nicht genau. Ich habe das Angebot erhalten und sofort angenommen.«

Sie legte interessiert lächelnd den Kopf schief. »Und du kannst dir wirklich nicht erklären, warum ausgerechnet du?«

»Vielleicht, weil ich so gut aussehe?«, meinte er provokant.

Ein unterdrücktes Prusten erklang, das eindeutig von Karliah stammte. Trotzdem ging die Aufnahme weiter.

Amber überspielte den Lacher geschickt. »Dem kann ich definitiv zustimmen.« Sie tippte auf ihr Tablet. »Wollen wir jetzt aber über dich und deine ersten beiden Rekrutinnen sprechen: Wie fühlst du dich damit?«

Als sie das ansprach, zog sich mein Herz schmerzhaft zusammen. Jetzt würde also gleich der Moment kommen, in dem ich Authentizität beweisen musste.

»Angesichts der Tatsache«, antwortete Chris, »dass die beiden Damen mich sehr wahrscheinlich auf Trab halten werden, freue ich mich auf die kommenden Tage und unsere Zusammenarbeit.«

»Kay«, reagierte Amber prompt. »Sie rollen mit den Augen? Lassen Sie uns an Ihren Gedanken teilhaben.«

Ich konnte Kay nicht sehen, aber allein von unserer ersten Begegnung wusste ich, was sie antworten würde. Und dass sie vermutlich nicht gerade nett war.

»Christopher«, sagte sie, wobei sie herablassend das Gesicht verzog, »denkt doch nur daran, welche von uns beiden er zuerst flachlegt. Und ich bin es ganz bestimmt nicht.«

»Das streichst du, Amber!«, warf Johanna hinter uns ein und klang nicht gerade erfreut, dass dieses Gespräch so schnell die verbotenen Fragen erreicht hatte.

Chris lachte nur darüber. »Ist schon gut.«

»Super«, erwiderte Amber mit einem strahlenden Lächeln. Dabei drängte sich mir förmlich der Gedanke auf, dass sie Chris viel lieber unter vier Augen ihre Fragen gestellt hätte. »Wer von euch zwei Hübschen möchte denn mit dem Interview anfangen?«

Stille. Und das sogar für eine ziemlich lange Zeit. Mensch, wir schlugen uns ja förmlich um das Interview!

Aber was soll's? Lesen würde man unsere fehlende Begeisterung sowieso nicht.

»Malia«, begann Amber, womit sie meinen Puls mindestens verdoppelte, »beginnen wir mit dir.« Sie machte eine kurze Pause, in der sie schon wieder auf ihrem Tablet herumtippte und mir damit noch mehr unbeabsichtigte Gründe gab, nervös zu werden. »Erzähl uns ein bisschen was über dich. Was hast du für Hobbys?«

»Ich schwimme gerne«, murmelte ich etwas schüchtern, woraufhin Amber fragend den Kopf schief legte. Ich sah im Augenwinkel, wie Chris schmunzelte.

»Wie Christopher bist du eine Feuerrekrutin. Erlaube mir die Frage, Malia: *Welches Element hast du dir gewünscht?*«

Eigentlich keins. »Wasser.«

»Ja, das habe ich schon erwartet«, sagte Amber. »Aber wie gehst du jetzt damit um?«

Ich hatte keine Ahnung, was sie jetzt von mir hören wollte. Deswegen sagte ich das Erste, das mir einfiel.

»Ich denke, dass ich das tun muss, was ich eben tun muss.« Weise Worte, Malia. Weise Worte.

Amber schien immerhin zufrieden. »Und Ihre Familie freut sich bestimmt wahnsinnig für Sie, habe ich recht?«

Ich nickte brav. »Es war der größte Wunsch meiner Mutter, dass ich ein besseres Leben haben werde.« Ob man mir meine Lüge ansah?

»Sehen Sie das auch so?«, bohrte Amber nach. »Dass Sie jetzt ein besseres Leben haben werden?«

»Ja«, antwortete ich einfach, ohne weiter darüber nachzudenken.

Zu meinem Glück beließ Amber es dabei. Dann sah sie auf meine Sitznachbarin.

»Und Sie, Karliah, wie stehen Sie zur Politik?«

Ich stieß erleichtert – und hoffentlich sehr leise – die Luft aus, weil mir diese politische Frage erspart blieb.

Nun war Kay Ambers Opfer. Mein Herz klopfte im Takt meines gedanklichen Freudengesangs.

»Die ist für'n Arsch«, antwortete die Befragte.

»Cut!«, reagierte Johanna prompt wie erwartet.

Kay machte ein abwertendes Geräusch. »Was? Ist doch wahr! Diese sogenannte Politik hier ist doch nur ein scheinheiliges Blabla. Sie verarscht uns von vorne bis hinten und das weiß jeder.«

»Das kannst du im Interview nicht sagen.«

»Schon mal was von Meinungsfreiheit gehört?«, konterte Kay.

Ich musste zugeben, ich fing an die Kleine zu mögen. Zwar war sie etwas eigenartig, aber wenigstens traute sie sich den Mund aufzumachen.

Nicht so wie ich, die sich am liebsten immer noch in Luft aufgelöst hätte.

Chris schien ebenfalls ganz von Kays Reaktion angetan zu sein und grinste in sich hinein. Er hatte ja heute Vormittag schon klargemacht, dass die Braunhaarige ihm gefiel. Ob da etwas gelaufen war?

Wieso war Kay so auf Angriffskurs? Oder war sie vielleicht immer so?

Nach einer kurzen Pause sprach Kay weiter und klang nun so, als würde sie schon zum zehnten Mal denselben

Satz herunterrattern: »Ich finde die Politik super. Sie hat uns alle zusammengeschweißt und die Kluft der Gesellschaft aufgelöst.«

Leider stimmte das. Obdachlose gab es nicht und jeder Bürger New Americas besaß mindestens alles Nötige zum Überleben.

»Reicht das nicht mit den politischen Fragen?«, wandte Chris plötzlich ein und lehnte sich wieder nach vorn.

Kurz keimte ein kleiner Hoffnungsschimmer in mir auf. Doch als Amber ihn mit perlweißen Zähnen anstrahlte, als wäre ihr das Lächeln im Gesicht festgetackert, ahnte ich bereits den nächsten Seitenhieb. Und ja, gegen wen wohl?

»Hast du uns noch etwas zu erzählen, Christopher?«, fragte sie angriffslustig. »Vielleicht eine neue Flamme, die du mit deinem Feuer entfacht hast?«

War nicht abzuschätzen gewesen, dass ihr Blick dabei überdeutlich zu mir schwenkte? Dabei machte sie komische Verrenkungen. Auch Kay blickte demonstrativ in meine Richtung. Hmm.

Natürlich sah Chris mich jetzt auch noch an, als müsste er sich davon überzeugen, dass Amber tatsächlich mich meinte. In der Zwischenzeit hätte sich ja auch wer anders hier hinsetzen können – ist klar ...

»Cut!«, sagte Johanna.

»Weiter!«, kam es von Jeff.

Chris' Grinsen in meinem Augenwinkel wurde von Sekunde zu Sekunde penetranter. Als würde er nur darauf warten, irgendetwas Blödes dazu zu sagen.

»Vergiss es, Jeff«, setzte sich Johanna für mich ein. »Fragen, die derart in die Intimsphäre eindringen, sind tabu. Und das ist nicht erst seit fünf Minuten so.«

»Komm schon«, warf Chris ein. »Ich habe kein Problem mit der Frage.« Dann wandte er sich mit einem scheinheiligen Blick an mich. Verdammt noch mal. »Du etwa?«

Wie es nicht anders zu erwarten gewesen war, blieb mir die Stimme weg und demzufolge auch eine angemessene Antwort. Mir war klar, dass Chris mich damit nur provozieren wollte.

Stellte sich nur die Frage, warum eigentlich. Ich hatte ihm doch gar nichts getan. Meinetwegen müssten wir auch nicht mal miteinander sprechen. Mir hatte mein Leben nämlich besser gefallen, als er nicht mal wusste, dass ich existierte.

»Hervorragend!«, stimmte Amber zu und sah uns weiterhin neugierig an, als hätte es Johannas Einwand überhaupt nicht gegeben.

Warum auch immer hielt diese jetzt ihre Klappe, als Amber erneut auf eine Liebesbeziehung anspielte.

»Christopher, du scheinst Malia schon etwas besser zu kennen?«

Völlig verkrampft starrte ich auf seine locker ineinander verschränkten Hände, damit ich nicht in sein oder ein anderes Gesicht schauen musste.

Könnte mich bitte jemand erschießen?

»Definiere *besser kennen*.« Chris' Stimme klang vielversprechend, lauernd und höchst amüsiert.

»Meine Fresse! Sag ihr doch einfach, ob du Malia geil findest oder nicht.« Aus welchem Mund diese zuckersüßen Worte wohl stammten?

»Cut!«, riefen mehrere Stimmen gleichzeitig im Chor, während ich mich nur fragte, wann dieser Horror endlich vorbei war.

Chris aber ließ sich überhaupt nicht durch die Unterbrechungen stören. »Ich bezweifle, dass die Frage so gemeint war. Aber ja, wir kennen uns aus der Schule. Bisher würde ich aber nicht sagen, dass sie unbedingt mein Typ ist.«

Autsch.

Auch Amber verzog das Gesicht, als würde sie den Schlag in den Magen selbst spüren.

Weiß Gott, woher ich den Mut nahm – vermutlich aus reinem Selbstschutz –, aber wie aus Zauberei öffnete sich mein Mund und ließ die Wörter einfach so raus.

»Ich wusste gar nicht, dass du überhaupt so über mich nachgedacht hast. Eigentlich bin ich davon ausgegangen, dass wir nur Freunde sind.«

Chris' Grinsen wirkte zunehmend unverschämter. »Wenn du willst, können wir uns später gerne darüber austauschen, was wir so voneinander halten.«

»Bedaure, in meinem Terminkalender ist leider kein Platz für dich.«

»Oh, du glaubst, ich brauche einen Termin, um mit dir zu

reden? Ist ja süß«, konterte Chris mit einem leicht spotten-
den Unterton.

»Okay, das reicht«, unterbrach Johanna zum wiederholten Male die Aufnahme. »Wenn du das so veröffentlichst,
sorg ich dafür, dass du deinen Job los bist, Jeff. Amber, be-
ende das Interview!«

Chris nach dieser Aktion nicht mehr zu beachten war einfacher als erwartet – was vielleicht daran lag, dass er es mir gleichtat. Er war aus dem Raum verschwunden, ehe ich mich überhaupt vom Stuhl erhoben hatte. Dennoch glaubte ich, dass das nichts mit mir zu tun hatte.

Draußen wartete Ryan auf der roten Couch und lächelte mich an. »Du kannst genau eine Minute verschnaufen, dann bring ich dich rein.«

»Wohin?«

»An deinen Tisch. In rund zwanzig Minuten eröffnet Longfellow den Abend. Dann musst du nur noch das Essen und das Fotoshooting durchhalten. Anschließend bringen wir dich wieder nach Hause.«

»Wo ist eigentlich Boyle?«, fragte ich und setzte mich neben ihm auf die Couch. Auch wenn wir uns noch gar nicht so lange kannten, hatte ich das Gefühl, als wäre er ein verlorenes Familienmitglied, mit dem man sofort vertraut war.

»Der spielt mit den anderen zweiten Bodyguards Poker im verruchten Hinterzimmer«, lautete seine wenig hilfreiche Antwort. Dabei grinste er mich aber so merkwürdig an, dass ich mir nicht mal sicher war, ob er die Wahrheit sagte.

»Dann verpasst du ja schon wieder die ganze Party.«

»Ich steig mit ein, wenn ich dich an deinen Platz begleitet habe«, sagte er ziemlich überzeugend und warf dann einen Blick auf seine Uhr. »Apropos. Wir sollten uns auf den Weg machen.«

Seufzend ließ ich mich von Ryan hochziehen, der so schnell aufgestanden war, dass ich nicht mal protestieren konnte.

Glücklicherweise fiel es mir leicht, ihm auf diesen Schuhen zu folgen. Spätestens als wir aus der Tür herauskamen, erkannte ich, dass es mit der kurzzeitigen Entspannung vorbei war.

Den Blick ins Foyer gerichtet, wo sich inzwischen zahlreiche Reporter versammelt hatten und aufgeregt ihre Kameras in meine Richtung schwenkten, als wäre ich das meistbegehrte Shootingobjekt des Abends, stolperte ich beinahe über meine eigenen Füße.

So fest ich konnte, klammerte ich mich an den Arm meines ersten Bodyguards und ließ mich von ihm zu den Treppenstufen geleiten.

Morgen würde sich *HavenPress* bestimmt das Maul über mich zerreißen. Das interessierte mich aber nur bis zu einem bestimmten Grad.

Ich dachte an Sara. Sie würde enttäuscht von mir sein. Aber damit konnte ich mich jetzt einfach nicht auseinandersetzen. Mein Kopf war zu voll von anderen Dingen, von anderen Gedanken, davon, ob ich überhaupt etwas richtig oder eigentlich nur alles falsch machte.

Als wir das Ende der Treppe erreichten und anschließend einen großen Saal betraten, hoffte ich, wenigstens kurz aufatmen zu können. Aber selbst dort hatten sich Kamerateams positioniert und ließen mich keinen Moment aus den Augen. Mehrmals sah ich im Augenwinkel, wie sie mir ein Mikrofon hinhielten und mir aufgeregt etwas zubrüllten. Doch Ryan zog mich unbeirrt weiter und ignorierte die Anfragen der Reporter.

Erst als wir nach ein paar Metern hinter eine weitere Absperrung traten, endete der Ansturm abrupt und ich schaffte es wieder, normal zu blinzeln. Der Saal war mit Dutzenden runden Tischen gefüllt, die alle gleich aussahen und alle mit einer makellos weißen Tischdecke überzogen waren; Kerzenständer und kleine Blumengestecke dienten zur Dekoration. Sogar das Geschirr stand bereit. Einige der Gäste saßen schon auf ihren Plätzen. Allerdings war der Saal an sich noch relativ leer.

Ryan wandte sich an eine schlanke Frau, die uns mit einem strahlenden Lächeln entgegenkam.

»Wie kann ich euch helfen?«, fragte sie ihn.

Wie alle Angestellten war sie komplett in Schwarz gekleidet. Allerdings trugen die Frauen keine Kleider, sondern eng anliegende Hosen mit passenden Blazern. Sie alle hatten ihre Haare zu einem strengen Dutt gebunden und dunkelroten Lippenstift aufgetragen. Die Männer hingegen trugen lediglich weiße Fliegen und ebenfalls schwarze Anzüge.

»Wo sitzt Miss Lawrence?«, fragte Ryan höflich an meiner Stelle und wartete so lange, bis die Frau auf ein kleines Tablet blickte und schließlich auf einen leeren Tisch in der Mitte des Foyers zeigte.

»Tisch elf, dort drüben. Kann ich Ihnen schon etwas zu trinken bringen lassen, Miss Lawrence?«, wollte sie immer noch freundlich lächelnd von mir wissen, während sie ihr Gerät wegsteckte.

»Ein Wasser, bitte«, brachte ich nur sehr leise hervor. Sie tat so, als würde sie meine Nervosität überhaupt nicht bemerken. Die Frau lächelte mich höflich an, verabschiedete sich mit einem Nicken und Ryan setzte seinen Weg fort.

Bereits nach rund dreißig Metern erreichten wir den gedeckten Tisch und den Platz, der mir zugeteilt war. Ein kleines Namenskärtchen, das verdächtig danach aussah, als bestünde es aus Papier, lag auf dem Teller.

»So, meine verehrte Dame«, sagte mein Bodyguard lächelnd und drückte mich bestimmend auf einen Stuhl. Seine Hand verweilte noch auf meiner nackten Schulter. »Sei nicht so verkrampft, Malia. Du siehst hübsch aus, glaub mir, und niemand wird dich hier beißen. Trevor und ich warten draußen auf dich. Wenn irgendetwas sein sollte, kannst du zu einer der Bedienungen gehen. Die rufen uns dann, okay?«

Ich nickte mit zusammengekniffenen Lippen. Das gefiel mir ganz und gar nicht.

»Zieh nicht so ein Gesicht. Hab ein bisschen Spaß, bevor der Ernst überhaupt erst losgeht.«

»Ich werde es versuchen«, murmelte ich vor mich hin und heftete meinen Blick auf die Namenskarte.

Ryan ließ meine Schulter los. »Gut. Dann sehen wir uns in ein paar Stunden. Und nicht vergessen: Immer schön lächeln!« Er kniff mir leicht in den Arm und grinste mich an.

Um ihm zu zeigen, dass ich meine Worte ernst gemeint hatte, lächelte ich zurück – und war überrascht, dass es nicht verschwand, als er mir den Rücken zukehrte und den Weg nach draußen antrat.

Wenn du mit zickigen Soldatinnen am Tisch sitzt, musst du ja nicht mit ihnen reden, sagte ich mir selbst und betrachtete immer noch das Namenskärtchen.

Es war handgeschrieben. Vielleicht faszinierte es mich deswegen so. Oder lag es an dem echten Papier, das ich mich fast nicht traute zu berühren?

Ob es sich so fest anfühlte, wie es auch aussah? Würde es vielleicht unter meiner Berührung zerbröseln? Meine erste Theorie bestätigte sich, als ich über die raue Pappe strich und das Kärtchen umdrehte, um nachzusehen, ob etwas auf der Rückseite stand, doch diese war leer.

Jedes Mal, wenn jemand meinem Tisch zu nah kam, schreckte ich hoch und wartete, ob der- oder diejenige sich setzen würde. Doch eine Zeit lang füllten sich nur die anderen Plätze – ganz weit weg von mir.

Dann kamen gleich drei Mädchen auf einmal, die sich ohne Beisein eines Bodyguards lachend gegenüber von mir niederließen. Sie trugen allesamt bunte, auffällige Kleider, die dennoch so elegant waren, dass ich mir wie eine graue Maus vorkam.

An der Farbe in ihren Haaren erkannte ich, dass sie Wassermädchen waren. Zwei von ihnen waren blond mit hellblauen Strähnchen im Unterhaar. Die Dritte hatte schwarze Haare mit eisblauen Strähnen, die etwa auf Kinnhöhe sanft einsetzten. Sie war auch die Einzige von ihnen, die mir zur Begrüßung ein Lächeln schenkte. Ich erkannte sie als eines der Mädchen, das in der Schule immer zusammen mit Chris am Tisch der High Society saß.

Ungeduldig und damit sie nicht merkte, dass ich sie angestarrt hatte, sah ich mich im Saal um. Irgendwo entdeckte ich das Gesicht von Kay. Aber da sich jemand in mein Blickfeld schob, verlor ich sie wieder.

Dass ich dabei auch Chris fand, ließ mein Herz merkwürdig einfrieren. Keine Ahnung, wieso mich das jetzt so schockierte.

Offensichtlich war der Grund für seine schnelle Flucht vorhin ein blondes Mädchen gewesen. Es stand jetzt an seiner Seite und lachte gerade über einen Witz, den ein wichtig aussehender Mann erzählt hatte. Er klopfte Chris lachend auf die Schulter.

»Seht ihn euch an!«, meinte eine der beiden blonden Wassermädchen. »Also hat sie doch nicht gelogen, als sie meinte, sie würde mit Chris hier aufkreuzen.«

»Was es jetzt nicht weniger schlimm macht«, lachte die Schwarzhaarige und schielte zu mir herüber.

Zu spät bemerkte ich, dass sie gesehen hatte, wie ich Chris verboten lang anstarrte. Erst dann wandte ich peinlich berührt das Gesicht ab und verfluchte das Blut, das mir bereits eine Sekunde später in die Wangen schoss.

»Sag mal, kenn ich dich nicht?«, fragte sie.

Plötzlich an mich gewandt machte sie die für mich ohnehin schon unangenehme Situation nicht unbedingt besser.

»K-kann sein«, stotterte ich rum, presste die Lippen zusammen und wünschte mir mich in Luft aufzulösen. Nur für eine Minute wenigstens.

Im Augenwinkel sah ich, wie sie sich noch weiter zu mir herbeugte. »Klar, du bist doch ... tut mir leid, ich habe deinen Namen vergessen, aber Chris hat uns gestern von dir erzählt.«

»Malia«, nuschelte ich nur, um nicht auf den letzten Teil ihres Satzes eingehen zu müssen.

»Ah, genau. Malia Lawrence. Ich bin Jasmine«, stellte sie sich lächelnd vor.

Ich lächelte zurück, froh darüber, dass sie mir nicht die Hand hinhielt. Die hatte ich nämlich so fest in den Oberschenkel gekrallt, dass ich mir nicht sicher war, ob ich sie je wieder davon lösen konnte.

Allerdings schien sie das kaum zu bemerken, da sie sich schon wieder in das Gespräch mit den anderen beiden Mädchen vertiefte. Da ich den Inhalt sowieso nicht mitbekam, entspannte ich mich allmählich.

Als ein paar Minuten später die Lichter gedimmt wurden, da der Präsident die Treppen herunterkam, setzten sich auch endlich zwei weitere Mädchen neben mich.

Genauso wie ich hatten sie noch keine gefärbten Haare. Deshalb lag die Vermutung nahe, dass auch sie heute erst ihren Test gehabt hatten; oder sie machten um den Trend einen großen Bogen.

Da die anderen einen Applaus anstimmten, klatschte ich verhalten mit und beobachtete, wie Longfellow sich an den Tisch direkt vor der Treppe setzte. Hier saßen auch die Gouverneurin und der Captain. Deshalb entdeckte ich dort auch Chris. Er war der Sohn des Polizeichefs.

»Ich heiße Sie herzlich willkommen«, begrüßte Longfellow uns und hob dabei einladend die Arme, »und eröffne hiermit den heutigen Abend. Lassen Sie uns auf ein gemütliches Beisammensein anstoßen, meine Damen und Herren.«

Etwas unbeholfen griff ich nach meinem Wasserglas und hielt es in die Luft, als es die anderen taten.

Jasmine lächelte mir zu und stieß als Erste mit mir an.

»Bitte verzeihen Sie mir die Unhöflichkeit«, sprach Longfellow weiter, »aber ich würde sehr gern das Essen der Begrüßungsrede vorziehen. Schon den ganzen Tag knurrt mir der Magen.«

Wie erwartet lachten alle darüber, ehe sie abermals zustimmend ihre Gläser erhoben.

Während des Essens wurde ich zunehmend lockerer, was nicht zuletzt daran lag, dass Jasmine sich ab und zu mit mir unterhielt.

So erfuhr ich, dass sie zwar schon seit zwei Monaten eine Soldatin war, sie aber wegen der Schule kaum eingesetzt wurde. Sie war gemeinsam mit Chris im Abschlussjahrgang, also eine Stufe über mir.

Das Essen bestand aus einem Fünf-Gänge-Menü. Ehrlich gesagt hatte ich noch nie so viel Gemüse, geschweige denn Obst an einem Tag gegessen. Aber spätestens, als wir die Rote-Früchte-Kokoscreme serviert bekamen, entdeckte ich meine Liebe zu Obst völlig neu.

Zwischendurch tauchten immer wieder Kellner aus dem Nichts auf und brachten uns frische Getränke. Ich hatte mich irgendwann von Jasmine überreden lassen auf Rotwein umzusteigen. Anfangs war ich so gar nicht davon angetan gewesen, doch inzwischen nippte ich nur zu gern an dem alkoholhaltigen Getränk.

Nachdem die Kellner den Nachtisch abgeräumt hatten, ging das Programm weiter.

Longfellow schlug mit dem Stiel eines Löffels sachte gegen sein Weinglas. »Wenn ich um Ihre Aufmerksamkeit bitten dürfte«, erhob er wieder die Stimme und wartete abermals darauf, dass die Gespräche verstummten.

Er lächelte erfreut in die Runde. »So, da nun meine Rede nicht mehr von grummelnden Mägen unterbrochen wird, würde ich gerne fortfahren.«

Wir klatschten – und ich vergaß, betrübt und schlecht gelaunt zu sein. Der Wein erledigte wirklich einen erstklassigen Job, um sich ein bisschen wohler zu fühlen.

»Liebe Rekruten, liebe Soldaten, liebe Kollegen und Freunde, vielen Dank, dass Sie heute so zahlreich erschienen sind, um die Zukunft New Americas zu begrüßen. Bitte, diesen Applaus haben Sie sich wirklich verdient!«

Schon wieder wurde geklatscht. Als ich mit einstimmen wollte, griff Jasmine nach meinem Handgelenk und zischte mir zu, dass sie doch für mich klatschten. Sie lachte, als ich mir grinsend die Hände vor den Mund schlug.

Oh, oh. Ich glaube, den Wein sollte ich erst mal eine Weile beiseitestellen.

»Es erfüllt mich mit Stolz«, sprach Longfellow weiter, »dass wir in den letzten drei Monaten insgesamt dreiundvierzig neue Rekruten in Haven zählen konnten. Ich wünsche Ihnen für Ihre Ausbildung nur das Beste und hoffe Ihnen somit ein neues, aufregendes Leben zu ermöglichen. Mit Ihrem Dienst werden Sie nicht nur die Stadt, sondern das ganze Land bereichern. Vielen herzlichen Dank, liebe Rekruten und Rekrutinnen!«

Dieses Mal behielt ich die Hände unter dem Tisch – was meine Wangen nicht daran hinderte, rot anzulaufen, als ich einige Blicke auf mir spüren konnte.

»Aber der heutige Abend dient natürlich auch der Gratulation von einundsechzig Soldaten und Soldatinnen, die in den letzten sechs Monaten ihre Ausbildung erfolgreich abgeschlossen haben. Ich würde mich freuen, wenn Sie später am Abend zur mir kommen würden, um ein Foto für die Ewigkeit festzuhalten.« Longfellow unterbrach sich und griff nach seinem Weinglas. »Ich würde gerne einen Toast auf Sie ausbringen.«

Er hob das Glas an und lächelte in die Menge. Da ich dabei direkt in seine Richtung sah, fiel mir plötzlich auf, dass Chris mich beobachtete. Er blickte mir unmittelbar in die Augen, wobei ein entzückendes Lächeln seine Lippen zierte. Da es sich anfühlte, als hätten sich unsere Blicke ineinander verankert, schaffte ich es nicht wegzusehen.

Das erledigte er, allerdings nicht, ohne mir noch einmal zuzuzwinkern, was mein Herz gar nicht gut aufnahm. Es setzte kurz aus, weshalb ich schnell wieder zum Präsidenten sah.

»Auf die neuen Soldaten New Americas!«, prostete Longfellow und stieß mit den Leuten an seinem Tisch an. Andere taten es ihnen nach.

Ich lächelte Jasmine zu, weil sie eine der Soldatinnen war, auf die angestoßen wurde.

»Wie einige von Ihnen in der Presse gelesen haben«, setzte Longfellow seine Rede fort, »gibt es noch eine weitere, äußerst erfreuliche Neuigkeit, die ich Ihnen gern höchstpersönlich verkünden möchte.« Sein von Stolz erfüllter Blick fiel auf Chris. »Erstmals in der Geschichte der E4-Gentherapien wird jemand – und wir kennen ihn alle – bereits während seiner eigenen Ausbildung die Möglichkeit bekommen, neue Rekruten auszubilden. Wir freuen uns, von nun an talentierten Rekruten die Möglichkeit zu bieten, sich vor ihren Abschlüssen einen höheren Rang im militärischen Dienst zu erarbeiten.«

Das war wohl das Zeichen, wieder Beifall zu klatschen. Longfellow hielt Chris die Hand hin, der sich daraufhin kurz erhob und sie schüttelte. So, wie der Präsident ihm freundschaftlich auf die Schulter klopfte, konnte man meinen, die beiden verstünden sich prächtig.

Was sie vermutlich auch taten.

»Auf Christopher Collins und darauf, dass er darum gekämpft hat, uns allen neue Türen zu öffnen!« Auch dieses Mal hob Longfellow wieder sein Glas und prostete seinen Leuten am Tisch zu.

Da wir hier aber auf Chris anstießen, konnte ich nichts dafür, dass mein Lächeln plötzlich nicht mehr so überzeugend wirkte.

Ein letztes Mal wurde Beifall geklatscht.

Jasmine lehnte sich zu mir, da sie meinen veränderten Gesichtsausdruck bemerkt hatte.

»Du kannst ihn nicht besonders leiden, was?«, fragte sie.

»Er hat meine Leinwand verbrannt«, erklärte ich nur und schob meine lockere Zunge auf den Alkohol.

Die Schwarzhaarige kicherte. »Das sieht ihm ähnlich,

aber lass dich davon nicht einschüchtern. Er wollte bestimmt nur seinen Standpunkt klarmachen – jetzt, da er ja Ausbilder wird.«

»Dreimal darfst du raten, wer zu seinen glücklichen Opfern gehört.« Sie griff nach ihrem Glas und grinste mich dabei an. »Also, wenn man ihn erst mal besser kennt und mit seiner Persönlichkeit klarkommt, kann man wirklich Spaß mit ihm haben.«

Meine Augenbrauen wanderten skeptisch nach oben.

»Nicht diese Art von Spaß«, verbesserte sie sich. »Er ist nicht so mein Typ, wenn du's unbedingt wissen willst. Viel zu arrogant, selbstverliebt und, ach ja, manipulativ.«

»Können wir das Thema wechseln?«, warf die Blonde ein, die die anderen Blue nannten. »Ich will nicht schon wieder nur über ihn sprechen.«

Da ich den Eindruck hatte, dass sie irgendwie frustriert wirkte, versuchte ich durch einen Blickwechsel mit Jasmine herauszufinden, ob sie eine von Chris' Verflossenen war. Jasmines Nicken war mir Bestätigung genug.

Nachdem die Schwarzhaarige ihr Weinglas wieder abgestellt hatte, lächelte Blue aufgeregt in die Runde.

»Also«, sprach sie, »wenn das hier gleich vorbei ist, können wir ja noch in diesen neuen Klub gehen. Emma war letztens da und meinte, dass der DJ wirklich gut ist.«

»Klar!«, stimmte Jasmine sofort zu und sah mich fragend an: »Du kommst doch mit, oder?«

»Nach dem Fotoshooting«, versuchte ich mich rauszureden, war aber ehrlich gesagt nicht abgeneigt mit ihnen dort hinzugehen. Vielleicht würde es mir helfen, mich mit ihnen anzufreunden. Damit würde ich mich gleichzeitig in mein neues Leben besser integrieren.

Ob ich damit das Richtige tat, stand allerdings in den Sternen.

13

Nach einer Stunde hatte ich so viel Wein intus, dass ich keine Ahnung hatte, wie ich das Fotoshooting noch bewältigen sollte. Verdammt, wer war auch auf die Idee gekommen, diesen Termin nach dem Essen anzusetzen und nicht im Anschluss an das Interview?

Um wieder etwas klarer im Kopf zu werden, bat ich Jasmine mit mir an die frische Luft zu gehen – wo zu allem Übel Chris bei dem Auto meiner Bodyguards stand und sich mit Ryan unterhielt. Jasmine zog mich zu ihnen rüber, auch wenn ich dabei leise protestierte.

»Ihr braucht mich nicht zu verfolgen«, meinte Chris bloß, nachdem er uns bemerkt hatte.

»Du bist ausnahmsweise nicht die Sahneschnitte, zu der ich will.« Jasmine lallte ein bisschen, was die Umstehenden amüsierte. Mich eingeschlossen. Sie stützte sich schwerfällig auf meiner Schulter ab.

Ryan musterte mich mit erhobener Augenbraue. »Muss ich mir Sorgen machen, Küken?«

Dass Chris darüber lachte, überraschte mich nicht.

»Nein«, sagte ich schnell und gab mir die größte Mühe,

normal zu reden, während Jasmine sich bedrohlich nah zu Ryan hinbeugte.

Sie kicherte. »Wir wollen in diesen neuen Klub. Den – na, diesen einen eben.«

»Sie meint den Laden, der letzte Woche aufgemacht hat«, erklärte Chris gelangweilt und schob sich ein Kaugummi zwischen die Lippen, von denen ich besser schnell den Blick abwandte. »Glaube, er heißt *The Black Box*.«

»Genau!«, meinte Jasmine.

»Willst du da auch hin?«, fragte Ryan mich mit einem skeptischen Gesichtsausdruck, als erwartete er ein Nein von mir.

Da mein Anhängsel bereits begeistert nickte, erwiderte ich lediglich ein »Sozusagen«.

»Na, dann kann ich ja nur hoffen, dass das keine lange Nacht wird«, seufzte mein erster Bodyguard.

»Wir können die beiden nachher nach Hause fahren«, warf Chris ein, woraufhin seine Bodyguards keine Miene rührten. Sie waren es bestimmt schon gewohnt, dass er jedes Wochenende auf Achse war.

»Aber erst müsst ihr zum Fotoshooting«, erklang auf einmal Johannas Stimme hinter uns. Erschrocken drehten wir uns zu ihr um.

Sie hatte Kay und Ben im Schlepptau, wobei Letzterer deutlich motivierter war als die Kleine. Ich hatte ihn beim Essen gesehen und im Anschluss kurz mit ihm gesprochen. Er war ein Luftsoldat und mir von Anfang an sympathisch, weil er einen bescheidenen Eindruck auf mich machte – im Gegensatz zu den meisten Soldaten, deren neue Lieblingsbeschäftigung das Angeben war.

»Wenn das überhaupt noch geht«, fuhr sie kritisch fort und sah mich tadelnd an.

»Ich krieg das hin«, sagte ich schnell, woraufhin auch Chris sich wieder in unser Gespräch einmischte.

»Entspann dich, Jo. Ich kümmere mich schon darum.«

»Wenn du meinst. Kommt jetzt mal mit.«

Im Augenwinkel sah ich, wie Chris sich das Jackett richtete. Doch ich konzentrierte mich lieber auf Ryan, der mir wie so oft an diesem Tag aufmunternd zulächelte.

Wir folgten Johanna über rund zwanzig Meter Wegstrecke zu einer parkähnlichen Anlage neben der Residenz. Jasmine hing nach wie vor an meinem Arm.

Da es schon dämmerte, hatte man sich um Beleuchtungsmittel gekümmert und sie rings um das Set aufgestellt.

»So, Leute«, begrüßte uns ein Fotograf.

Der Mann war schon etwas älter, hatte graue Haare und einen dichten Bart. Seiner Berufung folgend betrachtete er uns durch seine rahmenlose Brille, als hätte er bereits das fertige Bild vor Augen. »Stellt euch da auf. Die Mädchen in eure Mitte«, bat er uns.

Wie auf Kommando lösten Chris, Ben, Kay und ich uns von der kleinen Gruppe und positionierten uns vor der kunstvollen Grünfläche. Im Blitzlicht würde der Hintergrund aber bestimmt untergehen.

Um mir keinen Ärger einzuhandeln, wartete ich auf weitere Anweisungen des Fotografen.

Er sah dabei durch seine Kamera. »Mädels, stellt euch mit dem Rücken zueinander – ja, genau so. Und stopp! Das reicht.«

Kay und ich berührten uns am Ellbogen. Chris war Gott sei Dank auf ihrer Seite; neben mir stand Ben.

»Okay, und jetzt macht euch ein bisschen locker. Nicht so verkrampft. Posiert ein bisschen – es ist gar nicht so schwer«, wies er uns an und lachte. War bestimmt nicht der beste Job, unfähige Rekruten zu fotografieren. »Du da mit den braunen Haaren, schau mal etwas freundlicher. Du willst doch schließlich niemanden umbringen, oder?«

»Doch«, antwortete Kay frech, gehorchte aber, wobei sie allerdings ein Geräusch des Genervtseins ausstieß.

»Und du, Rothaarige«, sprach er mich an, »entspann deine Muskeln. Winkel dein rechtes Bein etwas an. Ja, genau, perfekt.«

Es blitzte das erste Mal und kurz darauf ein zweites Mal. Er schoss noch ein paar Fotos mehr und korrigierte immer wieder unsere Haltung. Nach rund zehn Aufnahmen, die anscheinend alle nichts geworden waren, schickte er eine seiner Assistentinnen zu uns. Sie sollte unsere Arme, Beine sowie unsere Köpfe ausrichten.

Dass mir dabei viel zu heiß war und man das vermutlich auf den Bildern auch sah, wollte anscheinend niemand wahrhaben. Aber dafür gab es hoffentlich Bildbearbeitungsprogramme. Damit würde meine Mutter nicht gleich sehen, dass ich einen über den Durst getrunken hatte.

Erneut sprach uns der Fotograf an. »So, jetzt tauschen wir die Positionen. Chris und der andere, bitte in die Mitte.«

»Können wir das Ganze etwas beschleunigen?«, forderte Chris.

»Mecker nicht, mach einfach!«, widersprach der Fotograf und warf Chris einen warnenden Blick zu, bis dieser sich endlich in Bewegung setzte und mit Kay Plätze tauschte. Ich sollte das Gleiche mit Ben tun.

Ohne dass der Fotograf etwas sagen musste, verschränkte Chris locker die Arme vor der Brust.

»Mädels«, kam es erneut vom Fotografen, »bitte stützt eure Ellbogen auf den Schultern auf. Und noch etwas locke-rer, bitte. Und ein dramatischer Blick, ein bisschen gefähr-licher. Ja, so ist gut. Halten, bitte!«

Mehrmals blitzten die schwarzen Schirme vor uns auf und wollten meinem Gehirn den Befehl geben, meine Augen zu schließen. Aber ich kämpfte gegen den Drang an.

Als das Blitzen kurz aufhörte, sah ich Johanna im Hinter-grund strahlend lächeln. Anscheinend gefielen ihr die Fotos.

Das Shooting war noch nicht zu Ende. »Machen wir jetzt noch Pärchenfotos. Chris und der andere, würdet ihr kurz?«, bat der Fotograf.

»Mit Vergnügen«, erwiderte einer der Angesprochenen – wer wohl? – überheblich und trat beiseite. Ich bemerkte, dass innerhalb von zwei Sekunden jemand neben ihm stand, um ihm ein Glas Wasser zu bringen. Ben bekam nichts zu trinken.

»Stellt euch wieder mit dem Rücken zueinander. Das hat gut ausgesehen. Versucht so zu tun, als wärt ihr Rivalinnen. Ihr seid Kämpfer, zukünftige Soldaten. Ich will das Feuer in euren Augen sehen.«

Falls das einen Hieb gegen Chris darstellen sollte, war er gelungen. Er brachte mich sogar genau in dem Moment zum Lachen, als der Blitz ausgelöst wurde.

»Okay, das geht auch. Das sieht sogar noch besser aus! Braunhaarige, bitte lachen!«

»Dafür bin ich eher weniger bekannt«, quittierte Kay herablassend.

»Einmal, dann bist du entlassen. Zumindest fast.«

»Dann bin ich entlassen.«

»Meinetwegen«, winkte der Fotograf schnell ab und wartete darauf, dass Kay lachte.

Auch ich gab mein Bestes. Dann war endlich alles vorbei. Wäre aber auch zu schön gewesen, wenn es so schnell gegangen wäre.

Irgendwie überraschte es mich kein Stück, als der Fotograf Chris anwies jetzt mit Kay zu tauschen.

Es war das erste Mal seit unserem Interview, dass sein intensiver Blick mir einen Schauer über den Rücken jagte. Ich spürte regelrecht, wie er jeden Zentimeter meiner Haut betrachtete, als würde er genau wissen, was sein Blick mit mir anrichtete. Oder eher gesagt mit meinem Herzen.

Herrgott, das musste aufhören! Ganz schnell!

Ein zweites Mal brauchte der Fotograf Chris nicht anzuweisen. Nachdem der Angesprochene sein Glas geleert hatte, drückte er es seinem Assistenten in die Hand und kam mit einem zufriedenen Grinsen wieder auf mich zu.

Wo Kay war, wusste ich gar nicht. Als ich mich nach ihr umsah, war sie schon verschwunden.

Am liebsten hätte ich den Fotografen gefragt, ob ich nicht auch gehen konnte. Allerdings war mein Hals plötzlich so trocken, dass ich kein Wort mehr herausbrachte.

Also blieb mir nichts anderes übrig, als dem Teufel namens unverschämter Attraktivität in die Augen zu sehen.

Da Chris anscheinend genug Erfahrungen hatte, um nicht auf die Anweisungen des Fotografen warten zu müssen, handelte er von ganz allein. Als ich seine Hand in meinem Rücken spürte, musste ich einen Schauer unterdrücken. Es war das erste Mal, dass er mich so direkt berührte und mir dabei so nah stand, dass mich sein angenehmer Duft nach Aftershave und frisch gewaschener Wäsche umhüllte.

Als mir das klar wurde, schossen mir Unmengen an Blut in den Kopf. Ich konnte nur hoffen, dass das Make-up das meiste davon verbarg.

»Du hast ziemlich unwiderstehliche Lippen«, flüsterte er in mein Ohr, wobei mich sein Atem an der Wange streifte.

Ein Kribbeln breitete sich in meinem Nacken aus. Ich hatte mich nicht unter Kontrolle. Keine Ahnung, wie mein

Gesicht aussah, aber mit Sicherheit konnte ich sagen, dass ich so besser nicht fotografiert werden sollte.

Allerdings sah der Fotograf das anders. Ohne dass er es ankündigte, löste er mehrmals den Blitz aus.

»Ziehst du dich eigentlich mit Absicht so sexy an?«

»Was soll das?«, zischte ich Chris an und drehte den Kopf in seine Richtung. Was ein fataler Fehler war.

Chris sah mir so tief und fesselnd in die Augen, dass ich es nicht mal schaffte zu blinzeln. »Was denn?«

»Wieso sagst du solche Dinge?«

»Das nennt man einen Flirt.«

»Ich dachte, ich bin nicht dein Typ.«

Seine Mundwinkel verzogen sich anzüglich. »Du kannst mich gerne vom Gegenteil überzeugen, Prinzessin.«

»Hör auf mich so zu nennen.«

»Zwing mich dazu«, wisperte er herausfordernd, während das Blitzlicht immer weiterging.

Und ich konnte immer noch nicht wegsehen. Stattdessen starrte ich wie benommen und mit einem wie verrückt pochenden Herzen auf Chris' Lippen, die er leicht geöffnet hatte. Seine Hand in meinem Rücken brannte wie Feuer, aber ich genoss das Kribbeln zu sehr, als dass ich in der Lage gewesen wäre, mich dagegen zu wehren.

So etwas hatte ich noch nie gespürt. Es fühlte sich so sicher an, so gut. Vielleicht war es dieses Gefühl, von dem Sara immer sprach.

Und wenn es das war, hatte ich ein großes Problem.

Dass Chris gerade selbst nicht den Eindruck erweckte, als könnte er wegsehen, jagte mir einen Schauer über den Rücken.

Plötzlich hatte ich das Gefühl, als würde ein kalter Wind meine Arme streifen und versuchen mich damit aus dieser Situation zu katapultieren. Außerdem war mein Gehirn benebelt von Wein und Chris' Nähe. Wahrscheinlich bekam ich deswegen nicht mit, dass das Blitzlicht schon lange aufgehört hatte.

Erst als ich ein immer lauter werdendes, unbekanntes Geräusch gehört hatte, erlangte ich die Kontrolle über meinen Körper zurück und sah in den Himmel.

Nicht mal eine Sekunde später brüllte jemand: »Sofort in die Residenz!«

Allein der Klang der Stimme ließ meine Knie weich werden; Chris' Griff um meinen Oberkörper wurde fester, obwohl ich noch immer nicht ganz begriff, was hier eigentlich los war.

Wäre er nicht losgelaufen und hätte mich gleichzeitig gezwungen ihm zu folgen, hätte ich noch länger dort gestanden und in den Himmel gestarrt, um die merkwürdigen Lichter zu beobachten, die plötzlich dort aufgetaucht waren. Das Dröhnen, das von ihnen ausging, betäubte meine Ohren, aber die Schreie und Befehle der Soldaten hörte ich trotzdem.

Bis eine Explosion sie übertönte.

14

Obwohl Chris mich unbarmherzig weiterzog, drehte ich mich in die Richtung um, aus der ich glaubte die Explosion gehört zu haben – aber ich sah nichts. Wären die Lichter am Himmel nicht gewesen, hätte man meinen können, es handelte sich um eine harmlose Übung. Doch die plötzliche Panik war echt.

Der Fotograf und seine Assistenten und Assistentinnen ließen ihr Equipment einfach stehen und rannten uns hinterher, als einige Hundert Meter von der Residenz entfernt eine neue Explosion ertönte und ein Gebäude versenkte.

Ich keuchte. Die Sirenen setzten ein und riefen nach allen Soldaten Havens. Eigentlich auch nach mir. Aber ich war so sehr in meinem Schock gefangen, dass ich nicht mal bemerkte, wie Chris mich die Steinstufen der Residenz hochzerrte und es sogar schaffte, dass ich nicht der Länge nach hinfiel. Trotzdem – oder gerade deswegen – riskierte ich einen Blick zurück, wo bereits Wassersoldaten auf einen Transporter zuliefen. Das Feuer infolge der Explosionen zu löschen war ihre Aufgabe.

Als wir den Haupteingang erreicht hatten, gab es die

nächste Explosion, dieses Mal aber nur noch einige Meter von uns entfernt. Vermutlich war die Residenz das eigentliche Ziel gewesen.

Ich spürte die Wucht des Einschlags an mir zerren und nahm wahr, wie mich etwas in das Gebäudeinnere hineindrückte. Ich wäre definitiv gestolpert, hätte Chris mich nicht fest am Arm gepackt.

Mein Instinkt sagte mir, dass ich nicht in das Gebäude laufen sollte, aber mein Verstand hielt dagegen. Der Bunker war sicher.

Immer wieder hörte ich Befehle. Die meisten kamen von Männern, die die umstehenden Soldaten anwiesen die Menschen wegzubringen, ebenso die neuen Rekruten.

Die Sirenen wurden stetig lauter, dröhnender, als würden sie schreien: »Wir werden angegriffen!« Sie forderten uns dazu auf, in den nächsten Bunker zu gehen, wo wir in Sicherheit wären.

Hektisch versuchte ich nach Jasmine oder Johanna Ausschau zu halten. Doch da ich von allen Seiten angerempelt wurde, hatte ich sie in der Menschenmenge verloren.

Ich hatte nur noch Chris, der mich wie ferngesteuert und unfassbar wütend durch das Foyer der Residenz zog und jeden Befehl der Soldaten missachtete. Die um uns herum entstandene Panik und Hysterie schien er nicht zu realisieren.

Ohne zu wissen, was ich da überhaupt tat, wollte ich mich aus seinem Griff befreien. Aber er war so bestimmend, dass ich mit Sicherheit einen blauen Fleck davontragen würde.

Unvernünftigerweise wollte ich nur weg von Chris, von den Explosionen und dorthin, wo sie mir nichts anhaben konnten. Ich wollte an einen Ort, an dem ich von dem Angriff auf unsere Stadt nichts mitbekommen würde.

Aber wer war es überhaupt? Wer war der Gegner?

Hatte New Asia seine Drohungen wahr gemacht, und das ausgerechnet heute? Ausgerechnet an dem Tag, an dem ich ins Programm der High Society aufgenommen worden war?

Chris und ich folgten einem Strom aus Menschen hinunter in den Bunker der Residenz, der als der sicherste Ort der ganzen Stadt galt.

Mehrmals hörte ich eine Explosion, die das Gebäude erschütterte, aber nie direkt traf. Trotzdem sackte mein Herz bei jeder neuen Wucht einen Zentimeter ab.

Hinter uns erklangen immer wieder Rufe, dass wir schneller gehen sollten. Ich wusste nicht, ob wir das taten, da ich selbst keine Kontrolle mehr über meine eigenen Bewegungen hatte. Nur froh noch atmen zu können lief ich einfach weiter und tiefer in den schmalen Tunnel hinein, der sich hinter einer geöffneten Tür in ein riesiges Gewölbe hinein erstreckte.

Ein Schauer jagte meine Wirbelsäule hinab, als ich daran dachte, dass ich gerade das erste Mal den bestgeschützten Bunker der Stadt betrat.

Davor hatte ich immer gewusst, dass es nur eine Übung war. Dementsprechend hatte ich nur selten Angst verspürt, wenn wir uns in einen Bunker in der Nähe der Schule oder meines Zuhauses begeben mussten. Aber der Bunker der Residenz war etwas vollkommen anderes. Es war das Herzstück der Stadt und gleichzeitig das prominenteste Angriffsziel, das sich ein Gegner aussuchen konnte.

Genau hier fand ich mich jetzt wieder. Nur war keine Übung daran schuld. Dieses Mal waren es ernst gemeinte Angriffe auf uns, Angriffe, die unser Leben bedrohten.

Ich hatte Angst.

Chris schob mich in eine freie Ecke und sah sich hektisch um. Der Druck an meinem Arm verstärkte sich.

»Hörst du mir zu?«, zischte er und drückte noch mehr zu. »Egal was passiert, sie können dich nicht dazu zwingen, eine Uniform anzuziehen, verstanden?«

Immer noch unfähig zu verstehen, was da gerade passiert war, nickte ich.

Eigentlich hätte ich mich hinter den verschlossenen Türen der Residenz und umzingelt von Soldaten sicherer fühlen sollen, doch mein Herzschlag schien immer noch nicht begriffen zu haben, dass ich nicht mehr rannte. Nach wie vor spürte ich das kräftige Pochen des kleinen Muskels in meiner Brust.

Dabei hatte ich nicht mal einen Grund zur Panik. Immerhin gehörte ich nicht zu denjenigen, die sich gerade auf einen Kampf vorbereiten mussten. Meine Ausbildung hatte ja noch nicht mal richtig begonnen. Ich stand unter dem Schutz der Regierung, wie Chris gerade gesagt hatte.

Trotz dieser mir zugesagten Sicherheit wünschte ich mir

auf einmal nichts sehnlicher, als zu Hause bei meiner Familie zu sein. Tatsache war aber, dass sie zu weit weg waren. Zu weit weg vom Zentrum und zu weit weg von mir.

Ich redete mir zwar ein, dass sie genauso in Sicherheit sein würden wie ich. Doch der Gedanke daran schaffte es nicht, mich zu beruhigen. Meine Angst, ich könnte auch noch einen von ihnen verlieren, hatte sich ebenfalls nicht in Luft aufgelöst.

Als das Bild meines dreijährigen Bruders vor meinem inneren Auge auftauchte, hatte ich plötzlich das Gefühl, mein Brustkorb würde anschwellen und ich keine Luft mehr bekommen. Ich konnte nicht atmen und bemühte mich dagegen anzukämpfen. Aber es kratzte in meinem Rachen, als hätte meine Lunge sämtliche Zugangswege blockiert. Nur ein ersticktes Keuchen drang noch über meine Lippen.

Was, wenn die Regierung New Asias wirklich unser Land angriff? Wer würde mir dann garantieren, dass meine Familie ausreichend geschützt war und ich sie wiedersah?

Ja, die Stahlbarrieren der Häuser waren zweifelsohne sicher, aber das hieß noch lange nicht, dass ich mir keine Sorgen um sie machte. Die Regierung musste sich einfach darum kümmern und meine Familie hierherbringen. In meinen Augen hatten sie gar keine andere Wahl. Sie waren schon schuld daran, dass meine kleine Schwester tot war.

Jill. Bei der Erinnerung an sie verschlimmerte sich das Gefühl, zu ersticken, nur noch mehr, von meinem rasenden Herzschlag ganz zu schweigen.

Von einem plötzlichen, kalten Zittern gepackt bohrte ich die Finger in die Oberschenkel und hoffte darauf, mich durch den körperlichen Schmerz vom emotionalen ablenken zu können. Ich zwang mich das aufsteigende Schwindelgefühl zu verdrängen und krümmte mich, während die Enge in meiner Brust immer weiter zunahm.

Ob Chris oder irgendjemand sonst mich überhaupt beachtete, wusste ich nicht. Vielleicht war er schon gar nicht mehr in meiner Nähe, keine Ahnung. Der Griff um meinen Arm war auf jeden Fall verschwunden. Aber ich wusste nicht, wann das geschehen war. Ich schaffte es ja nicht mal, mich darauf zu konzentrieren, mich selbst zu beruhigen. Wie sollte ich dann mitbekommen, was um mich herum geschah? Zumal mir schwarze Flecken vor den Augen tanzten, die ich mir nicht lange ansehen konnte, ohne dass mir noch schwindeliger wurde. Hektisch kniff ich die Augen zu, mehr keuchend als atmend. Ich versuchte nach Luft zu schnappen, doch meine Lunge weigerte sich konsequent sich mit Sauerstoff zu füllen.

Aber ich durfte nicht das Bewusstsein verlieren. Ich durfte meine Familie nicht verlieren, genauso wenig wie ich Sara verlieren durfte. Ohne sie würde ich völlig alleine dastehen; dann hätte ich niemanden mehr.

»Hey, hey, hey«, erklang auf einmal eine Stimme direkt vor mir, die mich für den Hauch einer Sekunde wieder ins Jetzt katapultierte. Ich spürte einen starken Griff am Oberarm, als würde mich jemand stützen wollen. Ob es eine männliche oder weibliche Stimme war, die auf mich einredete, erkannte ich nicht. »Was ist los, Malia? Beruhig dich.«

»I-ich-ich kann nicht«, brachte ich stotternd hervor und zitterte ununterbrochen. Ein Kälteschauer durchzog meinen Körper und hinterließ eine hauchdünne Eisschicht, die sofort auf meiner überhitzten Haut schmolz. Ich krallte mich noch fester in den Stoff meines Kleides.

Schemenhaft nahm ich das Gesicht einer dunkelhaarigen Frau wahr. Vielleicht Laurie?

Ich kniff wieder die Augen zusammen, als tatsächlich sie es war, die begann mit mir zu sprechen. Zwar ahnte ich, dass mich ihre Worte beruhigen sollten. Allerdings konnte ich ihre Stimme kaum ertragen, ohne dass mein Kopf zu explodieren drohte. Es war zu anstrengend, ihr zu folgen; ich verstand sie nicht.

Der Griff um den Arm brannte wie Feuer, was von Sekunde zu Sekunde stärker wurde. Ich spürte, wie sich die versengende Hitze durch jede einzelne meiner Zellen fraß, als wollte sie mich in die Knie zwingen. Beinahe gewann sie. Überall waren plötzlich diese Flammen zu spüren.

»Malia!«

Ein Schrei blieb mir im Hals stecken, als sich etwas in meinen Nacken bohrte. Es tat weh. Jemand hielt meine Hände fest, die damit begonnen hatten, um sich zu schlagen.

»Malia!«

Mit der Absicht, denjenigen zu verletzen, der mich so gepackt hielt, wand ich mich unter seinem Griff und riss ohne Rücksicht den Arm von ihm los. Ich wollte das nicht; musste hier weg – ich bekam keine Luft, verdammt!

»Malia, hör auf!« Chris' Stimme hallte in meinem Kopf wider.

Vollkommen verstört öffnete ich die Augen, doch beruhigen konnte mich sein verschwommener Anblick nicht. Genauso wenig wie seine Hände, die meine Handgelenke umklammerten, und seine Finger, die sich mir in die Haut bohrten, als würde er mich aus meinem Zustand herauskatapultieren wollen. Er schaffte es nicht.

Als Chris meinen Blick eindringlich erwiderte, stellte ich fest, dass wir uns auf Augenhöhe befanden. Ich hatte gar nicht mitbekommen, dass meine Beine nachgegeben hatten und ich nun schwer und heftig atmend auf dem Boden des Bunkers kniete.

Chris hockte vor mir. »Kann man dich denn keine zwei Minuten alleine lassen, Prinzessin?« Warum war er überhaupt hier? »Was ist passiert?«, fragte er mich leise, woraufhin sich mein panisches Gehirn einbildete einen sorgenvollen Unterton herauszuhören.

Das erdrückende Gefühl, wie sich meine Rippen in die Lunge bohrten, hinderte mich daran, ihm zu antworten. Es schien, als hätte sich eine Würgeschlange um meine Brust gelegt, die mich quälend langsam dem Tod näher brachte.

Ich wollte nicht sterben, und erst recht wollte ich nicht, dass meine Familie starb.

»Was hat sie, Chris?«, hörte ich Lauries Stimme nur ge-
dämpft. »Ist das eine Panikattacke?«

»Sieht ganz so aus.«

»Was kann man dagegen tun?«

Chris stöhnte gereizt. »Trage ich 'nen weißen Kittel? Woher soll ich das wissen?«

»Küss sie doch einfach! Hab gehört, das soll helfen.«

»Was?« Zeitgleich schnellten unsere Köpfe in ihre Richtung.

»Ach, komm schon! Wenn's hilft«, beharrte Laurie auf ihrem Vorschlag.

»Wie wäre es, wenn du einfach was zu trinken holst? Das
nennt man Hilfe. Danke«, lautete Chris' Gegenvorschlag
dazu.

Angesichts der Tatsache, dass er nicht wirklich freundlich klang, fühlte ich mich noch schlechter als zuvor. Es war
jämmerlich, wie ich hier auf dem Boden saß und einfach
nicht aufhören konnte zu zittern. Ich war schwach und eine
Soldatin sollte nicht schwach sein.

Es dauerte nicht lang, da wurde der Griff um meine Hand
stärker, weshalb ich mich wieder auf Chris konzentrierte.

»Okay«, murmelte er, die Augenbrauen angestrengt zu-
sammengezogen, die Lippen aufeinandergepresst. »Wenn
du jetzt nicht sofort damit aufhörst, sehe ich mich wirklich
gezwungen dich zu küssen.«

Auch wenn ich das absolut nicht wollte, konnte ich mich
nicht beruhigen. Stolz auf mich, dass ich wenigstens ein

Kopfschütteln zustande brachte, versuchte ich den dabei stärker werdenden Schwindel zu unterdrücken.

Die Panik schien noch schlimmer zu werden, denn es gab mir niemand die Sicherheit, dass ich meine Familie wiedersehen würde. Nicht einmal Chris.

»Weißt du, was mich wirklich interessieren würde?«, fragte er mich, was ihm einen verständnislosen Blick meinerseits einbrachte.

Andererseits schien er sowieso keine Antwort zu erwarten, denn er kam meinem Gesicht plötzlich ohne Ankündigung so nah, dass ich automatisch die Luft anhielt. Je mehr er sich mir näherte, desto größer mussten meine Augen werden, die ihm völlig ungläubig entgegenstarrten.

Millimeter von meinem Gesicht entfernt stoppte er.

Ich sah, dass er den Blick auf meine Lippen gerichtet hielt; den brennenden Blick, in dessen Pupillen das Feuer loderte.

»Von hier aus betrachtet bist du gar nicht mehr allzu weit von meinem Beuteschema entfernt.« Seine Augen sahen direkt in meine, wobei er mich auf so eine merkwürdige Art und Weise anlächelte, dass mir unglaublich heiß wurde. »Was meinst du, was würde passieren, wenn ich dich tatsächlich küssen würde?«

Gott sei Dank war ich unfähig zu reagieren. Keine Ahnung, was ich sonst für einen peinlichen Unsinn gestammelt hätte, während da draußen die Welt unterging.

»Denkst du, dass du dich verbrennen würdest?« Sein

Blick huschte erneut zu meinen Lippen. Mit nur dem Hauch einer Stimme befahl er: »Antworte mir, Malia.«

Ich schluckte heftig, meine Kehle schmerzte. »W-was?«

»Du denkst gerade darüber nach, wie es wäre, mich zu küssen, stimmt's?« Sein Lächeln erschien mir voller Genugtuung zu sein.

Ich schüttelte den Kopf. Natürlich tat ich das.

»Natürlich tust du das«, sprach er meinen Gedanken aus, zog aber im selben Moment seinen Kopf zurück.

Mir fiel auf, dass ich wieder Luft bekam. Auch wenn mein Herz immer noch raste – allerdings nicht mehr vor Panik –, fühlte ich mich besser. Nur, dass Chris hier war und diese emotionale Entgleisung mitbekommen hatte, ließ meine Wangen beschämt feuerrot glühen.

Wider Erwarten zog er mich plötzlich an sich und mir entwich ein erschrockener Laut, weil ich für einen Moment damit rechnete, wirklich von ihm geküsst zu werden. Doch ich hatte mich geirrt. Nichtsdestotrotz hielt ich den Atem an und erstarrte, als er seine Arme um mich legte. Mir wurde noch heißer; mein Blut musste längst in meinen Adern kochen.

Chris' Stimme erklang nah an meinem Ohr ... so leise, dass seine Worte nur für mich bestimmt waren.

»Ich sollte dir vielleicht mal einen guten Rat geben und du solltest mir gut zuhören. Okay?«

Ich nickte, weil ich meine Stimme noch nicht wiedergefunden hatte.

»Lern besser, dass du mir nicht vertrauen kannst«, raunte er warnend, aber sanft, während er den Druck seiner Arme um meinen Oberkörper kurz verstärkte, als fiele es ihm schwer, mich wieder loszulassen. »Ich würde dich brennen lassen und dabei zusehen. Also tu dir selbst einen Gefallen und halt dich von mir fern.«

15

Die Uhr, die in meinem Inneren laut mitzählte, konnte mir genau sagen, dass diese seltsame Umarmung noch vier Sekunden dauerte, ehe sich Chris von mir losmachte und wieder aufstand.

Ich erwartete, dass er kommentarlos verschwinden würde. Deshalb war ich umso überraschter, dass er vor mir stehen blieb und mir zunehmend belustigt in die Augen sah, als hätte es den Moment eben nicht gegeben.

Die Art und Weise, wie sich seine Mundwinkel hoben, war fast schon Angst einflößend.

Ich wusste nicht, wie lange wir so verharrten, aber irgendwann erinnerte mich der Lärm daran, dass uns vermutlich Hunderte Menschen beobachteten.

Da ich gar nicht darüber nachdenken wollte, wie wir für sie aussehen mochten, tat ich das Sinnvollste, das ich in dieser Situation hätte machen können: Ich löste mich aus meiner Starre und erhob mich ebenfalls.

Das mehr als amüsierte Grinsen wollte nicht aus seinem Gesicht verschwinden.

»Mir ist gerade klar geworden, dass ich hilflose Frauen

echt heiß finde«, ließ er mich mit einem verführerischen Unterton wissen. Ich wusste nicht, ob ich mich geschmeichelt oder lächerlich fühlen sollte – zumal ich vor ein paar Sekunden noch ernsthaft geglaubt hatte, er wäre ... sanft zu mir gewesen. Oder hatte ich mir das nur eingebildet?

Ohne ihm zu antworten, bewegte ich mich von ihm weg und drückte mich gegen die Wand hinter mir.

Auch wenn die Panik fürs Erste verschwunden war, blieb die Angst, die ich auch in den Gesichtern der Umstehenden erkennen konnte.

Weil ich noch nie gut im Schätzen gewesen war, konnte ich nur raten, wie viele Menschen man hier untergebracht hatte. Vielleicht waren es hundert, vielleicht zweihundert? Genügend Platz war hier unten für sie allemal.

Die Stimmung war angespannt. Die meisten Gäste des Events zu Ehren der Rekruten und Soldaten hatten sich in kleinen Grüppchen versammelt und im Bunker verteilt.

Kurz hielt ich nach Jasmine Ausschau, aber ich fand sie nicht. Sie war ausgebildete Soldatin. Also würde man sie nicht in einen Bunker bringen. Wo Ben und Kay waren, wusste ich nicht.

»Dabei sind diese jämmerlichen Warnangriffe nichts verglichen mit dem, was noch passieren wird«, sprach Chris auf einmal weiter, schien seine Worte aber an niemand Bestimmten gerichtet zu haben. Erst als er sich zu mir umdrehte, stellte ich fest, dass er offensichtlich mit mir gesprochen hatte.

»Du meinst, es wird Krieg geben?«, stammelte ich und schlang die Arme um den Oberkörper, auch wenn ich dadurch das Gefühl hatte, kaum Luft zu bekommen.

Chris' linker Mundwinkel verzog sich wieder zu einem Schmunzeln – eines, das ich eher als böse und überlegen eingeschätzt hätte.

»Definitiv. Longfellow wird kaum freiwillig das aufgeben, was er sich aufgebaut hat. Er vergisst nur, dass er nicht der König der Welt ist.«

Verwirrt zog ich die Augenbrauen zusammen. War das möglich? Chris schien tatsächlich wütend zu sein. Nicht nur wegen der Angriffe, sondern auch, weil unser Präsident sich für so wichtig hielt. Er glaubte doch machen zu können, was er wollte.

Aber das war nicht möglich! Jeder wusste doch, wie Chris ihn bewunderte und wie viel Longfellow für ihn getan hatte, damit er mit seiner Karriere schon so früh starten konnte. Der Ausbilderjob war sein Sprungbrett, um irgendwann einen hohen Rang einnehmen zu können.

Bevor ich etwas erwidern konnte, schien Chris jemanden entdeckt zu haben. Er setzte sich so schnell in Bewegung, dass es nicht mal etwas gebracht hätte, wenn ich ihm hinterhergerufen hätte. Aber wollte ich das überhaupt?

Nach dieser komischen Situation eben gerade – und damit meinte ich nicht nur die fragwürdige Umarmung – war es mir nur recht, erst mal aus seinem Blickfeld zu verschwinden. Ich musste unbedingt durchatmen und mich sammeln.

Für ein paar Minuten fühlte es sich unglaublich gut an, allein zu sein und meine Gedanken auszuschalten. Danach konzentrierte ich mich nur noch darauf, das, was da draußen passiert war, noch einmal Revue passieren zu lassen.

Ich hatte Lichter am Himmel gesehen. Vermutlich Helikopter. Es hatte mehrere Explosionen gegeben, die meisten davon viel zu weit weg. Waren sie in dem Wohngebiet meiner Eltern eingeschlagen? Ich wusste es nicht; dafür war mein Orientierungssinn in der Hektik viel zu schlecht gewesen. Selbst jetzt konnte ich nicht einordnen, wo in der Stadt die Feuersäulen in den Himmel geschossen waren.

Vielleicht sollte ich irgendjemanden fragen, wie ich meine Eltern erreichen konnte? Vielleicht konnten die Soldaten Kontakt zu anderen Bunkern aufbauen?

Das war vermutlich nicht so einfach. Als man vor Jahren versucht hatte die drahtlosen Verbindungen wiederherzurichten, wurde festgestellt, dass die kosmische Strahlung, die aufgrund der Erderwärmung in die Atmosphäre eindrang, die elektromagnetischen Wellen störte und erheblich beeinträchtigte. Es gab nur noch direkte Verbindungen über Kabel und ich konnte nicht ausschließen, dass diese durch die Explosionen beschädigt worden waren.

Als Laurie endlich zurückkehrte, fiel mir ein Stein vom Herzen; sie kam mit einem Glas Wasser auf mich zu, wobei sie nicht weniger besorgt aussah, als ich mich fühlte.

Stimmt, ich hatte völlig vergessen, dass die Bodyguards im militärischen Angriffsfall ebenfalls eingezogen wurden.

Sie waren genauso ausgebildet wie die Elementsoldaten, nur dass sie keine metaphysischen Fähigkeiten besaßen.

»Geht's wieder?«, fragte Laurie mich, nachdem sie sich neben mich gesetzt und mir das Glas übergeben hatte.

Ich zuckte mit den Schultern, bemühte mich dann aber um ein Nicken. Ich musste ihr ja nicht erzählen, dass Chris mich gerade völlig verwirrt hatte.

»Hast du was von Ryan gehört?«, fragte ich sie.

Sie schüttelte den Kopf und presste die Lippen aufeinander. »Nein, aber einer der Soldaten sagt mir Bescheid, sobald er etwas funkt. Oder jemand ihn sieht.«

Auch wenn ich von Physik absolut keine Ahnung hatte, wusste ich, dass das Militär Kurzwellen nutzte, um Signale oder Nachrichten über Funk zu versenden. Das war aber nur in schlechter Qualität möglich, sodass man ein bisschen Übung brauchte, um den Funker zu verstehen.

Ich nippte an dem Glas und hielt gleichzeitig nach einem bekannten Gesicht Ausschau. »Ihm geht's bestimmt gut«, murmelte ich, als ich – natürlich – Chris entdeckte, wie er mit einem der Soldaten zu diskutieren schien. Er sah wütend aus.

Mir fiel auf, dass er sein Jackett nicht mehr trug. Sein weißes T-Shirt war am Rücken schmutzig, als hätte jemand seine Hände daran abgewischt. Ich konnte es nicht gewesen sein, weshalb mir um die Herzgegend plötzlich eiskalt wurde.

Laurie neben mir seufzte. »Tut mir übrigens leid, dass ich gesagt hab, Chris solle dich küssen. Ich hab's mal im Fernsehen gesehen und dachte, er hätte sowieso keine Skrupel, was das angeht.«

»Ist schon okay. Ich wurde verschont«, antwortete ich leichthin, konnte aber nicht aufhören Chris anzustarren. Er diskutierte immer noch mit dem Soldaten. Er war, seiner Uniform nach zu urteilen, ein Windsoldat. »Worum es da wohl geht?«

Im Augenwinkel bemerkte ich, wie Laurie meinem Blick folgte und anschließend mit den Schultern zuckte. »Er wird bei den Großen mitmischen wollen.«

»Darf er nicht?«

»Nein, er ist noch in der Ausbildung. Bei ein paar wirklich guten Rekruten machen sie manchmal eine Ausnahme, quasi als Test, aber Chris ist ihnen zu heilig. Longfellow würde nicht zulassen, dass man ihm ein Haar krümmt.«

»Widerspricht sich das nicht?« Ich zwang mich von Chris wegzusehen.

»Wie man's nimmt«, erwiderte sie ausweichend. »Das ist nur das, was man so bei Kollegengesprächen aufschnappt.«

Ich nickte. »Es würde zu ihm ...«

Eine Erschütterung schnitt mir das Wort ab. Ich fühlte sie durch den Boden, auf dem ich saß, durch die Wand, gegen die ich mich lehnte, als würde sie meine Knochen auseinanderreißen wollen.

Aus einigen Ecken erklangen leise Schreie. Doch die

meisten Gespräche verstummten abrupt, lauernd, beinahe erwartungsvoll.

Wie jeder andere sah ich an die Decke des Gewölbes und befürchtete noch mehr Tumult zu hören oder Risse zu sehen. Vielleicht wartete ich auch nur darauf, dass die Türen des Bunkers aufgestoßen wurden oder die Decke einkrachte.

Doch es blieb still. So still, dass ich in der angsterstarrten Menschenmenge meinen eigenen Herzschlag hören konnte.

* * *

Ich hatte völlig das Zeitgefühl verloren und konnte nicht sagen, ob ich Stunden oder bereits einen ganzen Tag hier unten verbracht hatte.

Laurie ging es nicht anders. Sie wich nur dann von meiner Seite, wenn sie bei den Soldaten nach Ryan fragte oder uns was zu trinken oder zu essen besorgte.

Jeder Bunker der Stadt war mit den nötigsten Dingen ausgestattet. Sie waren zwar nicht darauf ausgerichtet, das Überleben wochenlang zu sichern. Aber immerhin konnte man einige Nächte hier unten verharren. Ich hoffte, dass es bei einer blieb. Wenn ich doch wenigstens gewusst hätte, was da oben eigentlich los war.

Es drangen keine Informationen zu uns durch. Laurie meinte, die Soldaten dürften nichts sagen, damit keine Panik entstünde.

Also hatte ich keine andere Wahl, als die Zeit in einer dunklen Ecke hockend abzusitzen, ab und zu ein paar Mut zusprechende Worte mit Laurie zu wechseln und die anderen zu beobachten, um mich von meiner eigenen Angst abzulenken.

Ab und zu entdeckte ich Kays mürrischen Gesichtsausdruck. Mit ihm versuchte sie bestimmt nur ihre eigenen Sorgen zu verstecken. Außerdem hörte ich Bens Schnarchen von der Couch gegenüber. Wo Jasmine war, wusste ich nicht. Ich hatte sie seit einer Ewigkeit nicht mehr gesehen, war mir aber fast sicher, dass es ihr gut ging.

Chris hatte man inzwischen doch gehen lassen. Irgendwann war eine Soldatin aufgetaucht, die nach ein paar fortgeschrittenen Rekruten rief. Zu ihnen gehörte er zweifelsohne.

Ich hatte gehofft, dass mir auch mal jemand sagen würde, was mit meinen Eltern war. Aber natürlich tat das niemand.

Sie kamen immer nur, um noch mehr Rekruten zu holen. Wenn ich mich nicht verzählt hatte, waren es am Ende fünfzehn gewesen.

Als sie das nächste Mal wiederkamen, fühlte ich mich wie gerädert. Vermutlich war es inzwischen früher Morgen, zumindest hätte das erklärt, wieso einige Gäste trotz der Angst und Anspannung auf den Sofas eingeschlafen waren.

Auch ich hätte mich gern ein bisschen ausgeruht, aber sobald mir die Lider zufielen, schreckte ich Sekunden später wieder hoch.

Es erschien mir fraglich, wie man hier überhaupt Ruhe finden sollte; unter den ganzen Menschen und der Ungewissheit.

»Alle mal herhören!«, rief die Soldatin, die Chris vorhin abgeholt hatte. Sie trug die Uniform der Wassersoldaten; die blauen Streifen an der Seite waren schmutzig, sie sah aber unverletzt aus. »Die Lage hat sich wieder beruhigt. Alle Rekruten werden dennoch aufgefordert zu mir zu kommen und zu warten.«

»Alle anderen folgen bitte mir«, begann ein zweiter Soldat hinter ihr. Er war ein Feuersoldat. »Ich bringe Sie zurück ins Foyer, wo man Sie nach Hause fahren wird.«

Die Erleichterung war sofort greifbar, auch wenn ein deutliches Misstrauen in der Luft lag. Dennoch stellten sich mir sofort ein paar beunruhigende Fragen.

Wieso sollten die Rekruten mitgehen? Wieso durften alle anderen nach Hause? Wann erfuhr ich endlich, was mit meinen Eltern war?

Laurie half mir hoch. Mir war klar, dass sie lieber sofort losgerannt wäre, anstatt auf mich zu warten. Trotzdem führte sie mich noch zur Wassersoldatin, um die sich schon einige Rekruten versammelt hatten. Erst dann verabschiedete sie sich von mir und folgte dem Feuersoldaten ins Foyer.

Wartend schlang ich die Arme um meinen Oberkörper. Ich wollte nichts lieber als endlich hier raus, endlich wissen, was los war. Zuerst musste ich sichergehen, dass es meiner Familie gut ging, dann würde ich Sara anrufen.

Es dauerte wieder ein paar Minuten, bis alle Gäste aus dem Bunker gebracht worden waren, während die Rekruten ungeduldig warteten.

Als ich dabei meinen Blick schweifen ließ, fiel mir auf, dass fast jeder für sich stand und sich kaum Pärchen oder gar Grüppchen gebildet hatten. Kurz spielte ich mit dem Gedanken, zu Ben oder Kay zu gehen, aber eigentlich kannte ich sie nicht mal wirklich.

Die Wassersoldatin wartete noch auf die Soldaten, die aus dem Foyer zurückkehrten. Unter ihnen befand sich auch Chris.

Es überraschte mich nicht, dass er eine Uniform New Americas trug. Da er ein Feuersoldat war, besaß seine rote Streifen an den Seiten. Wie bei jeder anderen funkelten die vier quadratisch angeordneten, silbernen Sterne der Nation auf den Ärmeln. Auch überraschte es mich nicht, dass er sich zu den Soldaten stellte, bei denen alle vier Elemente vertreten waren.

»Also«, begann die Wassersoldatin schließlich und sah dabei jeden Einzelnen von uns an. Sie hatte kurze, schwarze Haare und ein großes Tribal-Tattoo am Hals, das im Kragen ihrer Uniform verschwand. »Mein Name ist Zoé und ich bin Elitesoldatin des Präsidenten, außerdem eure Ausbilderin. Genauso wie der Rest von uns.«

Sie nickte kurz zu den Männern, die hinter ihr standen. Neben ihr gab es noch zwei weitere Soldatinnen.

»Aufgrund der aktuellen Umstände«, sprach Zoé weiter,

»haben wir beschlossen sofort mit eurer Ausbildung zu beginnen. New Asia hat uns leider überrascht, und das war ein Fehler, den wir nicht noch einmal begehen können.«

»Gibt es Tote?«, unterbrach jemand sie, weshalb sie kurz so aussah, als würde sie ihn lynchen wollen.

Doch sie antwortete: »Leider, ja. Glücklicherweise nur eine Handvoll, aber Dutzende Verletzte.«

Als sie das sagte, machte sich mein Herz wieder schmerzhaft bemerkbar. Ich wollte nicht mal darüber nachdenken, dass meine Eltern darunter waren – aber dann hätten sie mich bestimmt schon informiert. Sie hätten mich hier nicht so stehen lassen. Oder?

»Damit so etwas«, setzte Zoé ihre Ansprache an uns fort, »nicht noch einmal passieren kann, werden wir eure Ausbildung straffen und gleichzeitig intensivieren. Ab sofort seid ihr von der Zeitverschwendung namens Schule freigestellt. Jetzt werdet ihr von euren Bodyguards nach Hause gebracht, könnt euch ausschlafen. Heute um vierzehn Uhr werden sie euch abholen. Ab morgen werdet ihr von euren Teamleitern von morgens bis abends trainiert. Zuerst in Fitness, dann in Kampftechniken und natürlich in eurem Element.«

Meine Begeisterung darüber hielt sich in Grenzen – was nicht daran lag, dass ich nicht mehr zur Schule musste. Erst mal. Gemocht hatte ich sie zwar nie, aber was sollte jetzt aus Sara werden?

Zoé war noch nicht fertig. »Diese Phase wird zwei bis drei Wochen dauern. Dann werdet ihr noch mal aufgeteilt und neue Gruppen je nach Fortschritt gebildet. In ihnen werden wir noch intensiver auf euer Element eingehen.«

Sie machte eine kurze Pause, als wartete sie auf Fragen. Aber niemand sagte einen Ton.

Mit strengem Blick sah sie uns an. »Auf euch wartet eine harte und anstrengende Zeit, aber wir werden nicht zulassen, dass diese Reisfresser sich in unsere Politik einmischen. Wir lassen sie diesen Kampf nicht gewinnen!«

16

Wir gingen in einer geordneten Schlange aus dem Bunker raus ins Foyer, wo die Angriffe keine sichtbaren Spuren hinterlassen hatten. Erst als wir aus der sperrangelweit geöffneten Eingangstür hinaustraten, gefror mir das Blut in den Adern. Es war nicht viel, das zerstört worden war. Aber zu wissen, dass dort drüben, wo vor einigen Stunden noch ein Hotel gestanden hatte, jetzt eine Ruine war, machte mir erst das Ausmaß der Zerstörung klar.

Mein Brustkorb schwoll an, je länger ich auf die Szenerie starrte und die unwirkliche Stimmung spürte. Es war ruhig. Nur der Wind trug das Echo der Blaulichtsirenen bis zu mir.

»Du brauchst nicht auf Ryan und Trevor zu warten«, erklang plötzlich Chris' Stimme hinter mir, weshalb ich mich leicht erschrocken zu ihm umdrehte. »Ich fahre dich nach Hause.«

»Aber ...«

»Kein Aber!«

Ich wollte protestieren, doch als ich den Mund öffnete, setzte er sich einfach in Bewegung und legte mir dabei seinen Arm um die Schultern. Im Gehen drückte er mich gegen seinen Oberkörper, was mein Herz bei jedem Schritt hüpfen ließ.

Okay, Malia, sagte ich mir. *Reiß dich zusammen. Dieser Typ hat dein Gemälde verbrannt, dich vor dem Präsidenten bloßgestellt und zugegeben, dass er dir mit Vergnügen das Herz brechen würde.*

Leider änderte das nichts daran, dass mein Körper immer noch wusste, dass es nun mal Chris war.

»Mach dich mal locker«, sagte er, als hätte er gleich gemerkt, wie verkrampft ich war. »Alle machen jetzt zwar eine große Nummer aus der ganzen Sache, aber glaub mir, es wird dauern, bis sie das nächste Mal angreifen. Du kannst dich also entspannen.«

»Und woher willst du das wissen?«

»Instinkt«, wich er geschickt aus und winkte auch schon seinen Bodyguards zu, die unten bei den anderen auf ihre Schützlinge warteten.

»Was ist mit Jasmine?«, fragte ich, weil mir wieder einfiel, dass Chris zugesagt hatte sie auch nach Hause zu fahren. Jetzt konnte ich sie aber nirgends entdecken.

Ich spürte, wie er mit den Schultern zuckte. »Keine Ahnung. Sie haben sie während des Angriffs weggebracht, weil sie zu betrunken war.«

Nichts darauf erwidernd folgte ich ihm die Treppe nach unten und ignorierte den Tumult aufgrund der vielen Rekruten, die alle nach Hause gebracht werden wollten.

Dazwischen erkannte ich immer mal wieder kleine Gruppen von Soldaten, die entweder verängstigte Gäste betreuten oder sich um Schadensbegrenzung kümmerten.

Letzteres fand ich besonders spannend zu beobachten, da ich bisher kaum Erdsoldaten bei ihrer Arbeit gesehen hatte. Weil die Umwelt durch den Klimawandel sowieso schon beeinträchtigt war, hatte man gehofft, dass die Erdsoldaten etwas dagegen unternehmen konnten. Einen fruchtbareren Boden jedoch konnten selbst sie nicht herbeizaubern.

Wie sie aber in diesem Moment gemeinsam mit ein paar Wassersoldaten dafür sorgten, dass sich die wenigen Pflanzen und Bäume regenerierten, war Magie. Die von den nahen Explosionen geschädigten Bäume blühten wieder auf, die angekohlten Baumrinden fielen einfach ab; an ihrer Stelle entstand ein neuer, schützender Panzer.

Obwohl ich ihnen noch den ganzen Morgen bei ihrer Arbeit hätte zuschauen können, wurde ich, bei Chris' Bodyguards angekommen, aus meiner Faszination gerissen.

Chris schob mich ein wenig zu bestimmt in den großen Geländewagen hinein, weshalb ich mich schnell von ihm losmachte und durchrutschte. Er selbst stieg nach mir ein und wartete darauf, dass sein Bodyguard die Tür zuwarf.

Kaum war das geschehen, öffnete Chris den Reißverschluss seiner Montur und zog die Jacke aus. Für einen kurzen Moment stellte ich mir vor, wie er sie mir anbot. Allerdings war Chris alles andere als ein Gentleman. Glücklicherweise fror ich nicht, weshalb ich höchstens enttäuscht darüber sein konnte, dass er so einen Aufriss machte, mich nach Hause bringen zu wollen, sich dennoch gleichzeitig wie ein Arsch verhielt.

Vermutlich ging es ihm nur noch darum, als mein offizieller Teamleiter und Ausbilder zu handeln.

Chris legte die Jacke zwischen uns auf den Sitz; das schmutzige, ehemals weiße T-Shirt kam darunter zum Vorschein.

»Wo wohnst du?«, fragte er mich.

»Haven fünfzehn«, meinte ich nur, um ihm deutlich zu machen, dass sie mich bei der Bahnstation rauslassen konnten.

Ohne dass er etwas zu sagen brauchte, lenkte sein Bodyguard den Wagen wieder auf die Straße.

Ich beobachtete Chris im Augenwinkel dabei, wie er das Fenster herunterließ und sich gleichzeitig in die Innentasche seiner Jacke griff.

»Stört dich hoffentlich nicht«, sagte er bloß, auch wenn es ganz danach aussah, als wäre ihm meine Antwort egal.

Zuerst dachte ich, er hätte damit Rauchen gemeint. Doch als er eine Packung Kaugummis hervorholte, verstand ich, dass er mit seiner Frage das Fenster gemeint hatte.

Nachdem er sich eines von den Kaugummis genommen hatte, wollte er die Packung schon zurückstecken, als er meinen Blick bemerkte und innehielt.

»Wie unhöflich von mir. Willst du auch?«

»Nein, danke.« Instinktiv lehnte ich mich von ihm weg und versuchte den Blick abzuwenden. Ich schaffte es für ein paar Herzschläge, ehe er ein leises Lachen von sich gab.

»Gut, dann eben nicht«, erwiderte er grinsend und steckte die Packung endgültig zurück. »Weißt du, ich habe mir heute die ganze Zeit die Frage gestellt, warum du vorher nie deine Beine gezeigt hast.«

Weil ich keine Ahnung hatte, was das jetzt sollte, antwortete ich nicht und erwiderte seinen Blick nur mit gerunzelter Stirn. Wollte er mir damit etwa meine Angst nehmen oder mich nur noch lächerlicher machen?

»Oder«, begann er und deutete ohne Schamgefühl auf meine Brust, »diese hübschen zwei da.«

Vor Empörung blieb mir die Luft im Hals stecken. Gleichzeitig schoss mir das Blut ins Gesicht, weshalb ich meinen Blick von ihm abwandte. Am liebsten hätte ich die Brust mit den Händen bedeckt, aber das wäre nichts weiter als Zündstoff für ihn gewesen.

»Zier dich nicht so, Prinzessin. Aber mit so einem Fummel musst du schon damit rechnen, dass sogar ich die Beherrschung verliere.«

»Was soll das?«, fuhr ich ihn an, was ihm ein spitzbübisches Grinsen entlockte. Ich konnte nicht darüber lachen, nicht mal schmunzeln.

Es hatte mir eindeutig besser gefallen, als Chris mich noch nicht beachtet hatte. Das hätte mir seine Schikanen erspart.

Ausgerechnet jetzt musste ich mit den Tränen kämpfen. Unsere Stadt war heute Nacht während einer Feierlichkeit angegriffen worden und Menschen waren gestorben. Ich hatte unglaubliche Angst davor, dass meiner Familie etwas passiert war – und er besaß die Dreistigkeit, sich auch noch über mich lustig zu machen? Was in Gottes Namen war bloß in ihn gefahren, dass er sich für dieses Verhalten nicht in Grund und Boden schämte?

»Ich finde einfach, es ist echt ein Jammer, dass wir beide nicht schon vorher Bekanntschaft gemacht haben. Ich hätte da eine Idee, wie wir uns bis heute Nachmittag die Zeit vertreiben könnten.«

»Danke, ich verzichte.«

»Das hätte ich auch von einem braven Mädchen erwartet«, erwiderte er anzüglich, was mich nur noch wütender machte. Wie hatte ich nur glauben können, seine Worte, ich solle mich von ihm fernhalten, waren möglicherweise nett gemeint? Ich meine, jeder in der Stadt wusste, dass Chris nie eine ernsthafte Beziehung gehabt hatte oder je haben würde. Er war einfach nicht der Typ dafür. Genau deswegen gefiel es mir nicht, dass er so mit mir sprach. Ich wusste, dass das für mich und mein Herz böse enden konnte.

Irgendwann erkannte ich im Augenwinkel, wie er sich zu mir drehte und mich ungeniert anstarrte. Genervt versuchte ich mein Kleid so zu richten, dass ich mir nicht mehr so nackt vorkam.

Es machte mich vollkommen fertig, dass ich immer noch

darauf hoffte, er würde plötzlich ganz anders sein. Freundlich, charmant und nicht so sexistisch.

Da mir seine Blicke unangenehm auf meiner Haut prickelten, schielte ich verlegen in seine Richtung.

»Was denn?«, fragte ich.

»Was *was denn*?«

»Warum starrst du mich so an?«

»Das willst du nicht wissen.« Ich hörte das Grinsen aus seinen Worten heraus.

»Sonst würde ich nicht fragen.«

»Aber meine Gedanken sind gerade ziemlich dreckig. Das könnte dich kleines, braves Mädchen eventuell verstören.« Das Funkeln in seinen Augen war mehr als anzüglich.

»Dann macht es dir bestimmt nichts aus, woanders hinzusehen«, bat ich ihn.

»Mein Auto, meine Regeln, Prinzessin«, informierte er mich schulterzuckend und kümmerte sich nicht darum, ob ich mich bedrängt fühlte.

Noch peinlicher war es mir, dass seine Bodyguards das alles mitbekamen. Es war beschämend, dass er mich für ein leicht zu habendes Mädchen hielt.

Das war der Grund, wieso ich ihm geradewegs in die Augen blickte und bemüht bedrohlich zischte: »Wenn du auch nur einen Zentimeter näher kommst, werde ich dir wehtun.«

Chris lachte nur, weil das Auto in diesem Moment langsamer wurde. Wir hatten die Haltestelle erreicht. Ohne ein

Wort des Abschieds griff ich nach dem Türöffner und wollte schon daran ziehen, als er mich aufhielt.

»Warte mal, Malia!«

Verdammt! Beim Klang meines Namens spürte ich einen dumpfen Schlag in den Magen. Ich mochte es nicht, wie er ihn aussprach. Viel zu ... sanft. Zu nett. Als würde er mir nichts Böses wollen.

Dabei hatte er mir heute oft genug bewiesen, dass ich mich viel zu leicht täuschen ließ.

»Kann ich dich ein Stück begleiten?«

Verwirrt erwiderte ich seinen Blick, hätte dabei am liebsten verneint. Aber andererseits ... noch schlimmer konnte es sowieso nicht mehr werden.

Also zuckte ich nur mit den Schultern. »Meinetwegen.«

Dann stieg ich auf meiner Seite aus und setzte mich sofort in Bewegung.

Chris überließ ich mir zu folgen. Was er natürlich tat. »Eigentlich müsste ich mich bei dir entschuldigen, aber du weißt ja, dass das nicht geht«, begann er, nachdem er mich viel zu schnell eingeholt hatte.

Ich sah ihn nicht an, sondern konzentrierte mich auf den Gehweg unter den Füßen. Es war komisch, so frühmorgens auf der Straße zu sein und den Sonnenaufgang mitzuerleben. Für gewöhnlich hätte ich noch im Bett gelegen – und nirgendwo anders wollte ich jetzt sehnlicher sein.

»Wofür entschuldigen?«, fragte ich, als er nicht weitersprach.

»Mein Benehmen. Ich bin jetzt dein Ausbilder und eigentlich ist so was ein Tabuthema ... aber ich bin niemand, der gern die Regeln befolgt.«

»Und deswegen verfolgst du mich jetzt bis nach Hause?«

Ich spürte Chris' Hand an meinen Ellbogen, der mich zum Stehenbleiben zwang.

»Nein. Wenn du nicht mit mir schlafen willst, komm ich damit klar. Die Zeit rennt uns ja nicht davon. Jetzt geht es um deinen Trainingsplan.«

»Aha?«, hakte ich nach, wobei ich hoffte, dass er meine rot glühenden Wangen angesichts des intimen Themas nicht bemerkte.

Bevor er mir antwortete, griff er in seine Hosentasche und holte eine Schachtel mit Streichhölzern hervor, was mich ziemlich verwirrte. Als Feuersoldat brauchte er keine Hilfsmittel, um Feuer zu entzünden. Ich hatte aber auch nicht damit gerechnet, dass er mir die Schachtel entgegenhielt.

»Wir werden ein bisschen schummeln«, sagte er.

»Mit Streichhölzern?«

»Mit heimlichem Training, Prinzessin«, grinste er mich an und hielt mir die Schachtel auffordernd hin.

Ohne etwas zu ahnen, griff ich danach und berührte dabei unabsichtlich seine Hand. Als ich ein leises Knistern hörte, zog ich sie schnell zurück. Es fühlte sich so an, als hätte ich mich an ihm verbrannt.

Das war Absicht! Chris war Feuerrekrut. Es war sein Element, er hatte es fest im Griff. Er war in der Lage, Flammen in seinen Augen entstehen zu lassen. Warum sollte das bei einer Berührung nicht auch der Fall sein?

Kein Wunder, dass das weibliche Gehirn bei diesen vermeintlich zufälligen und gleichzeitig manipulativen Berührungen ein bisschen verrücktspielte.

»Ich werde das fortgeschrittene Team der Feuerrekruten leiten, und ich will, dass du dabei bist.«

Fragend zog ich die Augenbrauen zusammen, um zu verbergen, dass mein Gehirn etwas ganz anderes verstand als die Tatsache, dass er mich bestmöglich fördern wollte.

Er legte den Kopf leicht schief, als würde er genau wissen, dass ich etwas zu verbergen versuchte.

»Bild dir nichts darauf ein. Du bist die Einzige in meinem Team, die mein Element hat. Du bist nur meine persönliche Herausforderung. Mein Experiment.«

»Welch große Ehre«, murmelte ich und bemerkte erst dann, dass ich es laut ausgesprochen hatte.

Chris grinste nur darüber hinweg. »Ich will, dass du beim Test in der Lage bist, das Streichholz ohne Beihilfe anzuzünden. Lass dir irgendwelche Tricks einfallen.«

»Okay.« Keine Ahnung, wie ich das anstellen sollte, aber das behielt ich besser für mich.

»Du musst es nicht gleich vollends kontrollieren können, aber der Lernprozess besteht nicht nur darin, das Feuer zu entzünden. Du musst es löschen und es lenken können.«

»Ich versuch's«, gab ich mich zuversichtlich.

»Ich weiß, dass du mich nicht enttäuschen wirst.« Er zwinkerte mir zu, ehe er langsam sein Auto ansteuerte. »Wir sehen uns später, Prinzessin!«

Weil ich darauf nichts erwiderte, grinste er mich nur unverschämt an und ließ mich einfach stehen. Glücklicherweise konnte er dabei nicht sehen, wie verrückt mein Herz noch immer schlug.

Als ich zu Hause die Veranda betrat, öffneten meine Eltern mir bereits die Tür. Meine Mom war völlig verheult, und auch mein Dad sah so aus, als hätte er keine einzige Sekunde geschlafen. Ich fand mich so schnell in ihren Armen wieder, dass ich es nicht mal geschafft hatte, das Haus zu betreten.

»Gott sei Dank«, murmelte meine Mutter nah an meinem Ohr und schluchzte leise auf. »Dir ist nichts passiert.«

»Alles in Ordnung. Mit euch auch alles okay?«, erkundigte ich mich besorgt.

»Uns ist nichts passiert«, antwortete Dad für Mom, deren Griff um meine Taille nur noch fester wurde. Ich wollte gar nicht wissen, was ihr gerade durch den Kopf ging.

Bestimmt dachte sie an Jill und daran, dass eine Explosion nahe der Residenz sicher nicht das gewesen war, was sich eine Mutter für ihre Tochter wünschte.

Als wir dann schließlich hineingingen, wischte Mom sich die Tränen von den Wangen. »Du bist bestimmt müde, Süße. Geh erst mal schlafen, und dann erzählst du uns später, was passiert ist, ja?«

Ich nickte. »Aber weckt mich zu Mittag, okay? Das Training soll um vierzehn Uhr losgehen.«

Mom war sichtlich schockiert, doch auf der anderen Seite wirkte sie, als hätte sie damit schon gerechnet.

»Ich mache Spaghetti.«

»Perfekt.«

Ich lächelte meine Eltern nacheinander an und konnte nicht anders, als sie noch einmal zu umarmen. Ich war so erleichtert, dass ihnen nichts passiert war, dass ich mich für meine Panikattacke im Bunker im Nachhinein richtig schämte. Meine Angst war völlig umsonst gewesen.

Zumindest an diesem Tag. Wenn Chris recht hatte, würde ich bald genügend Situationen erleben, in denen meine Sorge um Mom und Dad nicht größer sein könnte.

17

»Und die wollen das wirklich durchziehen?«, fragte Sara mich durchs Telefon und reagierte damit genauso fassungslos wie ich, als Zoé verkündet hatte, wir würden an diesem Nachmittag mit dem Training beginnen.

Ich seufzte. »Ich kann das auch nicht nachvollziehen. Ich hab nicht mal richtig geschlafen und von den Schuhen tun mir höllisch die Füße weh.«

Sara kicherte. »Sind die Fotos wenigstens gut geworden?«

»Keine Ahnung. Ich habe sie noch nicht gesehen.«

»Also, ein paar inoffizielle wurden schon ins Netzwerk hochgeladen«, verkündete sie mir.

Ich schnaubte empört und konnte es einfach nicht fassen. Trotz des Angriffs hatte die High Society nichts anderes im Kopf, als das Ereignis für die Öffentlichkeit zu verharmlosen? Typisch Elite!

Als Zoé heute Morgen aber über unser Training gesprochen hatte, hatte das nicht so harmlos geklungen. Eher ziemlich besorgniserregend.

Aber gut, eine Massenpanik konnten wir jetzt ganz bestimmt nicht gebrauchen.

»Es kann auch sein, dass das schon gestern Abend passiert ist. Hast du sie noch nicht gesehen?«, fragte Sara weiter, als ich ihr nicht antwortete.

»Nein. Ich bin vor einer halben Stunde erst aufgestanden und werde auch gleich abgeholt.«

»Du schaffst das schon. Durftest du das Kleid eigentlich behalten?«, erkundigte Sara sich neugierig.

»Keine Ahnung, noch will es keiner wiederhaben.«

»Vielleicht verschwindet es dann ganz plötzlich aus deinem Schrank und taucht in meinem auf?«, lachte sie und schaffte es immerhin kurz, mich von dem Gedanken abzulenken, dass mit der Aktion des Ostens meine ganze Ausbildung auf den Kopf gestellt worden war.

Wäre das nicht passiert, hätte ich in meinem Tempo lernen können, hätte vielleicht den Abschluss so lange hinausgezögert, bis es wirklich nicht mehr gegangen wäre.

Nun hatte ich das Gefühl, dass sie mich so drillen würden, dass ich binnen weniger Wochen das draufhatte, was ein Rekrut im Normalfall innerhalb von zwölf Monaten erlernte.

Ich wollte Sara gerade antworten, da klingelte es auch schon an unserer Tür. »Du«, seufzte ich. »Ich muss Schluss machen. Ich melde mich später, einverstanden?«

»Klar! Hab nicht zu viel Spaß ohne mich.«

»Versprochen.« Und das würde ich definitiv halten.

Während ich noch auflegte, öffnete Mom die Tür und ließ Ryan ins Haus.

Da ich ihn seit gestern Abend nicht mehr gesehen und mir auch um ihn Sorgen gemacht hatte, empfing mich mein erster Bodyguard mit offenen Armen.

»Du hättest ruhig mal was von dir hören lassen können«, tadelte ich ihn gespielt und drückte ihn kurz.

»Sorry, Küken. Chris hat versprochen, dass er sich um dich kümmert, und ob du's glaubst oder nicht, aber in manchen Angelegenheiten macht er keine Scherze.«

Bei der Erwähnung seines Namens geriet mein Puls ein wenig außer Kontrolle. »Das ist keine Ausrede.«

Ryan lachte leise, während ich mich aus unserer Umarmung befreite. »Kommt nicht wieder vor, Miss Lawrence. Jetzt würde ich Sie aber gern zu Ihrer Limousine bringen, damit sie rechtzeitig zu Ihrem Termin erscheinen.«

»Muss ich irgendwas mitnehmen?«

»Nein. Ihr bekommt alles gestellt. Es sei denn, du willst da duschen gehen. Aber das kannst du ja auch, wenn du wieder zu Hause bist.«

Ich warf meiner Mom, die im Türrahmen zur Küche stand, einen kurzen Blick zu und lächelte. »Wartet wohl besser heute Abend nicht auf mich.«

»Ist gut, Schatz. Wir heben dir dann was vom Essen auf.«

»Danke«, gab ich zurück und zog sie in eine verabschiedende Umarmung. »Bis später dann.«

* * *

In der Trainingshalle der Residenz angekommen, waren die meisten Rekruten und die dazugehörigen Ausbilder schon da und standen mit ihren Teams zusammen. Weil sie alle noch ihre Straßenkleidung trugen, gesellte ich mich schnell zu Kay und Ben. Er lächelte mich freundlich an, während die Kleine griesgrämig nickte.

Als Zoé kam, begrüßte sie uns nur kurz und überprüfte, ob jeder in seinem Team war. Erst da fiel mir auf, dass Chris eines der kleinsten hatte. Aber das lag vermutlich daran, dass er noch in der Ausbildung war. Dann schickte sie uns in die Umkleidekabine.

Es dauerte eine Weile, bis jeder eine Uniform erhalten hatte. Ich musste mehrere Größen anprobieren, bis ich endlich die passende gefunden hatte.

Ich dachte immer, dass es einen mit Stolz erfüllen würde, so eine Uniform zu tragen. Doch es machte mir nur wieder deutlich, wie sehr ich die Elite immer noch hasste und sie für Jills Tod verantwortlich machte.

Nachdem ich in die Trainingshalle zurückgekehrt war, stand ich etwas unschlüssig in der Nähe der Türen herum und versuchte nirgendwo hinzusehen. Natürlich blieb ich aber nicht lange allein.

Chris tauchte neben mir auf und sah mich mit funkelnden Augen an. »Die Uniform steht dir«, meinte er und zwinkerte mir anzüglich zu.

»Danke«, sagte ich nur schlicht, auch wenn sich dabei mein Magen im Kreis drehte.

Gut möglich, dass das an seinen Worten lag. Es konnte aber auch mit der Uniform zusammenhängen.

Er erwiderte nichts weiter darauf. Gut so. Ich wollte nämlich nicht hören, wie toll mein Hintern oder meine Beine in der Hose aussahen, die nebenbei bemerkt ziemlich eng saß. Anfangs dachte ich, dass man mir zu kleine Sachen gegeben hatte. Da es bei den übrigen Teammitgliedern nicht anders war, schloss ich daraus, dass die engen Hosen dazu dienten, sich besser bewegen zu können.

Auch wenn ich diesbezüglich eine Niete war, wusste ich, dass die Genmutation bald etwas daran ändern würde. Schließlich war sie nicht nur für das Entwickeln metaphysischer Fähigkeiten zuständig, sondern auch dafür, dass wir schnell heilten und keinen Schmerz mehr spürten. Ich würde also nie wieder einen Muskelkater haben, nie wieder erschöpft sein, wenn ich schon zehn Kilometer gelaufen war.

Es dauerte nicht lang, da kam Kay mit mürrisch verzogenen Augenbrauen auf uns zu. Offensichtlich strengte sie sich an keinen gemeinen Kommentar loszulassen – mit Erfolg.

So ruhig wie ein sanfter Wind stellte sie sich zu uns, stopfte sich die Hände in die Hosentaschen und starrte direkt auf Ben.

Auch er kam auf uns zu und grinste uns erwartungsvoll an. Chris erwiderte diese Geste etwas weniger enthusiastisch. »Wir werden heute ein paar Tests mit euch machen«, verkündete er skeptisch. »Wenn ich euch so ansehe, gibt's im Laufe des Tages noch ein paar dramatische Ergebnisse, aber das kriegen wir schon hin.«

Kay verdrehte die Augen, hielt aber einen weiteren Kommentar zurück.

»Zuerst wärmen wir uns ein bisschen auf. Wir wollen ja nicht, dass hier einer umfällt.«

Dass der Hieb wohl gegen mich gegangen war, beachtete ich nicht. Stattdessen grummelte ich in Gedanken irgendeine Beleidigung. Auch mir war längst aufgefallen, dass ich von uns dreien am unsportlichsten aussah.

Am Rande bemerkte ich, dass die meisten anderen schon angefangen hatten ein paar Runden zu laufen.

»Ihr könnt euch erst mal anschließen. Fünf Runden sollten reichen, dann machen wir den Parcours.«

* * *

Viereinhalb Stunden lang hetzte, scheuchte und folterte Chris uns durch den Parcours, den die Soldaten während der Aufwärmphase aufgebaut hatten. Siebenmal hatte ich ihn inzwischen durchlaufen; siebenmal wäre ich im Ziel fast krepiert, weil mein Körper die Strapazen noch nicht mitmachte. Immerhin war ich damit nicht die Einzige; Ben und Kay ging es nicht anders, nur dass sie etwas länger durchhielten als ich.

Die achte Runde war quasi eine Nahtoderfahrung für

mich. Meine Beine waren so schwach und puddingartig, dass ich gar nicht mehr mitbekam, wie ich in der ersten Station die Hütchen umtrat, um die ich eigentlich im Slalom herumlaufen sollte.

Mein Herz rebellierte. Ich spürte das Pochen in jedem Winkel des Körpers, in jeder Zelle, die immer mehr um eine Pause bettelten. Doch Chris zeigte sich unbarmherzig.

Er ließ uns höchstens ein paar Minuten verschnaufen und etwas trinken, wenn wir das Ziel passiert hatten. Bis wir wieder dran waren, die nächste Runde durch den Parcours zu laufen, nötigte er uns die fehlende Kondition weiter zu belasten, indem wir Extrarunden rennen mussten.

Als ich den Hütchenlauf passiert hatte, baute sich eine drei Meter hohe Kletterwand vor mir auf. Ich wusste, dass ich diesen Parcours auf Zeit machen musste, aber ich konnte einfach nicht mehr. Ich war schon froh genug, dass ich es irgendwie mit letzten Kräften nach ganz oben schaffte. Weniger amüsant war allerdings das, was mir nun bevorstand.

Ich konnte kaum geradeaus schauen, als ich versuchte das dicke Seil vor mir zu fixieren. Natürlich war die Kletterpartie mit der Wand noch nicht vorbei.

Ich durfte mich außerdem wie Tarzan durch die Lüfte schwingen; nur sah ich dabei bestimmt nicht so talentiert aus wie er. Und da ich kein einziges Gefühl mehr in den Händen hatte, wäre es kein Wunder gewesen, wenn ich sofort abgestürzt wäre.

Wäre mir das passiert, hätte ich wieder von vorne anfangen müssen.

Meine Hände wollten sich weigern, sich noch einmal an den rauen Seilen zu verletzen, aber ich ließ es drauf ankommen. Ich sprang ab und umklammerte das erste Seil, das ich erreichen konnte. Als sich die Hände darum schlossen, rutschte ich ein paar Zentimeter ab und spürte, wie die Fasern mir in die Haut schnitten.

Ich wusste, dass ich es nicht mal berühren konnte, wenn ich den Arm nach dem anderen Seil ausstrecken würde. Um dahin zu gelangen, brauchte ich mehr Schwung. Aber es war vorbei. Definitiv.

Ich hatte keine Kraft mehr, und ehe ich mich's versah, lockerte ich meinen Griff um das Seil und ließ mich zweieinhalb Meter tief auf die weiche Matratze plumpsen. Der Aufprall fühlte sich wider Erwarten unglaublich gut an. Beinahe so, als würde ich in einem Bett aus Federn landen, die mich beschützend in die Arme schlossen.

»Herzlichen Glückwunsch!« Chris' Gesicht tauchte über mir auf. Dass sein Glückwunsch nicht so freundlich gemeint war, wie ich im ersten Moment geglaubt hatte, wurde mir klar, als ich den missmutigen Ausdruck in seinen Augen sah. »Sieben Runden in dreiundvierzig Minuten und siebzehn Sekunden. Daran sollten wir arbeiten. Ich will, dass du es beim nächsten Mal in unter dreißig Minuten schaffst.«

Eher sterbe ich!, wollte ich antworten, schaffte es aber nicht mal, meinen Mund zu öffnen. Am liebsten wäre ich einfach liegen geblieben und in einen tiefen, erholsamen Schlaf geglitten. Aber natürlich hatte ich die Rechnung ohne Chris gemacht.

Er packte mich am Arm und zog mich eher unsanft von der Matratze runter, die ich für Bens achte Runde blockierte.

Als ich wieder festen Boden unter den Füßen hatte, spürte ich erst, wie sehr mir die Fußsohlen schmerzten. Ich hatte das Gefühl, dass alles in mir betäubt kribbelte. Ganz besonders meine Hände, die ein wenig aufgerissen waren. Sie glühten dunkelrot.

Chris bemerkte das natürlich. Prüfend und vorsichtiger als zuvor griff er nach ihnen, ohne mich zu fragen, und sah sie sich an. »Geh zum Sanitäter. Er soll dir eine Salbe dagegen geben«, meinte er leise, sah mich aber nur für den Hauch einer Sekunde an, bevor er meine Hände wieder losließ und den Blick auf Ben richtete, der schon seine Startposition eingenommen hatte. »Hätte gar nicht von dir erwartet, dass du dich so durchkämpfst, Prinzessin. Die Hälfte der anderen hat bereits nach fünf Runden schlappgemacht.«

Das würde erklären, wieso die Trainingshalle plötzlich so leer gewesen war und die Pausen zwischen den Runden kürzer geworden waren.

Zugegeben, ein wenig stolz war ich schon auf mich – auch wenn Kay und Ben noch so aussahen, als könnten sie drei weitere Runden absolvieren.

Chris gab Ben das Startzeichen, indem er einmal kurz

den Arm hob. Auf ihn konzentriert sagte er an mich gerichtet: »Geh jetzt. Und besorg dir am besten ein Paar Handschuhe fürs nächste Mal.«

»Das hättest du ja mal früher sagen können.«

Er grinste, ohne mich anzusehen. »Ups.«

Ich schüttelte darüber nur den Kopf und hielt nach dem kleinen Raum Ausschau, wo sich der Sanitäter befinden sollte.

Bevor ich überhaupt bei ihm angekommen war, hörte ich Ben schmerzerfüllt aufschreien. Erschrocken drehte ich mich um. Er kniete auf dem Boden und hielt sich den Knöchel. Kurz war ich versucht zu ihm zu laufen, aber Chris war längst bei ihm und half ihm hoch.

Auch wenn ich wusste, dass es egoistisch war, setzte ich mich schnell in Bewegung und ging zum Sanitäter, bevor Ben ihn in Anspruch nehmen konnte. Ich brauchte ihm nur die gerötete Haut zu zeigen, ohne etwas zu sagen. Schon griff er nach einer Salbe und verteilte sie auf meinen Handflächen.

»Danke«, sagte ich und blickte hoch, als ich aus dem Hinterzimmer Stimmen hören konnte.

Ich glaubte, dass es Zoé war. Sie war während der letzten Stunden mehrmals kurz aufgetaucht und hatte zugesehen, verschwand dann aber immer wieder – anscheinend in das Zimmer, das an diesen Raum angrenzte.

Leider waren sie zu leise, um hundertprozentig zu verstehen, worum es ging. Das machte die Sache aber nur noch beängstigender. Ich konnte lediglich Wortfetzen wie »Luftraum« und »Überwachung« hören.

Damit der Sanitäter nicht auf die Idee kam, ich wollte sie belauschen, fragte ich: »Chris meinte, ich kann mir Handschuhe besorgen. Wo kriege ich die her?«

»Da drüben in der Kiste. Nimm dir welche raus.«

»Danke«, entgegnete ich zum zweiten Mal und machte auch schon Platz, als Chris mit Ben um die Ecke kam.

Wie befürchtet war er umgeknickt und konnte nicht mit dem linken Fuß auftreten. Während ich mir Handschuhe aus der Kiste nahm, trat ich unwillkürlich näher an die angelehnte Tür, hinter der ich Zoé vermutete.

Wenn Ben nicht die ganze Zeit gejammert hätte, wäre ich mir sicher gewesen, dass ich etwas verstanden hätte. Doch aus Angst, jemand könnte mich beim Lauschversuch erwischen, schloss ich die Kiste schnell wieder und wollte mich mit meinen neuen Handschuhen zurück auf den Weg in die Halle machen.

Im Türrahmen hielt Chris mich noch mal auf. »Bedankt euch bei Ben, dass ich euch für heute nach Hause schicke. Wir verschieben das Elementtraining auf morgen und dann will ich's brennen sehen, verstanden?«

Dass er mich dadurch beinahe überforderte, schien er zu wissen. Aber es war genau das, was Chris tun musste: mich unter Druck setzen, damit ich so schnell wie möglich lernte mein Element zu beherrschen.

Also nickte ich nur und war gleichzeitig ehrlich gesagt

dankbar dafür, dass ich nach Hause durfte. Mir mangelte es nach wie vor an Schlaf. Da hätte ich mich auf so eine mentale Angelegenheit sowieso nicht konzentrieren können.

»Gute Besserung, Ben«, sagte ich noch verabschiedend, ehe ich mich erleichtert in die Umkleidekabine zurückzog.

18

Nachdem ich bereits fünfmal versucht hatte bei Sara anzurufen, ging endlich jemand ans Telefon. Zuerst war nur ein Rascheln und Rauschen zu hören, als würde man den Hörer aus einer Plastikfolie auspacken. Doch dann meldete sich eine bekannte Stimme am anderen Ende der Leitung.

»Wyatt, hallo?«

»Hallo Mister Wyatt, hier ist Malia. Ich würde gern mit Sara sprechen, ist sie da?« Gedankenverloren spielte ich mit dem Kabel des Telefons und wickelte es mir um den Zeigefinger. Mit der linken Schulter lehnte ich mich gegen den Türrahmen der Küche und sah durch eines der Fenster in die Dunkelheit.

Saras Dad seufzte müde. »Ich gehe nachsehen. Einen Augenblick.«

Aus dem Augenblick wurde ziemlich schnell eine halbe Ewigkeit.

Dann klackerte es wieder am anderen Ende der Leitung.

»Malia?«, hörte ich Saras Dad sagen.

»Ja?«

»Sara schläft schon. Soll ich ihr ausrichten, dass sie dich zurückrufen soll?«, bot er mir an.

Ein wenig enttäuscht ließ ich die Schultern hängen, doch wirklich beruhigt fühlte ich mich nicht. Die Anspannung ließ mich nicht los. »Das wäre super. Danke.«

»Kein Problem. Grüß deine Eltern von uns.«

»Mach ich, schönen Abend noch.«

»Ebenfalls.«

Mit einem leisen Seufzen hängte ich das Telefon zurück in den Kasten neben der Küchentür.

Vielleicht sollte ich Sara noch mal im Netzwerk schreiben, damit sie wusste, dass sie mich jederzeit anrufen konnte? Irgendwie wurde ich nämlich das Gefühl nicht los, dass etwas passiert war.

Sara schlief nie um diese Uhrzeit. Es war gerade mal kurz nach neun. Das war normalerweise genau ihre Zeit, um sich eine Folge ihrer unzähligen Serien anzuschauen.

Bevor ich wieder nach oben in mein Zimmer ging, sah ich bei meinen Eltern im Wohnzimmer vorbei, blieb aber klammheimlich im Türrahmen stehen.

Dad schlief schon. Im Fernsehen lief irgendeine Dokumentation über alte Museen New Americas. Keine Ahnung, ob Mom überhaupt hinsah. Sie schien völlig vertieft in ihre Handnäharbeiten zu sein; bestimmt flickte sie irgendeine Bluse für eine ihrer Kundinnen.

Also ging ich schleichend über den Flur und verkroch

mich in mein Zimmer, um endlich den Schlaf nachzuholen, der mir schon den ganzen Tag über gefehlt hatte.

* * *

Gegen vier Uhr nachts stellte ich mir eine überlebenswichtige Frage: Wieso war eigentlich noch kein Soldat wahnsinnig geworden?

Ich war seit rund einer Stunde wach und versuchte krampfhaft das Streichholz zum Brennen zu bringen, obwohl ich schon wieder hundemüde war. Vergeblich.

Leider saß der Frust darüber inzwischen so tief, dass ich keine Ruhe fand, bis ich dieses dämliche Feuer nicht mindestens einmal entzündet hätte.

Im Zehn-Minuten-Rhythmus wechselte ich meine Sitz-, Steh- beziehungsweise Liegeposition, in der Hoffnung, es würde sich auch nur irgendwas ändern. Dass ich gerade auf dem Rücken lag, die Beine im Neunzig-Grad-Winkel an die Wand gelehnt, war bestimmt nicht die originellste Variante, aber immerhin entspannte ich mich so ein wenig.

Meine Versuche im Überblick:

- Ganz oft *Feuer* aussprechen
- Ganz oft *Feuer* gedanklich aussprechen
- Sich dreimal im Kreis drehen und dabei *Feuer* sagen
- So tun, als würde man das Streichholz am Rand des Streichholzpäckchens anzünden

- So tun, als hätte man ein unsichtbares Feuerzeug
- Das Streichholz anstarren
- Mit dem Finger schnipsen
- Dem Streichholz gut zureden
- Sich wütend vorstellen, wie man Chris wehtut
- Versuchen sich etwas anderes auszudenken

Doch langsam gingen mir die Ideen aus. Vielleicht lag es an der späten Uhrzeit. Vielleicht war ich einfach zu blöd. Vielleicht war ich aber auch einfach noch nicht so weit.

Aber um fünf Uhr morgens konnte ich nicht mal mehr mit Sicherheit sagen, ob es nicht einfach an meiner Müdigkeit lag, die meine Konzentration erheblich beeinträchtigte. Und dann auch noch Sara!

Ich machte mir immer noch Gedanken um sie, weil sie nicht ans Telefon gegangen war. Aber sie war nicht die Einzige, die mir nicht aus dem Kopf ging.

Immer wieder, wenn ich die Augen schloss, sah ich Christopher vor mir. Es schien, als würde mein Gehirn all die Momente in Dauerschleife abspielen, die ich in den letzten Tagen mit ihm erlebt hatte. Ich hatte weder eine Ahnung, was das zu bedeuten hatte, noch, was ich jetzt tun sollte. Auch wenn ich immer noch wütend auf ihn war, nach allem, wie er sich mir gegenüber verhalten oder was er gesagt hatte, schaffte ich es einfach nicht, sein Gesicht aus meinen Gedanken zu verbannen.

Als sich dann auch noch etwas am Kopf des Streichholzes tat, hätte ich das brennende Ding vor Schreck fast fallen lassen, und vor Scham. Schnell blies ich das Streichholz aus und schmiss es irgendwohin. Nur ganz weit weg von mir.

Es kam mir nicht richtig vor, es noch in den Händen zu halten. Nicht, wenn ich dabei sein Gesicht so deutlich vor Augen hatte, als würde er direkt vor mir stehen.

Verfluchter Mist!

* * *

Als Mom mich zwei Stunden später aus dem Schlaf riss, fühlten sich meine Muskeln träge und die Hände rau an, obwohl sie verheilt waren. Sie kribbelten, als ich mit dem Zeigefinger darüberstrich.

Mein verschlafener Blick fiel dabei auf die geöffnete Streichholzschachtel neben mir. Sie verursachte mir einen unangenehmen Schauer, weil ich dabei an Chris denken musste. Was ich um diese Uhrzeit bestimmt nicht wollte.

Um den Gedanken an ihn zu verdrängen, schloss ich sie schnell und beförderte sie auf meinen Nachttisch. Darauf lag auch mein Tablet. Ich nahm es, um nachzusehen, ob Sara sich bei mir gemeldet hatte. Hatte sie aber nicht.

Stattdessen entdeckte ich siebenunddreißig Meldungen von *KnowHaven*, der lokalen Plattform. Über sie konnte jeder mit seiner Umgebung in Kontakt bleiben. Unter meinen persönlichen Nachrichten befanden sich dreiunddreißig

Kontaktanfragen und immerhin vier Mitteilungen, in denen stand, wie schön die Fotos geworden seien.

Mein Herz geriet ins Stottern, und ich spürte, wie mein müder Körper in Fahrt kam. Ich war richtig aufgeregt, als ich nach den neuesten Artikeln im *HavenPress* suchte.

Und tatsächlich: Johanna hatte nicht gelogen, als sie meinte, das Interview mit Chris werde auf der Titelseite erscheinen.

Mit mir an seiner Seite. Alleine.

Diese verdammten Fotos! Ich hatte sie schon wieder völlig vergessen und konnte gar nicht glauben, dass man sie wirklich online gestellt und den Angriff von New Asia somit unter den Teppich gekehrt hatte. Trotzdem klickte ich mich neugierig in den Artikel hinein und sah mir die Fotos genauer an.

Ich wählte die Großansicht, damit ich wenigstens einen guten Grund hätte, so rot anzulaufen wie eine reife Tomate.

»Scheiße«, murmelte ich gegen das Display und wäre am liebsten im Erdboden versunken.

Christopher Collins und ich sahen auf den Bildern aus wie ein Liebespaar. Und damit übertrieb ich nicht. Sie hatten ausgerechnet ein Foto genommen, auf dem Chris seinen Kopf zu mir neigte und mich anlächelte.

Ich hielt den Blick ebenfalls gesenkt, so dass eigentlich niemand von uns in die Kamera sah. Leider hatte das Make-up meine geröteten Wangen – die ich definitiv dem vielen Wein zu verdanken hatte – nicht komplett bedeckt.

Jeder musste deshalb den Eindruck haben, dass ich bis über beide Ohren in Chris verliebt wäre.

Das durfte doch nicht wahr sein!

Als ich kurz das Interview überflog, stellte ich fest, dass sie es rapide gekürzt hatten: Der Fokus lag auf Chris' Karriere. Den Inhalt hatten sie dann mit passenden Textpassagen aufgefüllt. So konnte Gott sei Dank niemand lesen, was ich Chris an den Kopf geworfen hatte.

Leider schienen beim Training alle zu wissen, was während des Interviews wirklich passiert war. Zumindest konnte ich mir nicht erklären, wieso sie mich sonst so anstarrten.

Oder lag es an den Fotos?

Ja, es lag an den Fotos. Denn woher sollten sie sonst wissen, was wir bei dem Interview wirklich gesagt hatten?

Chris hatte hoffentlich nicht damit rumgeprahlt ...

Damit sollte ich recht behalten. Da auch er anscheinend erst jetzt die Bilder und den Artikel gesehen hatte, verhielt er sich mir gegenüber deutlich zurückhaltender, beschränkte unsere Gespräche auf Anweisungen, schneller zu rennen, weiter zu springen oder kräftiger zuzuschlagen.

Im Laufe des Tages schien es sogar noch schlimmer zu werden. Aber da er auch Kay und Ben nicht besser behandelte, kam ich auf den Gedanken, dass es doch nicht die Fotos waren, die sein Verhalten erklärten.

Zuerst war ich einfach nur genervt davon gewesen, wie er uns herumscheuchte, ohne sich selbst einen Millimeter zu bewegen, doch irgendwann ließ es mich kalt. Vielleicht, weil ich ihn häufig aus den Augen verlor, wenn er mit Zoé verschwand und erst Minuten später wieder zurückkam, um uns weiter zu hetzen.

Erst am späten Nachmittag drosselte Chris langsam das Tempo, was mir schon Hoffnung machte, wir würden das Training heute früher beenden. Aber da hatte ich die Rechnung ohne ihn gemacht.

Kaum hatte er uns zu sich gerufen, fielen mir seine Worte von gestern wieder ein.

»Setzt euch!«, verlangte er von uns und war gleichzeitig der Erste, der sich neben der kniehohen Kiste niederließ. »Wir müssen über euer Elementtraining reden.«

Erleichterung zeichnete sich in Kays Gesicht ab. Vermutlich sah ich genauso aus. Ben, der mit seinem verstauchten Knöchel kämpfte, schwitzte zwar nicht weniger als wir, schien aber ausgeruhter. Leid tat er mir trotzdem – ich hätte an seiner Stelle keine Lust gehabt, den ganzen Tag mit Krafttraining zu verbringen.

Nachdem wir uns gesetzt hatten, öffnete Chris die Kiste und holte zuerst drei kleine Wasserflaschen hervor, die er uns über den Boden zurollte. Dann griff er erneut hinein.

Meinen Blick auf die Flasche geheftet sah ich erst, was er herausnahm, als ich meinen brennenden Durst gestillt hatte. Vor mir lag die vertraute Schachtel mit Streichhölzern, vor Ben eine Tüte mit Federn und Kay gab er eine zweite Wasserflasche.

»Wir werden ab jetzt jeden Abend euer Element trainieren. Vorerst mit den Hilfsmitteln, dir ihr vor euch seht, um eure Kräfte sichtbar zu machen. Die erste Lektion: Versteht euer Element.«

»Wie poetisch«, murmelte Kay mehr zu sich selbst als zu Chris, aber er reagierte trotzdem. Wie es auch zu erwarten gewesen war.

Er zog fast gelangweilt ein Bein an und legte seinen Ellbogen darauf ab. »Hast du es schon verstanden oder wieso unterbrichst du mich?«

Ein spitzes Lächeln glitt ihr über die Lippen. »Ich habe nur deine Sprechpause ausgenutzt. Fahr fort.«

Chris atmete ein, als müsste er sich damit zur Ruhe rufen, und wandte den Blick von Kay ab, um ihn stattdessen zwischen Ben und mir hin und her schweifen zu lassen.

»Bevor ihr es nicht manifestieren könnt, werdet ihr auch nicht lernen, wie ihr die anderen Vorteile eures Elements nutzen könnt. Habt ihr diesen Schritt geschafft, werdet ihr je nach meiner Zufriedenheit in neue Gruppen eingeteilt, und ich erwarte von euch, dass ihr mich nicht blamiert.«

»Aber das ist doch das, was Spaß macht!«, warf Kay wieder ein, woraufhin Chris' Augen aufleuchteten und zu ihr schnellten.

Es dauerte nur den Hauch einer Sekunde und die Flammen explodierten wie ein Feuerwerk in seiner Iris. Während ich deswegen am liebsten zurückgewichen wäre, zeigte Kay sich unbeeindruckt und lachte sogar leise über die offensichtliche Warnung.

Auch wenn Chris nicht mich ansah, stellten sich die Härchen auf meinen Armen auf; ein Schauer ließ mich erzittern.

»Soll mir das jetzt Angst machen?«, fragte die Kleine amüsiert, was unseren Ausbilder zum Grinsen brachte. In der Tat eine Geste, die einem Angst machen konnte.

»Nur weil du eine Wasserrekrutin bist, heißt das nicht, dass du gegen Feuer immun bist. Überschätz dich nicht, Kay.«

»Tue ich nicht. Ich habe nur keine Angst vor dir.«

Zuerst erwiderte er nichts darauf, sondern lächelte nur still vor sich hin. Ich hoffte, ihr kleiner Schlagabtausch wäre damit beendet, doch mir entging nicht, dass das Brennen in seinen Augen keine Sekunde nachließ. Genauso wie das Grinsen.

Als er dann wieder den Mund öffnete, konzentrierte er sich auf Ben neben mir. »Die Luft sichtbar zu machen wird nicht funktionieren, aber das wird dich nicht benachteiligen. Nimm dir eine«, forderte er Ben auf.

Der Angesprochene nickte und öffnete dann das Tütchen, um sich eine weiße Feder herauszuholen. Sie war kaum länger als mein kleiner Finger.

Ein wenig überfordert hob Ben die Augenbrauen. »Und jetzt?«

»Lass sie durch die Luft fliegen.«

»Du hast gut reden.« Ben seufzte und starrte auf die Feder in seiner Handfläche, als könnte er sie mit bloßer Willenskraft schweben lassen.

Nur leider rührte sich die Feder keinen Millimeter.

Anders als erwartet schien Chris nicht so frustriert darüber zu sein wie Ben selbst.

»Dein Fuß?«, fragte Chris nach dem Grund von Bens Versagen.

»Keine Besserung«, erwiderte Ben sichtlich unzufrieden und ließ die Feder sinken.

»Wir beobachten das erst mal. So lange trainierst du weiter.« Als Chris anschließend mich ins Visier nahm, überkam mich abermals eine Gänsehaut. Das Feuer in seinen Augen war nach wie vor nicht erloschen, flackerte aber nur noch schwach. Auch wenn ich wusste, dass das die Aktivität seines Elements bedeutete, konnte ich nicht sagen, wozu er es gerade benutzte. Ich war nur erleichtert, dass ich davon nichts spürte.

Auffordernd nickte er hin zur Streichholzschachtel. Am liebsten hätte ich gezögert, aber im Gegensatz zu Kay schüchterte mich sein Blick ein – ganz egal ob das Feuer nun auch mein Element war.

Also nahm ich mit zittrigen Fingern die Schachtel in die Hand, schob sie auf und nahm eines der Holzstäbchen heraus.

Ich spürte seinen Blick schwer auf mir lasten, nahm den Druck wahr, den er damit auf mich ausüben wollte.

Weil er wollte, dass ich in der Fortgeschrittenengruppe landete. Weil er nicht wollte, dass ich ihn blamierte. Weil er mir die Streichhölzer gegeben hatte, damit ich vor allen anderen üben konnte, um zu punkten.

Dass ich aber jetzt auf das Holz mit dem roten Kopf starrte, als könnte es Wunder vollbringen, holte die Frustration ans Tageslicht, die er bei Ben versteckt hatte.

Mir fehlte das Zeitgefühl, um sagen zu können, wie lange ich versuchte das Streichholz zu entzünden. Aber es wurde mir von Herzschlag zu Herzschlag unangenehmer, dass ich es nicht auf die Reihe bekam.

Ob es daran lag, dass ich es in der Nacht zuvor nur mit dem Gedanken an Chris hinbekommen hatte, wagte ich nicht zu bezweifeln. Demotiviert war ich davon allemal, denn ich sollte keinen Chris brauchen, der mich so weit im Griff hatte, dass mein Feuer auf ihn reagierte.

»Hast du auch eine Verletzung als Entschuldigung?«, fragte er.

Glaubte er wirklich, dass Ben nur wegen des Fußes für den Elementtest zu schwach gewesen war? Oder generell?

»Nein, aber ...«, begann ich, doch Chris unterbrach mich kühl.

»Dann enttäuschst du mich.«

Wieder wollte ich den Mund öffnen, um mich zu verteidigen – immerhin hatte ich es in der Nacht geschafft, das Streichholz anzuzünden –, aber er hatte längst den Blick abgewandt und auf Kay gerichtet.

Da ich sie jetzt erst wieder richtig ansah, fiel mir auf, wie blass sie auf einmal war. Schweißperlen glänzten auf ihrer Nase.

Chris legte den Kopf schief. »Hast du dazu gar nichts zu sagen, Kay?« So wie er sie ansah, war ihm die Veränderung in ihrem Gesicht nicht entgangen.

Die Kleine schüttelte den Kopf und presste die Lippen aufeinander. Ein Zittern erfasste sie, woraufhin sie die Fäuste ballte und Chris einen verachtenden Blick zuwarf.

»Oh, schade«, meinte er heuchelnd und legte anschließend den Kopf schief, was den Eindruck erweckte, als würde er sie eingehender betrachten. »Ist alles okay mit dir? Du siehst irgendwie ... ungesund aus.«

»Alles bestens«, antwortete sie knirschend, aber mindestens genauso gestellt freundlich. Dabei sah ein Blinder, dass etwas mit ihr nicht stimmte. Nur verstand ich nicht, wie das so schnell ...

Ich warf einen prüfenden Blick in Chris' Augen, in denen die Flammen nach wie vor flackerten. Der Gedanke lag nahe, dass er etwas mit Kays Zustand zu tun hatte.

Seine Mundwinkel wanderten nach oben. »Na dann! Öffne die Flasche und beweg das Wasser.«

Ohne zu zögern, tat sie, was er verlangte, und drehte den Deckel ihrer zweiten Wasserflasche ab. Kurz beobachtete ich sie interessiert und fragte mich, ob sie schon mehr konnte als ich und Ben. Aber ich hatte nicht damit gerechnet, dass sie die Flasche zurück auf den Boden stellte und in Chris' Richtung kippte.

Sofort schoss eine kleine Menge aus der Öffnung und bildete eine Pfütze, die sich auf seine Schuhe zubewegte. Aber ich war nicht überzeugt davon, dass Kay das tat.

Ich wich zurück, als das Wasser zu frieren begann und innerhalb von Sekunden zu einer klaren Eisschicht geworden war.

Fast hätte ich geglaubt, dass Kay das bewerkstelligte, aber Chris' Blick war viel zu provokant. Dass so etwas mit dem Feuerelement möglich war, hätte ich nicht erwartet – und wider Willen faszinierte es mich irgendwie.

»Was ist deine Entschuldigung?«, fragte er sie überheblich, was seine Strafe dafür war, dass sie ebenso versagt hatte wie ich.

»Du blockierst mich«, zischte Kay. Ihre Worte gingen fast in dem plötzlichen Tumult unter, der bei einer anderen Gruppe ein paar Meter von uns entfernt entstanden war.

»Nehmt eure Hände von mir!«, brüllte ein Typ so laut, dass er die Aufmerksamkeit aller auf sich zog. Zwei Soldaten hielten ihn jeweils an den Ellbogen fest und drückten ihn vornüber, als würden sie ihn verhaften.

Mein Mund wollte fragen, was da los war, aber mein Gehirn hielt es für klüger, besser nichts zu sagen.

Genauso wie alle anderen verhielt ich mich still und beobachtete den jungen Mann. Er konnte nicht viel älter sein als ich, war mir aber zuvor nie aufgefallen. Ich wusste nicht mal, wie er hieß, und nur anhand seiner Uniform sah ich, dass er ein Erdrekrut war.

Er wehrte sich heftig gegen die Griffe. »Ihr seid Mörder! Kranke, durchgeknallte Mörder!«

Mir blieb die Luft im Hals stecken, was nicht nur an den Worten lag, die er mit ganzer Kraft den Soldaten entgegenschleuderte, sondern auch an der Spritze, die ihm einer der Soldaten in den Hals drückte.

Erst als der Rekrut zusammensackte und ich mich wieder traute Luft zu holen, stellte ich fest, dass die fremden Soldaten keine Elementfärbung auf ihrer Uniform hatten, obwohl die schwarzen Streifen, die normalerweise eine Farbe trugen, deutlich an den Seiten zu sehen waren.

In der ganzen Halle war es totenstill, während wir dabei zusahen, wie die Soldaten den Bewusstlosen nach draußen trugen, ohne sich zu erklären.

Vermutlich brannte gerade in jedem von uns die Frage, was da vorgefallen war, aber niemand sprach sie aus. Auch dann nicht, als sich alle wieder ihren Teamleitern zuwandten, als hätte es die Szene gerade nicht gegeben.

Die Flammen in Chris' Augen waren inzwischen erloschen. Ein Seitenblick auf Kay verriet mir, dass sie wieder Farbe im Gesicht hatte. Auch das Zittern schien aufgehört zu haben.

»Das«, sagte er, »passiert übrigens mit denjenigen, die sich gegen die Therapie oder die Ausbildung wehren. Nur für den Fall, dass ihr das auch vorhaben solltet, wisst ihr ja jetzt über die Konsequenzen Bescheid.«

»Gefängnis?«, rutschte es mir raus, woraufhin ich wieder nur den Atem anhalten konnte und längst bereute, dass ich mich nicht besser im Griff hatte.

Chris schmunzelte. »Exekution, Prinzessin.«

19

In den nächsten Tagen beherrschte ein merkwürdiges, drückendes Gefühl das Training. Zoé hat uns am Morgen nach der Abführung des Erdrekruten bestätigt, dass er sich schon länger gegen das Training gesträubt hatte und sein Verhalten nicht mehr geduldet wurde. Anders als Chris sagte sie nichts dazu, was mit ihm passieren würde, verbot uns aber, darüber zu reden oder es an die Öffentlichkeit weiterzutragen. Ich für meinen Teil hatte das auch gar nicht vor.

Zu groß war meine Angst vor den Konsequenzen, die sie uns neuen Rekruten demonstriert hatten.

Ansonsten verliefen die Tage ruhig. Fast die gesamten Vormittage kämpften wir uns durch das Konditionstraining, bewältigten den Parcours mit brennenden Muskeln, bis der Schmerz irgendwann nur noch betäubend wirkte.

An den Nachmittagen wechselten wir zum Krafttraining, stemmten Gewichte, schlugen, traten gegen Boxsäcke und stärkten im Anschluss unsere Balance, bevor es eine kurze Ausruhphase gab.

Eine Stunde vor Trainingsende überprüfte Chris unsere

Elemententwicklung, wirkte allerdings alles andere als zufrieden. In seiner Anwesenheit bekam ich es einfach nicht richtig hin. Selbst dass ich beteuerte es sonst zu schaffen, überzeugte ihn nicht. Er war enttäuscht von mir.

Das führte dazu, dass er uns seine Wut über unseren fehlenden Erfolg noch deutlicher spüren ließ.

Je länger wir es nicht schafften, unser Element einzusetzen, desto heftiger drillte er uns, verkürzte unsere Pausenzeiten und machte selbst dann keinen Halt, wenn ich kurz davor war, die ganze Sache hinzuschmeißen und wie die todgeweihten rebellischen Erdrekruten lieber im Jenseits zu verrotten.

Am sechsten Tag kam ich mit Tränen in den Augen zu Hause an, was natürlich nicht unbemerkt blieb. Inzwischen hatte ich das Gefühl, dass das, was ich – wieso auch immer – für Chris empfunden hatte, in Hass und Abscheu umgewandelt war. Nachdem meine Eltern mich auf dem Sofa in ihre Mitte genommen hatten, ließ ich ausnahmslos alles raus und hinderte die Tränen nicht daran, mich mit einem dröhnenden Schädel zu strafen.

Dafür tat es danach viel zu gut, als ich mich wieder beruhigt und Mom mir ausgeredet hatte, alles hinzuwerfen und dadurch das letzte bisschen meines Lebens zu riskieren.

»Hat Sara sich gemeldet?«, fragte ich schließlich, um das Thema zu wechseln. Das Letzte, was ich wollte, war, meinen Eltern noch mehr Kummer zu bereiten.

Mom seufzte leise. »Nein, tut mir leid.«

»Wenn ich Zeit hätte, würde ich ja mal zu ihr rübergehen, aber ...«

Aber: Sobald ich nach Hause kam, schmerzten mir die Muskeln so sehr, dass ich die Gentherapie verfluchte. Sie sollte endlich vollends abgeschlossen sein.

Wenn es nicht die Muskeln waren, dann war es die Müdigkeit, die mich nach einer ausgiebigen, heißen Dusche sofort ins Bett zwang und mich erst am nächsten Morgen wieder aus ihren schützenden Armen entließ.

Freizeit? Das Wort war mir mit einem Mal fremd geworden. Alles, was ich früher gern getan hatte, wie Serien schauen, mit meiner besten Freundin Eis essen gehen, geriet langsam, aber sicher in Vergessenheit. Auch vor dem Wochenende machten die Ausbilder keinen Halt, so dass uns nicht mal ein Tag Ruhe gegönnt war.

Immer wieder gab es dafür denselben Grund: Die Angriffe des Ostens durften uns nicht noch einmal so überrumpeln. Wir durften nicht verlieren, keine Schwäche zeigen. Wir waren die bessere Nation, die größere, die stärkere, die reichere.

Ich war dieses Gerede jetzt schon leid.

Als pünktlich um zwanzig Uhr die Nachrichten im Fernsehen angekündigt wurden, schob ich meine Gedanken beiseite und wischte mir die letzten Tränen von der Wange. Mom bot mir ein Taschentuch an, das ich dankend annahm.

Von den Nachrichten selbst war nur ein Bruchteil interessant: New Asia.

Anders als erwartet hatte man den Angriff doch nicht sofort aus der Geschichte streichen wollen. Aber man tat alles, um die Angst der Bürger zu mindern.

Man berichtete davon, dass im ganzen Land das Training der neuen Rekruten verschärft worden sei und dass man mehr Personal für die Sicherheit eingestellt habe.

Die Überwachung der Lufträume wurde verstärkt, Importware noch akribischer kontrolliert und jeder, der auch nur im Geringsten verdächtig erschien, verhaftet. Anscheinend glaubte man, dass sich im Land Spione befanden, die den Angriff überhaupt erst möglich gemacht hatten.

Das jagte mir wirklich Angst ein. Wer sagte denn, dass all diese Sicherheitsvorkehrungen den Feind aufhalten könnten?

»Es tut mir so schrecklich leid, Süße«, sagte meine Mom leise, als die Nachrichten nur noch von Klatsch und Tratsch handelten. »Wir hätten etwas unternehmen müssen, um euch vor der Therapie zu schützen. Wir hätten ...«

»Liv«, wollte mein Vater sie sanft unterbrechen, aber Mom redete weiter.

»Als Jill daran ... wir hätten verlangen sollen, deine Therapie abzubrechen und Aidens gar nicht erst anzufangen. Und wenn ich für diese Bitte ins Gefängnis gegangen wäre, hätte es dich davor bewahrt, so viel Verantwortung zu tragen – so viel durchmachen zu müssen.«

»Aber, Mom ...«

»Glaub mir, wenn ich könnte, ich würde es sofort rückgängig machen, ich ...«

»Liv«, begann Dad erneut, während ich Mom näher an mich heranzog. »Es ist nicht deine Schuld.«

»Ganz bestimmt nicht«, stimmte ich Dad zu und vergrub mein Gesicht in Moms Haaren, wie ich es immer tat, wenn ich traurig war.

Sie schluchzte leise. »Trotzdem ist sie tot, und du musst dieses schreckliche Training machen, bevor du irgendwann ... Ich dachte, du hättest Jahre Zeit, damit du, damit wir alle damit klarkommen. Aber das geht mir zu schnell. Ich bin nicht bereit noch eine Tochter zu verlieren, Michael.«

Ihre Worte trieben mir erneut die Tränen in die Augen. Ich wusste, dass sie immer noch trauerte und dass sie nie damit aufhören würde. Aber sie so darüber reden zu hören machte mich vollkommen fertig. Ich fühlte mich schuldig, weil ich genau gewusst hatte, was mein Zusammenbruch mit meinen Eltern anrichten würde. Sie würden sich dafür verantwortlich machen, dass mein Leben zerstört war. Aber ich wusste, dass sie nichts dafürkonnten, und ich war froh, dass sie sich damals nicht gegen die Vorschriften gewehrt hatten.

Dad rutschte näher an meine Seite, damit er neben mir jetzt auch Mom trösten konnte. »Ich auch nicht, aber Malia schafft das. Nicht wahr?« Er sah mich an, und ich wusste, was zu tun war.

Also nickte ich. »Ich halte durch. Versprochen, Mom. Versprochen, Dad.« Ihre Schuldgefühle sollten meine Mutter nicht länger quälen.

»Ich weiß, dass sie es schafft«, kam es erneut von Dad.

Was war ich erleichtert, dass ich sie hatte: Meine Familie war nicht perfekt, genauer gesagt war sie sogar ziemlich zerbrochen, aber wir würden es immer wieder schaffen, die Scherben zusammenzusetzen. Wir hatten Jills Tod seelisch einigermaßen überwunden. Wir würden auch damit zurechtkommen, dass man mich bald in einen Krieg einberufen würde.

* * *

Nachdem wir uns für das Training umgezogen hatten, verdonnerte uns Zoé zum Aufwärmen. Wir liefen schweigend ein paar Runden, wobei Ben etwas langsamer hinterherhinkte. Anscheinend war sein Knöchel immer noch nicht wieder verheilt. Trotzdem lief er tapfer weiter, bis Zoé uns zu sich pfiff.

»Also, Frischlinge, ihr seht so aus, als hättet ihr aus lauter Vorfreude die ganze Nacht nicht schlafen können.«

Eher, weil ich wie jede Nacht versucht hatte an meinem Element zu arbeiten. Als ich einen prüfenden Blick zu Kay und Ben warf, stellte ich fest, dass auch sie aussahen, als hätten sie kein Auge zugetan.

»Tja, sorry, aber falls ihr geglaubt habt, das hier würde

ein Kinderspiel, habt ihr euch geschnitten. Wir erwarten von euch, dass ihr immer abrufbar seid. Das bedeutet, dass zu jeder Zeit höchste Konzentration gefordert wird. Daher werdet ihr in Zweierteams gegeneinander kämpfen. Auf dem Bildschirm hinter mir seht ihr eine Liste mit euren glücklich ausgewählten Partnern.«

Natürlich reckten gleich alle die Hälse, damit so kleine Menschen wie ich nichts mehr sehen konnten. Ich erkannte nicht mal, ob tatsächlich ein Bildschirm hinter Zoé hing, da sie ihn alle erfolgreich vor mir verbargen.

»Ihr werdet jetzt eure Tablets aus den Umkleiden holen«, erklärte Zoé. »Wir haben euch Videos geschickt, mit denen ihr üben sollt. Wir werden euch natürlich helfen, aber versucht es erst mal alleine.« Daraufhin setzten sich die meisten in Bewegung.

Ich nahm mir allerdings noch einen Moment Zeit, um die Liste zu studieren. Ziemlich schnell fand ich meinen Namen neben Karliahs. Immerhin.

Es erleichterte mich über alle Maßen, dass ich nicht mit Chris kämpfen musste. Der war nämlich Ben zugeteilt; vermutlich deshalb, weil Chris besser wusste, was Ben mit einem verletzten Knöchel trainieren konnte und was nicht.

Schnell holte ich mein Tablet aus der Umkleidekabine und kehrte damit in die Turnhalle zurück. Kay hatte in der Zwischenzeit eine große Matte geholt und zog sie nun wie ein Leichtgewicht hinter sich her.

Ich hatte keine Lust zu kämpfen. Ich war niemand, der

anderen gerne wehtat, und das würde während des Trainings definitiv passieren müssen. Außerdem konnte ich nicht wirklich glauben, dass meine Muskeln das mitmachten. Allein bei dem Gedanken daran, sich wieder sportlich zu betätigen, zogen sie sich schmerzhaft zusammen. Als könnten sie sich dadurch vor der Aufgabe verstecken, so wie ich es am liebsten getan hätte.

Bei Kay angekommen ließen wir uns schweigend auf die Matte fallen. Ich legte mein Tablet zwischen uns und öffnete den Ordner mit den Videos. Ich wählte das erste davon und startete es.

Es war eines ohne Ton. Untertitel gab es auch keine. Daher konnten wir uns nur die Bewegungen anschauen, die zwei gleich große Soldaten vor der Kamera vollführten. Sie machten alles in Zeitlupe und wiederholten es immer wieder.

Meiner Meinung nach sah das nicht nach Kampfübungen aus, sondern eher nach einer Annäherungstaktik. So, als sollten wir uns erst mal mit den Bewegungen des Gegners vertraut machen – was in der Realität ja unmöglich war. Vielleicht sollten wir auch nur ein Gefühl dafür bekommen, wie sich der Gegner bewegen konnte.

Kay und ich erhoben uns schweigend. Ganz ohne Worte verlief auch das Training die meiste Zeit, was mich aber nicht störte. Ich war sowieso nicht besonders motiviert mit jemandem zu reden oder überhaupt hier zu sein.

»Das ist lächerlich«, motzte Kay nach einer Weile. Immer

wieder hatten wir unsere Ellbogen gegeneinandergeschlagen.

Dass ich meinen Oberkörper dabei ständig nach links und dann wieder nach rechts drehen musste, kommentierte mein Kopf mit langsam einsetzenden Schmerzen.

»Ich fühle mich wie ein kämpfender Pinguin, der mit seinen Flossen um sich schlägt«, sagte ich.

»Wem sagst du das?«, murmelte Kay und verdrehte dabei die Augen.

Wir nahmen uns ein anderes Video vor und schauten es in Ruhe an. Währenddessen hatte ich das Gefühl, endlich ein bisschen wärmer mit Kay zu werden. Das Training zeigte mir, dass sie gar nicht immer so ein Griesgram war.

Im Allgemeinen verlief das Training ungewöhnlich ruhig. Die meisten von uns sahen müde aus. Die Bewegungen waren langsam, träge, ohne wirkliche Spannung, was Zoé überhaupt nicht gefiel.

Jedes Mal, wenn sie ihren Kontrollgang machte, ließ sie ihren Frust darüber aus, weshalb Kay und ich versuchten wenigstens in ihrer Anwesenheit einen Zahn zuzulegen. Ausnahmsweise war auch die Kleine nicht darauf aus, unserer Ausbilderin die Stirn zu bieten.

Wenn Zoé nicht da war, spürte ich meistens Chris' prüfenden Blick auf mir. Ich war seine Rekrutin. Damit musste ich von nun an klarkommen.

Was nicht bedeutete, dass es einfach war. Aber ich würde mein Bestes geben ... irgendwie.

Als er uns eine kurze Pause erlaubte, mochte ich ihn sogar für einen winzigen Moment. Kay und ich gingen zusammen in die Umkleide, um unsere Trinkflaschen zu holen. Dort angekommen ließen wir uns aber erst mal erschöpft auf die Bänke sinken.

»Das sind Sklaventreiber«, stöhnte sie genervt und kippte mit dem Oberkörper zur Seite, um sich hinzulegen. »Und was ist überhaupt mit Chris los?«

»Was meinst du?«

»Ist dir nicht aufgefallen, dass er sich ... benimmt? Sonst kommen aus seinem Mund nur bescheuerte Anmachsprüche.«

Damit ich nicht sofort antworten musste, nahm ich einen Schluck aus meiner Trinkflasche. »Keine Ahnung«, gab ich ehrlich zu, verschwieg aber, dass sein verändertes Verhalten auch an meinen Nerven nagte. »Wir haben seit dem Angriff letzte Woche kaum gesprochen.«

»Eben! Und das kommt dir nicht merkwürdig vor?« Kay sah mich skeptisch an.

Natürlich kam es mir merkwürdig vor, vor allem nach unserem eher unfreiwilligen gemeinsamen Abend bei der Präsidentenfeier und der Umarmung nach meiner Panikattacke. Aber eigentlich durfte es mich nicht wundern. Normalerweise war er nicht gerade der Jägertyp und biss sich an schwerer Beute fest. Also hätte ich damit rechnen müssen, dass er mich nach diesem Korb links liegen ließ.

Es war schlimm, dass mich das einerseits beruhigte, ich

mir aber andererseits wünschte, das Gegenteil wäre der Fall.

»Keine Ahnung«, erwiderte ich also wieder nur, ehe Kay und ich beschlossen wieder in die Trainingshalle zu gehen und mit den Kampfübungen weiterzumachen.

Dank der Videos war es ganz leicht, auch wenn manche Bewegungen aufgrund der Kameraeinstellung schwer zu erkennen waren. Auf diese Weise lernten wir diverse Verteidigungs- und Angriffstechniken, bevor wir wieder durch den – langsam nervenden – Parcours geschickt wurden.

Irgendwann bemerkte ich am Rande, dass Chris verschwand und ein anderer Ausbilder seine Position einnahm, um unsere Zeiten zu überprüfen. Trotzdem erschrak ich, als ich Chris' Stimme auf dem Weg zur Umkleidekabine aus einem Nebenraum hören konnte. Ich war gerade dabei, mir etwas zu trinken zu holen.

Zuerst verstand ich ihn nicht, doch je näher ich unbemerkt kam, desto klarer wurden die Worte. Die Tür war nur leicht angelehnt.

»Ich frage dich nicht noch mal, Fynn«, tönte es aufgebracht durch den schmalen Spalt, durch den ich gerne geschaut hätte: Wie viele Personen waren in diesem Raum und wer war dieser Fynn? Ich konnte mich an keinen Rekruten mit diesem Namen erinnern. »Wer hat euch den Befehl gegeben?«

»Hör zu ...«

»Ja?«

»Niemand«, erwiderte die andere Stimme, die deutlich leiser war, ruhiger. »Ich glaube, es war so ein Gruppending.«

»Ich will die Namen von denjenigen, die das eingeleitet haben, kapiert?«, zischte Chris zurück. Irgendetwas knallte, als hätte er etwas heruntergeworfen oder gegen etwas geschlagen. »Und dann solltet ihr nicht vergessen, wer euch diese Chance gegeben hat und wer sie in der Luft zerfetzen kann.«

»Chris ...«

»Wenn ihr mich noch einmal so verarscht, blas ich den ganzen Bullshit ab!«

»Ich werde es weiterleiten.«

Chris schnaubte. »Dass ich mit dieser Kinderscheiße meine Zeit verschwenden muss, ist unfassbar.«

Als dieser Fynn daraufhin schwieg, erklangen plötzlich Schritte, die mein Herz in eine Schockstarre versetzten. In der Panik, jemand könnte mich bemerken, versteckte ich mich, ohne nachzudenken, hinter der erstmöglichen Tür, schloss sie aber nicht.

Mein Herz polterte so laut in der Brust, dass ich in dem Versuch, es wieder in den Griff zu kriegen, den Atem anhielt, um gleichzeitig die Schritte auf dem Gang zu hören. Ich presste mich enger gegen die Wand und starrte dabei in die Dunkelheit eines Raumes, von dem ich nicht mal wusste, wozu er diente.

Glücklicherweise war ich dieser Angst nur wenige, schmerzhafte Herzschläge lang ausgesetzt, denn Chris ging schnell und vollkommen desinteressiert an der geöffneten Tür vorbei. Vermutlich würde er in die Trainingshalle zurückkehren ... und ich wäre nicht da.

Mir war bewusst, dass das für ihn nur ein Grund war, um mich ein paar Strafrunden laufen zu lassen. Trotzdem wartete ich noch kurz, bevor ich vorsichtig um die Ecke lugte, ob die Luft rein war.

Obwohl ich diesen Fynn nicht aus dem Raum hatte gehen hören, trat ich ebenfalls den Rückweg an, ohne meine Wasserflasche aus der Umkleidekabine zu holen.

Was hatte Chris damit gemeint? Und wer war dieser Fynn? Ein Rekrut konnte er nicht sein. Ich kannte die veröffentlichten Namen jedes einzelnen und ein Fynn war nicht darunter gewesen.

Wieder in die Trainingshalle zurückgekehrt hatte ich darauf immer noch keine Antwort gefunden, zuckte aber zusammen, als ich Chris meinen Namen rufen hörte. Er klang wie erwartet wütend, weshalb ich mich widerwillig beeilte zu ihm zu gehen. Kay stand neben ihm und wirkte ebenfalls nicht glücklich – aber das tat sie in der Regel sowieso nie.

»Wo warst du?«, fragte er mich forschend. Dabei musterte er mich so intensiv, als würde er in Betracht ziehen, dass ich ihn gerade belauscht hatte.

Ich hatte gehofft, meine verräterischen Wangen würden mich einmal davor bewahren, beim Lügen erwischt zu werden, aber natürlich spürte ich die vertraute Hitze innerhalb von Sekunden. »Ich war nur ...«, stammelte ich.

»Spar's dir und geh auf die Matte!«

»Was?«

»Spreche ich undeutlich?«, fuhr er mich an, weshalb ich instinktiv einen Schritt zurücktrat. Sein Blick erinnerte mich an den im Kunstraum, während er mein Gemälde verbrannt hatte. So von oben herab, nur dass sich jetzt auch noch die Wut und das Herrische daruntermischten.

Ich schüttelte unter einem unangenehm rasenden Puls den Kopf, rührte mich aber trotzdem nicht.

Chris bat mich nicht noch einmal, sondern griff nach meinem Oberarm und zerrte mich grob mit sich auf die Matte, auf der Kay und ich das Kämpfen geübt hatten. Ohne Vorwarnung trat er meine Beine weg und beförderte mich binnen eines Wimpernschlags auf den Boden. Ich schlug mit dem Rücken auf; mir blieb die Luft weg.

»Was soll das?«, fuhr Kay ihn an, aber er ignorierte sie geflissentlich.

Stattdessen konzentrierte er sich auf mich und starrte mich mit bohrenden Blicken an. »In meinen Augen kannst du es dir nicht erlauben, eine Pause zu machen. Aufstehen.«

Bevor er mich wieder wie eine Marionette behandelte, tat ich es lieber selbst und rappelte mich von der Matte auf. Angesichts seines Tonfalls wuchs die Wut in meinem Bauch. Auch wenn er mein Ausbilder war, musste er nicht so mit mir reden, als wäre ich nichts weiter als ein gefühlloses Objekt, das zu einer Kampfmaschine ausgebildet wurde.

Kaum stand ich, verringerte er den Abstand zwischen uns und hielt unmittelbar vor mir.

»Ich biete dir einen Deal an«, sagte er. »Wenn du es schaffst, gegen mich zu gewinnen, kannst du heute früher nach Hause. Wenn nicht, wirst du die Letzte sein, die ihre Runden läuft.«

»Das kannst du nicht bringen«, zischte Kay hinter uns. Chris ignorierte sie abermalig.

Ich wusste jetzt schon, wie der heutige Abend enden würde. Daran gab es nicht den geringsten Zweifel. So wie er mich angrinste, wusste er es ebenso.

»Willst du kneifen?«, fragte er mich herausfordernd.

Darauf hätte ich am liebsten Ja gesagt, aber das hätte alles nur noch schlimmer gemacht.

Allerdings wusste ich auch nicht, welcher Teufel mich ritt, als ich den Kopf schüttelte und tatsächlich in Betracht zog, gegen Chris zu kämpfen. Ich wollte ihm zeigen, dass er nicht so herablassend mit mir umgehen durfte.

Leider war mir bewusst, wie hoch ich damit pokerte. Trotzdem war das immer noch besser, als mich öffentlich von ihm als den Jammerlappen abstempeln zu lassen, für den ich mich ohnehin schon selbst hielt.

Also ließ ich mich noch mehr demütigen.

Irgendwann hatte ich aufgehört die Versuche zu zählen, in denen ich es nicht geschafft hatte, Chris zu Boden zu ringen. Ich verlor auch den Überblick über die Kämpfe, bei denen ich selbst auf die Matte geknallt war. Jedes Mal warf Chris mich mit solch einer Wucht um, dass mir sekundenlang die Luft wegblieb. Er achtete kein bisschen darauf, entschuldigte sich nicht und ging auch nicht sanfter mit mir um, als man mir ansehen musste, dass er mir wehtat.

Er sagte kein Wort. Schrie mich nicht an, ermutigte mich nicht, gab keine Befehle, nichts. Er sah mich nur immer wieder mit diesem vernichtenden Blick an, der mir deutlich sagte, dass ich es besser können musste. Dass ich als Soldatin mit dem Schmerz umgehen musste.

Ich glaubte, dass es irgendwann besser wurde. Seine Fausthiebe raubten mir nicht immer den Atem: Entweder hatte ich mich daran gewöhnt oder mein Körper war zu schwach, um meine Empfindungen noch richtig wahrzunehmen.

Gegen Chris selbst etwas auszurichten war unmöglich, weshalb ich mir irgendwann nur noch wie eine Puppe mit Aufziehband vorkam.

Ich fiel zu Boden, ich stand wieder auf. Ich fiel zu Boden, ich stand wieder auf. Ich fiel zu Boden, ich stand wieder auf. Immer und immer wieder, bis Chris sich über mich beugte, bevor ich mich überhaupt aufstützen konnte.

»Dann bete mal, dass wir heute nicht so lange machen.«

20

Trotz des Versprechens, dass meine Verletzungen binnen Sekunden heilen und ich keine Schmerzen mehr spüren würde, fühlte sich jeder Schritt nach gebrochenen Knochen und gerissenen Muskeln an. Ich wusste nicht, wie lange ich lief. Auf die Uhr zu sehen vermied ich. Auch fragte ich Chris nicht, wann ich endlich aufhören konnte.

Zuerst hatte ich mich mit meiner Wut motivieren können. Am liebsten hätte ich es ihm irgendwie heimgezahlt, dass er mich so vollkommen ungeachtet meines nur kurzen Trainings fertiggemacht hatte. Aber ich wusste noch nicht, wie.

Also lief ich immer weiter, bis meine Wut irgendwann verpufft war und ich nur noch darüber nachdenken konnte, dass sich unter seine Schläge auch andere Berührungen gemischt hatten, die ich während unseres jämmerlichen Kampfes nicht realisiert hatte, doch je länger ich darüber nachdachte, desto klarer wurde es mir.

Ich hätte mich gern noch mehr daran erinnert, wie sein Griff manchmal für nur den Hauch einer Sekunde eine Gänsehaut in mir ausgelöst hatte. Aber ich war zu abgelenkt von den Blitzen, die mir durch die Beine schossen, als wäre der Boden elektrisch aufgeladen.

Schier endlose Erleichterung durchströmte mich, als Chris mich endlich erlöste und sein Machtgetue einstellte. Hätte neben mir nicht zufällig eine dicke Matte des Parcours gelegen, hätte ich mich einfach auf den Boden geworfen. So jedoch ließ ich mich mit dem Rücken darauf fallen.

Meine zitternden Muskeln beruhigten sich – aber nur für einen kurzen Augenblick, bevor sie sich wieder anspannten. Denn Chris ließ sich ebenfalls auf die Matte fallen. Er lag nun ein paar Zentimeter von mir entfernt, so dass sich unsere Ellbogen beinahe berührten. Mein Herz vergaß daraufhin völlig, was das Wort »Entspannung« überhaupt bedeutete.

Ohne Erschöpfungszustand wäre ich wieder aufgestanden oder wenigstens von ihm abgerückt.

»Ich gehe mal davon aus, dass du es jetzt begriffen hast: Halte dich besser aus meinen Angelegenheiten heraus«, eröffnete er mit einer ungewohnt ruhigen Stimme das Gespräch. Erstaunt darüber drehte ich den Kopf in seine Richtung.

Chris hatte die Augen geschlossen und lag immer noch auf dem Rücken. Er wirkte friedlich, aber auch erschöpft. Hatte er die letzten Tage noch mehr Sport getrieben als ich? Aber er hatte doch fast immer nur am Rand gestanden und uns Befehle erteilt.

»Was meinst du?«, fragte ich nach ein paar Sekunden Schweigen, auch wenn mir natürlich klar war, wovon er sprach. Es wäre mir nur lieber gewesen, ich würde nicht mit ihm darüber reden müssen.

»Du hast mich belauscht.«

»Was?« Prompt lief ich rot an, war aber froh, dass seine Augen immer noch geschlossen waren. So konnte er wenigstens nicht gleich sehen, dass er damit ins Schwarze getroffen hatte.

Aber woher wusste er es überhaupt? Ich hatte mich doch nicht verraten, kein Ton, gar nichts.

Er seufzte. »Das Feuer zu beherrschen bedeutet nicht nur, dass du ein paar hübsche Flammen werfen kannst. Es hat eher etwas mit Wärme zu tun.« Als er daraufhin den Kopf in meine Richtung wandte, schluckte ich erstickt. Er hatte seine dunkelbraunen Augen unmittelbar auf mich gerichtet, die Flammen waren nicht zu übersehen. »Spürst du's?«

Kaum hatte er die Worte ausgesprochen, überrannte mich ein kühler Schauer. Er entstand irgendwo im Nacken, als hätte mir jemand einen Eiswürfel in den Kragen geworfen, und rutschte die Wirbelsäule hinunter. Auf den Armen breitete sich Gänsehaut aus.

Mein Blick reichte ihm als Antwort. »Du wirst lernen die Wärme zu beeinflussen, die Kälte zu kontrollieren, aber dafür musst du erst mal in der Lage sein, die Energien zu spüren.«

»Also hast du ... mich gespürt?« Es nutzte sowieso nichts,

mich rauszureden. Ehrlich gesagt war ich mir nicht mal sicher, ob ich das überhaupt wollte. Immerhin war das Gespräch mit Fynn ziemlich merkwürdig gewesen.

»Nicht dich direkt«, fuhr er ehrlich fort, immer noch ruhig. Er wirkte nicht mal wütend. »Aber mir war's klar, als du nicht hier warst.«

»Oh«, murmelte ich und schaffte es endlich, den Blick von ihm abzuwenden und mich wieder von den hellen Strahlern an der Hallendecke blenden zu lassen.

Das änderte aber nichts daran, dass er mich trotzdem noch von der Seite beobachtete. »Also war es dir eine Lehre?«

»Was, dass du mich verprügelt hast und ich fast kollabiert bin?«

»Ja.«

»Definitiv«, gestand ich ihm und rieb mir dabei instinktiv über die Rippen. Dort stach es noch am meisten, aber da ich mich sowieso nicht bewegte, konnte ich mich damit abfinden.

Jetzt wartete ich nur noch darauf, dass er mir erklären würde, worüber sie gesprochen hatten. Oder würde er irgendeine Lügengeschichte auftischen, die seine Fragen erklärten?

Wer hat euch den Befehl gegeben?, hatte er gefragt – aber was für ein Befehl? Was konnte Chris so wütend machen?

Mich hatte in letzter Zeit nur eins wütend gemacht, und das war der Angriff des Ostens gewesen. Aber damit konnte Chris nichts zu tun haben.

Plötzlich richtete er sich auf und sah auf mich herab. »Zeig mal her!«

»Was?« Verwirrt zog ich die Augenbrauen zusammen. Hatte ich mir seinen Blick auf meine Hand nur eingebildet?

Aber hatte ich nicht. Er nickte unmissverständlich in die Richtung meiner Hand. »Hast du Schmerzen?«

»Ist egal«, antwortete ich schnell und nahm die Hand von meinen Rippen. Ganz bestimmt wollte ich ihm nicht meinen halb nackten Oberkörper präsentieren, nur weil er mir ein paar blaue Flecken verpasst hatte.

Zumal ich an Kays Worte denken musste. *Ist dir nicht aufgefallen, dass er sich ... benimmt? Sonst kommen aus seinem Mund nur bescheuerte Anmachsprüche.*

Genau das hatte sie gesagt, und ich wurde den Verdacht nicht los, dass ich geradewegs in eine ganz, ganz schlechte Situation hineinkatapultiert wurde.

Chris legte den Kopf schief; in seinen Augen begann es fast unbemerkt zu funkeln. »Wusstest du, dass Wärme bei so was hilft?«

»Oder Kälte«, entgegnete ich bloß, wusste aber selbst, wie schwach meine Ausrede war.

»Zieh dein Shirt hoch oder ich mach's.« Angesichts seines fordernden Tons bekam das leichte Lächeln auf seinen Lippen eine ganz neue Bedeutung, was aber trotzdem nicht hieß, dass ich das zulassen würde – und wenn ich mich mit Händen und Füßen dagegen wehren müsste!

Ich schüttelte den Kopf. »Nein, es geht schon. Ehrlich.«

»Stell dich nicht so an, Prinzessin! Ich will es mir nur mal ansehen. Was du für Unterwäsche trägst, interessiert mich nicht.«

»Aber ...«

»Warum musst du immer so diskutieren?«, fragte er, bewies aber einmal mehr, wie leicht er jemanden um den Finger wickeln konnte, indem er einfach nur charmant lächelte. »Ich will dir nur helfen und dich nicht flachlegen, okay?«

Chris und helfen? Vermutlich nur, weil er jetzt ein Ausbilder war und ihm karrierebedingt keine andere Wahl blieb. Er musste seine Aufgabe ernst nehmen.

Schneller, als gut für mich war, gab ich meine Abwehr auf und zog mein T-Shirt gerade mal so weit hoch, dass man den Ansatz meiner Rippen erahnen konnte. Ich wusste nicht, was Chris sah oder wie er meine Verletzungen betrachtete, da ich voll und ganz die Deckenleuchten fokussierte.

Deswegen sah ich auch erst nicht, dass er seine Hand nach mir ausstreckte, um mein Shirt noch höher zu schieben.

Automatisch hielt ich die Luft an, spürte, wie mein Herz rasant gegen meine Rippen hämmerte, auf die er gerade, dem Prickeln auf meiner Haut nach zu urteilen, einen intensiven Blick warf. Soweit ich es beurteilen konnte, blieb meine Unterwäsche bedeckt; sonst hätte ich sehr wahrscheinlich einen Herzstillstand erlitten.

»Sieht gar nicht so schlimm aus«, sagte er schließlich und ließ mein schwarzes Shirt wieder los, tat dann aber etwas, womit ich nicht gerechnet hätte: Er zog mein Shirt wieder runter, so dass es meinen Bauch komplett bedeckte und ich endlich aufhörte peinlich berührt an die Decke zu starren.

Im selben Moment ließ Chris sich wieder auf die Matratze fallen, rollte sich aber auf die Seite, um mich ansehen zu können. Er stützte sich mit seinem Ellbogen ab, während er seine freie Hand auf die Stelle über meinem Shirt legte, wo ich das leichte, schmerzhafte Pochen eines Schlags gegen meine Rippen spürte.

Er drückte seine flache Hand leicht auf, spreizte ein wenig die Finger und wartete.

Ich kollabierte. Am liebsten hätte ich mich unter seiner Hand weggedreht oder sie von mir runtergestoßen, aber es dauerte nicht lang und eine leichte, angenehme Wärme sickerte durch mein Oberteil in Haut und Muskeln.

Zuerst glaubte ich, es wäre seine natürliche Körperwärme, doch die Flammen in Chris' Augen bewiesen mir das Gegenteil.

»Du bist zu dünn«, sagte er leise, kaum dass ich seinen Blick erwidert hatte, »und du brauchst mehr Muskeln.«

An Letzterem arbeitete ich schon, gezwungenermaßen. Also nickte ich nur und begann mich zu verfluchen, als ich spürte, wie sehr ich das Gefühl genoss, das seine wärmende Hand auf meinem Körper hinterließ.

Es war nicht einfach nur etwas, das meine Schmerzen linderte, sondern auch etwas, das Sorgen und Ängste auflöste. Ich fühlte mich, als ... als gäbe es überhaupt nichts, wovor ich mich fürchten musste. Ich fühlte mich sicher und geborgen und – langsam wurde mir bewusst, dass Chris' Gesicht viel zu nah an meinem war.

Er war sogar so nah, dass ich die kleinen goldenen Funken in seiner Iris erkennen konnte. Seine Lippen umspielte ein leichtes Lächeln. Wann hatte ich aufgehört zu atmen?

Erst einmal war er meinem Gesicht so nah gekommen und da hatte er mir gedroht mich zu küssen. Er hatte mich vor sich gewarnt, aber immer noch konnte ich nicht verstehen, wieso eigentlich. Gerade er war dafür bekannt, nichts anbrennen zu lassen, egal ob etwas dabei zu Bruch ging.

Hatte er mich vor sich gewarnt, weil er mir nicht wehtun wollte? Oder vielleicht doch nur, weil er mein Ausbilder war?

Ich war wie erstarrt, als er sich so nah zu mir heruntergebeugt hatte, dass ich mir einbildete seinen Atem sanft wie eine Feder auf meiner Wange zu spüren. Eigentlich hätte ich mich spätestens jetzt wegdrehen und ihm sagen müssen, dass er das lassen sollte. Aber ich schaffte es nicht mal, den Mund zu öffnen, geschweige denn mir sicher zu sein, nicht irgendeinen Blödsinn zu sagen.

Vielleicht wollte ich es sogar. Vielleicht wollte ich von ihm geküsst werden, um zu wissen, wie es sich anfühlte: ob es wirklich so war, wie man sich einen Kuss mit Chris eben vorstellte. Beinahe hätte ich es zugelassen.

Die Spannung schlug so schlagartig um wie damals im Kunstraum. Die Hand, die zuvor sanft auf meinen Rippen geruht hatte, schob sich über meinen Bauch bis zu meiner Hüfte, an der er mich packte und näher an sich drückte.

Meine Augen weiteten sich, doch er grinste nur in sich hinein und bohrte nach wie vor seinen brennenden Blick in meinen. »Du bist so schwach«, wisperte er wie eine Drohung, die mein hämmernder Puls beinahe übertönte. »Ich könnte mit dir machen, was ich will.«

Es war einfach nur erbärmlich: Nicht mal den Kopf zu schütteln schaffte ich.

»Ich könnte dich küssen, erst vorsichtig, als wärst du eine Puppe aus Glas. Dann, wenn du dich sicherer fühlst, könnte ich Dinge mit dir tun, die ein braves Mädchen niemals tun würde. Ich könnte dich ausziehen. Genau hier. Ich könnte mit dir schlafen. Genau hier«, hauchte er, wobei seine Augen spöttisch über mein Gesicht glitten und an meinen Lippen hängen blieben. »Und was dann, Prinzessin?«

Nie im Leben würde ich es so weit kommen lassen. Was mein Körper aber allem Anschein nach widerlegen wollte.

Denn sonst hätte mein Herz nicht so aufgeregt und erwartungsvoll gegen meine Brust geklopft und mir dabei ein unangenehmes Kribbeln im Magen verursacht.

Chris' Lippen verzogen sich zu einem Grinsen. »Traust du dich es herauszufinden?«, forderte er mich heraus.

Bevor er mein Schweigen oder meine fehlende Reaktion als Ja deuten würde, riss ich mich zusammen und stammelte leise: »Nein.«

»Weise Entscheidung«, kam es prompt zurück. »Du solltest mich besser nicht noch mal so in Versuchung bringen. Denn dann kann ich nicht mehr garantieren, dass ich dich in Ruhe lasse.«

Angesichts der Tatsache, dass er immer noch nicht von mir abgerückt war, musste er das Zittern spüren, das durch meinen ganzen Körper jagte.

Als ich den Mund öffnete, wusste ich nicht, was ich da eigentlich sagen wollte – so benommen war ich. »Ich habe gehört, was du zu diesem Fynn gesagt hast. Von welchem Befehl hast du gesprochen? Meintest du damit den Angriff?«

»Findest du es nicht schon dreist genug, dass du mich belauscht hast? Jetzt willst du dich auch noch einmischen?«

Obwohl ich damit gerechnet hatte, dass Chris mich endlich loslassen würde, spürte ich seine Hand nur noch deutlicher auf meinem Rücken.

Ich nickte bloß, in der Hoffnung, ihn somit zu vertreiben. Leider besaß ich weder das nötige Durchhaltevermögen noch die Kraft, ihn von mir zu stoßen.

Kurz verengten sich Chris' Augen, ehe sie interessiert blinzelten. »Es gibt nur eines, was du wissen musst, Prinzessin: was du tun musst.«

»Was?«

»Werde besser und unterschätz dich nicht. Die Therapie ist nicht so zufällig, wie du vielleicht glaubst. Sie schlägt in der Regel nur bei denjenigen an, die die besten Voraussetzungen für einen Soldaten aufweisen. Ich lüge also ausnahmsweise nicht, wenn ich dir sage, dass ich weiß, dass du das kannst.«

Chris' Hand wanderte ein Stück höher, wobei er mich gleichzeitig – ob unbewusst oder nicht – näher an sich heranzog. Plötzlich musste ich wieder an die Umarmung im Bunker denken, weshalb mein Puls aus dem Takt geriet.

»Du bist mein Ausbilder. Du musst so etwas sagen«, wich ich aus – erfolglos.

»Nein, Malia«, erwiderte er leiser, aber fest. Seine Hand wanderte dabei noch höher, zog mich noch näher an sich heran, bis sich unsere Körper berührten. »Versprich mir, dass du dich zusammenreißt. Ein Mädchen zu verprügeln ist nämlich nicht meine Art und ich will es nicht wiederholen müssen.«

»Wieso hast du es dann überhaupt getan?«

Ein Schauer durchfuhr mich, als das Feuer in seinen dunkelbraunen Augen aufflackerte. Chris hatte mich inzwischen so nah an sich herangezogen, dass er mich ohne Probleme hätte küssen können – schon wieder. Aber er tat es nicht, und er warnte mich auch nicht davor, dass er es tun konnte. Stattdessen hob er den Kopf und legte seine Lippen an mein Ohr.

Er sprach so leise, dass ich ihn kaum verstehen konnte. »Weil du lernen musst, dass jeder eine verborgene Seite hat. Dass du mir nicht vertrauen kannst. Dass ich nicht gut für dich bin. Für niemanden.«

Ich wusste nicht, was ich dazu sagen sollte, und wartete

eigentlich nur darauf, dass er mir wieder etwas mehr Platz zum Atmen ließ – auch wenn ich gar nicht wollte, dass er von mir abrückte.

Egal was er gerade gesagt hatte. Tief in meinem Inneren spürte ich, dass er sehr wohl gut war. Das musste ein Soldat doch sein, um für etwas zu kämpfen, das ihm wichtig war.

»Es stimmt, es wird Krieg geben, deshalb will ich, dass du vorbereitet bist, dass du kämpfen und dein Element benutzen kannst. Wenn dir etwas passieren würde ...« Er ließ den Satz unvollendet, was in Anbetracht meines rasenden Herzens auch gar nicht so schlecht war.

Deshalb erschrak ich umso mehr, als er mich plötzlich von sich stieß, als würde er jetzt erst verstehen, was er da gerade gesagt hatte – und als würde er es bereuen. Ich sah es genau in seinen Augen, die mich durchlöcherten, als hätte ich ihn dazu gebracht, mir seine Gefühle zu offenbaren.

Einen Moment lang schien er noch etwas sagen zu wollen, aber nachdem er kommentarlos von der Matte gerutscht war, entfernte er sich genauso kommentarlos von mir und ließ mich mit einem leeren Gefühl zurück, das ich nicht verstand.

21

Es kam nicht wieder vor, dass Chris mich zum Kampf aufforderte oder mich Strafrunden laufen ließ und ich somit die Letzte war, die nach Hause ging. Er ignorierte mich wieder wie vor dem Gespräch und kam mir nicht noch einmal so nah wie vor ein paar Tagen. Wenn überhaupt, erteilte er mir Befehle, hetzte mich von einer Station zur nächsten und steuerte mein Training, um Muskeln aufzubauen – fast so, als würde er mir beweisen wollen, dass er seine beinahe ausgesprochenen Worte nicht ernst gemeint hatte.

Ben war immer noch verletzt – was mir allmählich wirklich Sorgen bereitete –, strengte sich aber an mitzumachen, soweit es ihm möglich war.

Und Kay ... sie war deutlich besser als ich, wurde von Chris aber nicht weniger hart rangenommen.

So ging das Tag für Tag für Tag, ohne dass ein Ende in Sicht war. Ich ging zum Training, fuhr nach Hause, um zu schlafen, stand wieder auf, ging zum Training, schlief im Auto fast ein, tat es zu Hause dann tatsächlich und ging wieder zum Training.

Mehrmals hatte ich versucht Sara zu erreichen, aber sie

hob das Telefon nicht ab und reagierte nur kurz angebunden auf meine Nachrichten.

Vielleicht hatte sie gerade auch so viel um die Ohren wie ich, und wenn sie die Ergebnisse ihrer Untersuchung hätte, würde sie sich schon bei mir melden. Um mehr konnte oder wollte ich mich nicht kümmern. Das Training forderte mich total.

Als ich heute aus dem Haus ging, wusste ich nicht mal, welcher Tag war. Wie im Halbschlaf lief ich die Veranda hinunter und stieg ins Auto meiner Bodyguards, die schon vor der Tür auf mich gewartet hatten.

»Na, Küken? Hast du 'ne lange Nacht gehabt?«, fragte Ryan mich und drehte sich dabei lächelnd zu mir um. Mal wieder sah er so aus, als könnte er die ganze Welt umarmen, weshalb ich mir wünschte, ich hätte auch immer so gute Laune.

»Geht so«, erwiderte ich seufzend, hatte aber keine Lust, schon vor dem Training ans Training zu denken. Oder an Chris, der mir seit dem Gespräch auf der Matte nicht mehr aus dem Kopf ging. Jetzt sogar noch weniger als zuvor. »Gibt's was Neues?«, wollte ich wissen. Diese Frage war schon alltäglich geworden. Jeden Morgen stellte ich sie den Männern, nur hatten sie bisher immer verneint. Heute erhielt ich ausnahmsweise mal eine andere Antwort.

»Nicht besonders viel.« Ryan zuckte mit den Schultern, hielt meinem fragenden Blick aber immer noch stand. »Es gibt Gerüchte, dass sie ein paar Demonstranten hochgenommen haben, aber davon mitbekommen haben wir auch nichts. Na ja, im Verschleiern sind die ja bekanntlich eine große Nummer.«

»Und was Neues von New Asia?«

»Laurie hat über ein paar Ecken gehört, dass Longfellow wohl mit dem General gesprochen hat und dieser behauptet nichts mit den Angriffen zu tun gehabt zu haben und dass er ihre Meinungsverschiedenheiten nicht mit Gewalt beseitigen wolle.«

Ich hob skeptisch eine Augenbraue. »Klingt das realistisch?«

»Das bezweifle ich.«

»Und deswegen wird es vermutlich auch nicht öffentlich kommuniziert, oder?«

»Korrekt«, stimmte mir Ryan zu und lächelte sanft. »Mach dir keine Sorgen. Wir haben alles im Griff.«

Dass ich auch daran zweifelte, ließ ich Ryan besser nicht wissen. Stattdessen kaute ich alles andere als entspannt auf meiner Unterlippe herum und ließ mich tiefer in den Sitz sinken.

Was, wenn der General von New Asia die Wahrheit sagte und tatsächlich nichts damit zu tun hatte? Was, wenn es gar nicht der Osten gewesen war, der uns angegriffen hatte, sondern unsere eigenen Leute? Was, wenn Longfellow uns nur weismachen wollte, der Angriff wäre von unseren Feinden ausgegangen?

Letzteres würde zumindest erklären, wieso wir noch

nicht zum Gegenangriff angesetzt hatten – es sei denn, sie würden auf eine weitere Provokation warten. Tatsächlich hatte ich aber keine Ahnung, aus welchen Gründen Longfellow die Füße stillhielt.

In der Residenz war die Stimmung wie immer: angespannt und kühl. Da mir auf dem Weg in die Trainingshalle erstaunlich viele Soldaten begegnet waren, konnte ich nur raten, was los war. Nämlich, dass Ryan recht gehabt hatte und sie Demonstranten festgenommen hatten.

Ich wusste, dass sich unterhalb der Residenz ein Gefängnis befand, aber wo genau und wie es aussah, wollte ich gar nicht erst wissen. Es war schon komisch genug, dass wir vielleicht direkt daneben trainierten.

Und das taten wir zehn Stunden lang inklusive Pausen. Erst eine Aufwärmrunde, dann der Parcours, den ich fast schon im Schlaf ablaufen konnte, obwohl sie ab und zu die Reihenfolge änderten. Im Anschluss nahmen wir das Kampftraining wieder auf, um dann mit unserem Elementtraining abzuschließen.

In den letzten Tagen hatte ich ein paar Fortschritte erzielt und es wenigstens geschafft, die Streichhölzer anzuzünden, auch wenn es mir in Endeffekt nichts gebracht hatte. Chris war nach wie vor nicht zufrieden damit und machte mir jedes Mal deutlich, dass er mehr von mir erwartete, indem er mich nicht mal für meinen Erfolg lobte.

Seine Lehrmethode, die darin bestand, dass ich mir alles selbst beibringen musste, sprach mir nicht sonderlich zu.

Aber seitdem er mir bestätigt hatte, dass ein Krieg unvermeidlich war, strengte ich mich wirklich an. Für meine Eltern, damit sie mich nicht verlieren würden.

Bei Sonnenuntergang beendeten sie das Training mit der Ankündigung, dass wir morgen nicht so lange machen und stattdessen einen gemütlichen Abend im nahe gelegenen Restaurant verbringen würden. Was auch immer sie damit bezwecken wollten, ich nahm diese Abwechslung dankbar an.

Während ich vorm Haupteingang der Residenz darauf wartete, dass meine Bodyguards mich abholten, musste ich nicht nur mit ansehen, wie Chris mit seinem Motorrad vorfuhr.

Als ich ein blondes Mädchen mit grünen Haarsträhnen auf ihn zugehen sah und er ihr einen zweiten Helm entgegenstreckte, wurde mir übel.

Ich dachte an unser Gespräch, das wir Tage zuvor geführt hatten. Deshalb war die Szene vor meinen Augen doppelt so schmerzhaft.

Ein Teil von mir versuchte mir einzureden, dass er das mit Absicht tat, um mir zu beweisen, dass ihm doch nichts an mir lag. Der andere Teil lachte mich für meine Naivität aus, ich könnte so etwas glauben.

Weil ich die Einzige war, die unmittelbar in seinem Blickfeld stand, blieb es mir natürlich nicht erspart, sein amüsiertes Grinsen zu betrachten. Sofort war ihm aufgefallen, wie unverhohlen ich ihn und die Blondine anstarrte, dabei rot anlief und den Tränen verboten nah war.

Gott sei Dank fuhren in diesem Moment meine Bodyguards vor und hielten mich davon ab, zu viel über dieses
Mädchen nachzudenken, und darüber, was das hier überhaupt sollte.

»Hey Küken!«, rief Ryan aus dem geöffneten Fenster
und winkte mich hektisch zu sich ran. »Ich habe Neuigkei-
ten!«

Ich rollte nur mit den Augen und ging die Stufen zügig
nach unten zu ihnen, wobei ich schnell die Tränen wegblin-
zelte. Es war mir unangenehm, dass Ryan und Boyle sie sehen könnten.

»Was gibt's?«, fragte ich, kurz nachdem ich eingestiegen
war und die Autotür geschlossen hatte.

»Ich habe mal ein bisschen rumgefragt«, begann mein
erster Bodyguard, wobei mein zweiter Bodyguard nur die
Schultern hängen ließ, als hätte er auf dieses Gesprächsthema überhaupt keine Lust. »Also, noch mal zurück zu den
Demonstranten von heute Morgen.«

»Ich erinnere mich.« Meine Neugierde war geweckt.

Ryan drehte sich zu mir um, so wie er es immer tat, wenn
er meine volle Aufmerksamkeit beanspruchen wollte.

»Okay, also, die Demonstranten wurden wirklich festgenommen, was du vielleicht auch schon mitbekommen hast.
Aber dank einiger wertvoller Kontakte weiß ich, warum sie
wirklich verhaftet worden sind.«

Fragend hob ich die Augenbrauen; ich hasste es, wenn er
so lange um den heißen Brei redete.

»Das war alles nur Show!«, verkündete er.

»Hä?«

»Das waren keine echten Demonstranten. Im Fernsehen kursieren schon die Aufnahmen, wie sie sie festgenommen haben, um das Land wieder zu beruhigen. Anscheinend will die Regierung alles so drehen, als hätte der Osten tatsächlich nichts damit zu tun.«

»Weil der General behauptet, er hätte damit nichts zu tun?«

»Vermutlich.«

»Auch wenn's nicht bewiesen ist?«

»Yep!«, stimmte Ryan zu. »Hauptsache, die Menschen hier fühlen sich wieder sicher.«

Bei dieser Aussage fiel mir fast die Kinnlade runter. »Und was ist mit uns?«

»Wir werden so tun, als würden wir das glauben, obwohl wir wissen, dass es gelogen ist.«

»Großartig«, erwiderte ich daraufhin nur seufzend und ließ den Kopf gegen die Nackenstütze fallen.

»Vielleicht will der General ja damit zeigen, dass er New Asia vertrauen möchte«, überlegte Ryan laut.

»Auch, wenn er damit alles nur noch schlimmer macht?«, entgegnete ich.

»Manchmal muss ein Politiker eben Entscheidungen treffen, die ...«

Etwas knallte gegen die Windschutzscheibe. Das Glas riss sofort unter der Wucht des Aufpralls, der meinen Körper in Panik versetzte. Nur einen Moment später trat Boyle die Bremse durch, so dass ich ohne Gurt gegen seinen Sitz geflogen wäre. Mein Retter schnürte mir kurz darauf die Luft ab und zerdrückte mir das heftig schlagende Herz in meiner Brust.

»Was zum Teufel?!« Es war das erste Mal, dass Boyle Ryans und meine Sprachlosigkeit ausnutzte und etwas sagte. Das schockierte mich fast mehr als das groteske Muster, das sich in Form von Rissen über die gesamte Scheibe ausgebreitet hatte.

Ryan lehnte sich vor und drückte mit der Hand von innen gegen die Glasfläche und prüfte so, ob wir weiterfahren konnten.

»Was war das?«, fragte auch ich nach einigen Sekunden Schockstarre, in denen mein Herz nicht aufgehört hatte zu rebellieren.

»Keine Ahnung«, meinte Ryan, »aber die Scheibe ist okay. Nur die äußere Schicht wurde zerstört.«

»So können wir aber nicht weiter«, grummelte Boyle, während Ryan schon nach dem Funkgerät griff, das zwischen den beiden hing, und es einschaltete.

Mir entging nicht, wie sie die Umgebung mit ihren Blicken absuchten.

»Einheit 15B an Zentrale«, funkte Ryan und musste dann einige Sekunden warten, bis jemand reagierte. Derweil lehnte ich mich mit trommelndem Herzen nach vorn, um die Risse zu betrachten. Es sah aus, als würde es genau eine

Stelle geben, die mit dem Hindernis zusammengeprallt war – aber was für ein Hindernis war das gewesen?

Das Funkgerät rauschte leise; ich konnte kaum verstehen, was der Mann am anderen Ende sagte. »Zentrale an 15B, ich höre.«

»Haben hier einen Unfall mit unbekanntem Gegenstand. Wir können so nicht mehr weiterfahren. Könnt ihr uns einen zweiten Wagen schicken?«

»27B an 15B, haben hier das gleiche Problem.«

Als sich Ryan und Boyle daraufhin einen eindringlichen Blick zuwarfen, ahnte ich nichts Gutes. Boyle nickte leicht, ehe er wieder Gas gab und der Wagen langsam ins Rollen kam.

»15B an Zentrale, wir fahren weiter«, beschloss Ryan und drehte die Lautstärke des Funkgeräts leiser, als wollte er nicht, dass ich etwas davon mitbekam. Keine Ahnung, ob er es bewusst tat, aber da seine Hand prüfend an seinen Gürtel glitt und nach der Pistole tastete, wurde mir immer bewusster, dass hier irgendetwas los war, was meinen Bodyguards Sorgen bereitete. »15B an 27B, wo seid ihr?«

»East Central Avenue«, rauschte es zurück, weshalb Ryan noch leiser drehte, was aber nichts nützte.

Als erneut etwas gegen die Scheibe flog, zuckte ich zurück und klammerte mich automatisch am Türgriff fest.

Boyle gab Gas, woraufhin ich mich noch tiefer in den Sitz hineindrückte.

Leider blieb es dieses Mal nicht bei einem Schlag; in unregelmäßigen Abständen wurde der Wagen bombardiert, als wären wir mitten in einen Hagelsturm hineingeraten. Auch die Scheibe neben mir platzte, hielt der Wucht aber stand und splitterte genauso wie die Windschutzscheibe nur von außen.

Was Ryan funkte, verstand ich zwischen den dumpfen Schlägen gegen die Türen kaum. Dass Boyle fast nichts sah, aber in hohem Tempo die Straße hinunterraste, machte unsere Lage nicht unbedingt besser.

»Duck dich!«, brüllte mein erster Bodyguard mir zu, woraufhin auch schon die nächste Aufprallserie passierte und mir mehr und mehr Angst einjagte. Meine Hand war so schweißnass, dass sie mehrmals vom Griff abrutschte, wenn Boyle in eine Kurve fuhr, als würde er nackt vor einem Bienenschwarm flüchten.

Ich tat mit größter Mühe das, was Ryan von mir verlangt hatte, und beugte den Oberkörper nach vorn. Eigentlich konnte ich mir nicht vorstellen, dass die Scheiben brechen würden. Immerhin handelte es sich um Sicherheitsglas, das genau für solche Angriffe eingebaut worden war. Nichtsdestotrotz konnte ich ihn verstehen und war sogar froh drum, dass ich so die von außen zersprengten Glasscheiben nicht mehr sehen musste.

Sie erinnerten mich an die Demonstration in der Bahn an genau dem Tag, als ich gesagt bekam, dass die Therapie mit einer Wahrscheinlichkeit von achtzig Prozent erfolgreich gewesen sei.

Da lag der Gedanke nahe, dass das hier ebenfalls eine Demonstration war, mit dem Ziel, mir zu schaden. Mir als Mitglied der Elite von New America.

* * *

Als Boyle endlich hielt, war mir übel. Ich war noch nie damit klargekommen, im Auto zu sitzen und nicht aus dem Fenster sehen zu können, aber jetzt mischte sich zusätzlich die Angst darunter. Vor einer Weile schon hatten die Angriffe aufgehört, aber Boyle war trotzdem unnachgiebig weitergefahren, bis wir bei unserem Haus ankamen.

Ryan hatte sich in Windeseile abgeschnallt und war ums Auto gelaufen, so dass ich mich zu Tode erschrak, als er die Tür neben mir aufriss.

»Alles okay? Bist du verletzt?«, fragte er mich bestimmt zum zehnten Mal, seitdem Boyle wie ein Irrer über den Asphalt gerast war. Aber abgesehen davon, dass ich kurz davor war, mein Mittagsessen hochzuwürgen, hatte ich zumindest körperlich keine weiteren Beschwerden.

»Alles gut«, antwortete ich.

Ich ließ es zu, dass Ryan mich am Ellbogen langsam aus dem vollkommen demolierten Auto herausholte.

Als ich das ganze Ausmaß des Angriffs betrachtete, stockte mir der Atem.

Wer auch immer das getan hatte, musste die High Society wirklich, wirklich abgrundtief verabscheuen.

Nicht nur die Fenster waren hinüber, auch der Rest des Autos sah aus, als hätte man es wenigstens einmal durch die Schrottpresse gejagt. Überall waren Dellen und Beulen, die stellenweise den Lack so zerkratzt hatten, dass man die ganze Karosserie austauschen musste, um das Auto wieder wie vorher aussehen zu lassen.

Natürlich ließen meine Eltern nicht lang auf sich warten und stürmten aus dem Haus zu mir nach unten. Unbewusst löste ich mich aus Ryans Griff, was aber nicht meine beste Entscheidung war. Meine Beine fühlten sich an wie Gummi und in meinem Kopf drehte sich immer noch alles. Nur einer glücklichen Fügung hatte ich es zu verdanken, dass ich noch gehen konnte, bis meine Mom bei mir ankam.

»Um Himmels willen! Was ist passiert?«, fragte sie, wobei ich aber nicht wusste, wen von uns genau sie angesprochen hatte.

»Bitte gehen Sie mit Ihrer Tochter ins Haus, Mrs Lawrence«, bat Ryan. »Und öffnen Sie nicht die Tür.«

»O-okay«, stotterte meine Mom unbeholfen, während Dad gefasster wirkte.

Er rieb sich über die Wange; bei genauerem Hinsehen waren die Liegefalten zu erkennen, weil er bestimmt wieder auf der Couch eingeschlafen war. »Brauchen Sie Hilfe?«, fragte er.

»Nein, danke, Sir. Die Zentrale ist schon informiert. Wir werden uns später bei Ihnen melden, wenn wir Genaueres in Erfahrung gebracht haben.«

Ryan so seriös reden zu hören irritierte mich und weckte nur noch mehr Misstrauen.

Ich drehte mich so weit wie möglich zu ihm um. »Es war eine Demonstration, oder?«, fragte ich ängstlich nach.

Er nickte. »Bitte, geh ins Haus. Wir reden später.«

22

Lange ließen die Kamerateams nicht auf sich warten. Es zog so viel Aufmerksamkeit auf unser Haus, dass ich es kaum aushielt, länger als fünf Sekunden durch den Vorhang zu linsen, ohne die brennende Wut in meinem Magen zu spüren. Wieder hatte ich mehrmals versucht Sara über das Telefon zu erreichen, aber inzwischen ging niemand mehr ran. Da sie allerdings nur ein paar Häuser von uns entfernt wohnte, musste auch sie von dem Pressespektakel in unserem Vorgarten Wind bekommen haben.

Ryan und Boyle hatten alle Hände voll zu tun. Glücklicherweise hatten sie sich genügend Verstärkung gerufen, die eine Stunde später das demolierte Auto abschleppte und die Reporter von unserer Haustür fernhielt.

Das war einfach nur verrückt. Anders konnte ich es nicht beschreiben. Mir war nicht mal etwas passiert und sie riefen nach mir, als läge ich im Sterben und würde wichtige Infos mit ins Grab nehmen, von denen sonst niemand wusste.

Mom tauchte hinter mir auf und hielt eine dampfende Tasse Kakao in der Hand. »Hoffentlich sind die bald verschwunden. Sie ruinieren den ganzen Rasen.«

»Das ist das geringste der Probleme, Mom«, erwiderte ich seufzend und lehnte mich gegen sie, als sie ihren rechten Arm hob und mich damit zu sich lockte. Dankbar nahm ich die Tasse entgegen. »Hat Sara sich gemeldet?«

»Nein, Süße, nicht dass ich wüsste.«

»Meinst du, ich sollte mal rübergehen?«

»Also jetzt ganz bestimmt nicht.« Sie rieb tröstend mit ihrer Hand über meinen Oberarm. »Jetzt solltest du dich erst mal von dem ganzen Stress erholen. Soll ich dir ein Bad einlassen?«

»Das wäre super.« Vielleicht würden sich so meine völlig überanstrengten Muskeln endlich wieder lockern. »Danke.«

Mom gab mir einen Kuss aufs Haar. »Gern, Süße. Und jetzt geh besser vom Fenster weg. Dann verschwinden sie bestimmt bald.«

Seufzend kam ich ihrer Aufforderung nach, stellte die Tasse auf den Tisch und ließ mich neben meinem Vater auf die Couch fallen. Er hatte – wie vermutlich jeder andere in diesen Stunden – die Nachrichten eingeschaltet.

Natürlich berichteten sie von den Angriffen auf die Fahrzeuge der High Society, darunter meines und zwei andere. Einmal erschien Ryans Gesicht im Bild, weshalb ich leise in mich hineingrinste; so wie ich ihn einschätzte, hatte er sich für zwei Sekunden wie ein richtiger Star gefühlt.

»Soll ich umschalten?«, fragte Dad leise, aber ich schüttelte den Kopf. Ich wollte sehen, was sie behaupteten.

In meinen Augen waren das nichts weiter als Lügen.

Klar, es war nicht zu übersehen, dass es eine Demonstration gewesen war, aber dass sie auch etwas mit dem Angriff auf der Präsidentenfeier zu tun gehabt hatten, schloss ich einfach aus. Woher hätten sie die Hubschrauber haben sollen? Es wäre doch aufgefallen, wenn irgendwo welche gefehlt hätten.

Die Reporter im Fernsehen verdichteten den Fokus auf die Demonstranten, die metaphysische Fähigkeiten besaßen. Schon bei der Aktion mit der Bahn lag der Verdacht auf allen Luftsoldaten und -rekruten. Jetzt verstärkte er sich, da niemand sonst Steine, wie sie in der Nähe der Wagen gefunden wurden, auf ein Auto werfen konnte, so dass der Aufprall die kugelsicheren Scheiben beschädigte. Nur sie waren in der Lage, eine solche Schlagkraft entstehen zu lassen.

Das Klingeln des Telefons aus der Küche ließ mich aufschrecken. Mein Herzschlag beschleunigte sich in der Hoffnung, es könnte Sara sein, die sich endlich bei mir meldete, nachdem meine Versuche immer gescheitert waren. Gerade als ich aufstehen wollte, kam Mom wieder die Treppe runter und bedeutete mir sitzen zu bleiben.

Vielleicht waren es wieder irgendwelche Reporter, die mich interviewen wollten.

Trotzdem lauschte ich, verstand aber nicht viel, außer: »Einen Moment, ich hole sie ans Telefon.«

Sara. Es konnte nur sie sein.

Noch bevor Mom aus der Küche kam, war ich aufgesprungen, hatte den Flur überquert und riss ihr förmlich den Hörer aus der Hand. »Endlich meldest du dich!«, sagte ich erleichtert, ohne meine Mutter zu Wort kommen zu lassen. »Was ist denn passiert?«

»Das wollte ich eher dich fragen«, erklang eine tiefe Stimme, die sich so gar nicht wie Sara anhörte und mir für einen Moment den Atem raubte. »Aber freut mich, dass du mich vermisst hast.«

»Ich dachte, es wäre jemand anders.« Ich warf Mom einen vorwurfsvollen Blick zu. Hätte sie mich nicht warnen können, dass das nicht Sara war?

»Ich hoffe, das enttäuscht dich nicht.«

»Doch.«

Chris lachte am anderen Ende der Leitung. »Ist deine Mutter noch da?«

»Ja.«

»Dann sag ich jetzt besser nichts Unanständiges.«

»Und was willst du dann?« Ich konnte Moms Gesicht förmlich ansehen, wie sie versuchte Chris' Stimme zu verstehen, aber die Verbindung war nicht die beste. Mit einem eindeutigen Blick gab ich ihr zu verstehen, dass sie weggehen sollte, was sie widerwillig auch tat.

»Ich wollte nur sichergehen, dass mit dir alles in Ordnung ist.«

»Wie komme ich zu der Ehre?«, entfuhr es mir, woraufhin ich rot anlief. Mein dummes, kleines Herz rief mir seine Worte von vorher ins Gedächtnis, als er mir auf der Matte quasi mitgeteilt hatte, dass er mich im Training nur deshalb so herumscheuchte, weil er sich Sorgen um mich machte.

»Ich bin dein Ausbilder.« Obwohl seine Stimme nicht gleichgültiger hätte klingen können, spürte ich ein merkwürdiges Kribbeln an der Stelle meines Rückens, wo er mich berührt hatte.

Es war gerade mal eineinhalb Stunden her, seit Ryan und Boyle mich von der Residenz abgeholt hatten und Chris mit dem blonden Mädchen weggefahren war – und jetzt rief er mich an, um mich zu fragen, ob alles in Ordnung sei?

Mir entwischte ein Seufzen. »Ja, alles ist gut. Mir ist nichts passiert.«

»Gut. Dann sehen wir uns morgen beim Training.«

»Okay.«

»Ich könnte auch meine Bodyguards vorbeischicken. Sie schleusen dich aus eurem Haus und du kannst die Nacht geschützt vor aufdringlichen Reportern gern bei mir verbringen.«

»Chris«, seufzte ich, weil ich gerade ganz genau wusste, dass er mich wieder nur aufziehen oder verhöhnen wollte, weil er selbst zu überspielen versuchte, was sich zwischen uns abgespielt hatte.

»Ja, Prinzessin?«

Außerdem war ich wütend, dass er tatsächlich daran dachte, mich für eine Nacht zu sich zu holen, obwohl er eben noch sonst was mit einem anderen Mädchen getrieben hatte. Es verursachte mir schon ein Übelkeit erregendes

Gefühl im Magen, in diesem Moment überhaupt mit ihm zu sprechen.

»Netter Versuch«, sagte ich bemüht kühl, nur um anschließend ohne ein Wort des Abschieds aufzulegen. Dass es mich mit Stolz erfüllte, hatte ich erwartet, aber dass es sich so gut anfühlte, ihm wenigstens über das Telefon Kontra geben zu können, beflügelte mich fast.

Wenn das jetzt alles auch von Auge zu Auge so passieren würde, bräuchte ich mir keine Sorgen mehr zu machen, er könnte mich zu irgendetwas verführen. Tja, schön wär's.

* * *

Wie versprochen trainierten wir am nächsten Tag nicht so lange wie sonst. Das Elementtraining wurde sogar komplett gestrichen, was mir ganz gut in den Kram passte. Meine Gedanken waren immer noch so durcheinander vom Telefonat mit Chris und den Anschlägen, dass ich mich kaum auf das Laufen und den Parcours konzentrieren konnte. Beim Kampftraining hätte Kay mir beinahe ein blaues Auge verpasst.

Chris hatte sich natürlich wie immer verhalten und mich höchstens mal spitzbübisch angegrinst, als würde er mir den Vorschlag von unserem Telefonat so lange unterbreiten wollen, bis ich zusagte – aber das würde ich nicht.

Das Schlimme war nur, dass mein Herz jedes Mal Saltos

vollführte, sobald er mir diesen Blick zuwarf und ich mir einbildete, er hätte irgendetwas zu bedeuten.

Gott sei Dank war ich schnell wieder zu Hause. Leider würde ich aber in ein paar Stunden schon wieder abgeholt werden, weil die Ausbilder zum Essen eingeladen hatten.

Mein einziger Lichtblick war Jasmine, die spontan mitkommen wollte – auch, um mir beizustehen. Nachdem wir uns über *KnowHaven* geschrieben hatten und ich ihr erzählt hatte, was passiert war, hatte sie mir versprochen mich zum Essen zu begleiten. Dass Jasmine mitkam, erleichterte mich wirklich, auch wenn ich mich gleichzeitig schlecht fühlte, weil ich lieber Sara dabeigehabt hätte.

Auch ihr hatte ich geschrieben und sie erneut angerufen, aber schon wieder bekam ich keine Reaktion. Wenigstens auf meine Textnachrichten hätte sie antworten können, aber wenn sie das nicht mal tat ...

Ich machte mir zwar keine Sorgen mehr, da ich inzwischen glaubte, dass sie sich von mir abkapselte. Aber dieser Gedanke war schmerzhafter als Sorgen.

Als Mom eine Stunde bevor Ryan und Boyle mich abholen würden, mit einem Kleid in mein Zimmer kam, ließ sie mal wieder ihre Überredenskünste spielen.

Eigentlich fand ich es total lächerlich, mich hübsch anzuziehen und so zu tun, als wäre alles okay. Andererseits war das Kleid schön und ich wollte ihr den Gefallen tun, es wenigstens einmal anzuziehen. Es war dunkelgrün und genau so geschnitten, wie ich es mochte: an der Brust eng anliegend und ab der Taille locker und luftig. Nur dass es einen Rundhalsausschnitt hatte und kurze Ärmel besaß, störte mich zuerst. Da ich das Kleid mit offenen Haaren trug, sah es dann aber doch ganz gut aus.

Mit leichtem Zeitdruck ließ ich Mom das ganze Programm mit Haarstyling und Make-up durchziehen und schaffte es gerade noch rechtzeitig, fertig zu werden, bevor es an der Tür klingelte.

Wie erwartet stand Ryan in seinem schwarzen Anzug davor und grinste mich strahlend an. »Sag's nicht meiner Frau, aber du siehst toll aus, Küken.«

»Danke. Alles Handarbeit.«

»Wieso arbeitet deine Mutter eigentlich nicht für die Regierung?«, wollte er wissen, wobei er mir auffordernd den Arm hinhielt, damit ich mich einhaken konnte. Da ich mal wieder dazu verdonnert war, Schuhe mit Absatz zu tragen, nahm ich das Angebot dankbar an.

Ich zuckte mit den Schultern. »Sie hat ihren Laden. Der reicht ihr.«

»Ach, stimmt. Das hatte ich völlig vergessen.«

Ryan und ich gingen den schmalen Weg durch unser Gartentor und hielten beim neuen Auto, das genauso aussah wie das alte; nur der Geruch war anders. Es roch ein bisschen nach Zitrone.

Während ich mich anschnallte, drehte Ryan sich zu mir um; Boyle brachte den Wagen derweil ins Rollen.

»Hast du alles dabei?«, fragte mich mein erster Bodyguard.

Ich kontrollierte meine kleine Handtasche. »Also«, begann ich langsam, »ich habe meinen Ausweis und meinen
Schlüssel. Und Taschentücher.«

»Mehr nicht?«

»Sollte ich?«

»Na ja.« Ryan schmunzelte und drehte sich auf einmal
wieder nach vorne um. »Den hier habe ich immer für Not-
fälle dabei. Du weißt schon. Falls der Abend schrecklich
wird.«

Ich beobachtete ihn, wie er im Handschuhfach rum-
kramte. Boyle beachtete das nicht. Er blickte nur wie immer
ziemlich genervt durch die Windschutzscheibe.

Schließlich drehte sich der Dunkelblonde wieder um und
hielt mir schelmisch grinsend eine kleine Glasflasche mit
einer blauen Flüssigkeit hin.

»Was ist das?«, fragte ich skeptisch in Anbetracht der
merkwürdigen Farbe.

»Schnaps.«

»Schnaps?«

»Schnaps.«

»Das Zeug sieht aus, als könnte es mich töten.«

Ryan lachte. »Ein paar Gehirnzellen vielleicht, aber hey.
Das ist es wert, glaub mir.« Er hielt mir die Flasche auffordernd hin. »Nun nimm schon! Ich glaube, du könntest ihn
heute besser gebrauchen als ich.«

»Ähm«, murmelte ich immer noch ein bisschen skeptisch, griff aber nach der kleinen Flasche. »Okay, dann danke?«

»Für das Wohlsein des Kükens tue ich doch alles.«

Ich verstaute die Flasche in meiner Handtasche. Wer weiß, vielleicht würde sie mir ja im Notfall wirklich helfen. Ich hatte schließlich nicht die geringste Ahnung, wie der Abend verlaufen würde.

»Was macht ihr eigentlich so lange?«, plauderte ich weiter, um mich von meiner Angst vor erneuten Anschlägen abzulenken. Allerdings schien es auf den Straßen ziemlich ruhig zu sein.

»Trevor muss sich meine Lebensgeschichte anhören«, erklärte Ryan.

»Du bist doch erst sechsundzwanzig«, wunderte ich mich.

»Na ja, aber ich lebe schließlich auch noch hundert Jahre«, erklärte Ryan. »Also habe ich noch hundert Jahre mit reichlich Fantasie zu schmücken. Vielleicht schreibe ich ja mal ein Buch.«

Boyle schnaubte.

»Machst du dich gerade über mich lustig?«, fragte Ryan ihn gereizt.

»Ja«, erwiderte Boyle plump und fuhr auf einen Parkplatz, auf dem bereits weitere Autos der Regierung standen.

Ich sah im Spiegel, wie Ryan seinem Kollegen einen finsteren Blick zuwarf. »Wie dem auch sei«, meinte er wegwerfend und drehte sich wieder zu mir um. »Eins noch, Malia.«

»Ja?« Ich schnallte mich ab und schielte durch die Scheiben auf der Suche nach Jasmine. Mir war außerdem so, als würde Karliahs Haarschopf irgendwo aufblitzen.

Erst dann richtete ich meine Aufmerksamkeit wieder auf den Mann vor mir und hob fragend eine Augenbraue.

»Mein kleines ... Geschenk«, sagte Ryan. »Niemand wird je erfahren, dass du es von mir hast, einverstanden?«

Mir entfloh ein kurzes Lachen. »Ich schwöre.«

»Brav.« Ryan lachte und stieg aus, um mir die Tür zu öffnen. »Ich bring dich noch zum Eingang. Sicher ist sicher.«

»Vermutlich«, stimmte ich ihm zu. »Es hat schon gereicht, dass das Auto mit Steinen beworfen wurde. Ich will nicht auch noch dran glauben müssen.«

»Sie werden die Übeltäter schon finden«, meinte er in einem Ton, als würde er mich ermutigen wollen. Aber eigentlich war es mir egal, ob sie die Schuldigen finden würden. Ich war schließlich auf ihrer Seite, irgendwie. Heimlich. Ich wollte nur nicht ins Kreuzfeuer geraten.

Nach ein paar Schritten betrachtete ich das Gebäude genauer, auf das Ryan und ich schweigend zugingen. Ich hatte gar nicht mitbekommen, wie wir bis an den Rand des Zentrums gefahren waren – genau dorthin, wo sich das beliebteste Restaurant Havens befand. Der Zutritt war nur der Elite gestattet, bestimmt, weil es im zwölften Stock lag und man von dort aus über die ganze Stadt blicken konnte.

Die zwei Soldaten, die die Tür flankierten, beantworteten

mir dann auch meine Frage danach, wie die neuen Sicherheitsvorkehrungen aussahen.

»Hey Malia!« Eine weibliche Stimme riss mich aus meinen Gedanken um das Gebäude vor uns und versetzte Ryan gleichzeitig in Alarmbereitschaft. Doch als er Jasmine erkannte, entspannte er sich wieder. Sie kam mit schnellen Schritten hinter uns angelaufen, weshalb ihr dunkelblaues Kleid ein bisschen mehr als nötig wehte.

»Ist das nicht die, die mich *Sahneschnitte* genannt hat?«, raunte Ryan mir mit einem irritierten Blick zu, riss sich aber zusammen, ehe Jasmine bei uns angekommen war.

Sie hatte ihre Haare zu einem Zopf zusammengebunden, wodurch die blauen Strähnchen darin besonders zur Geltung kamen.

Ich nickte und lächelte. »Ich glaube, das weiß sie leider gar nicht mehr.«

»Den Eindruck macht sie auch.«

Ryan verstummte, als sie in Hörweite kam und mich stürmisch umarmte. Das hieß jedoch nicht, dass ich meinen eingehakten Arm von meinem Bodyguard lösen konnte.

Ihr Parfüm kitzelte mir in der Nase, als Jasmine wieder einen Schritt zurücktrat und mich von oben bis unten ansah.

»Wow, siehst du hübsch aus! Bin ich zu spät? Ist alles okay bei dir?«

Von ihrem Redefluss fühlte ich mich etwas überfahren, aber ich bemühte mich mir nichts anmerken zu lassen.

»Erklär ich dir später«, antwortete ich. »Jetzt lass uns lieber mal reingehen.«

Die Anwesenheit einer ausgebildeten Soldatin reichte als Zeichen, um mich die letzten paar Meter alleine gehen zu lassen.

»Wir warten dann hier auf dich«, verabschiedete Ryan sich.

»Danke.«

Jasmines Lächeln war so überzeugend, dass ich meine Sorgen hinunterschluckte und mich kurz nach ihr in Bewegung setzte.

»Warst du schon mal hier?«, fragte ich sie.

Jasmine nickte. »Ist quasi so was wie mein Stammlokal.«

Beim Eingang angekommen hielt der Feuersoldat uns die Tür auf, damit wir problemlos das kleine Foyer betreten konnten, das aus drei Fahrstühlen mit silbernen Türen bestand; einer davon kam gerade nach unten. Noch bevor wir die Tür hinter uns geschlossen hatten, öffnete sich einer der Fahrstühle und zwei Mädchen mit grünen Strähnen in den Haaren traten heraus. Sie kicherten über irgendwas, weshalb Jasmine und ich uns nur fragende Blicke zuwarfen.

Nachdem wir den Fahrstuhl betreten hatten, schlossen sich die Türen. Links von uns befand sich ein großer Bildschirm, der plötzlich anging und ein Video abspielte.

»Herzlich willkommen im *SkyHaven*«, begrüßte uns ein freundliches Frauengesicht. Ihre dunkelbraunen Haare fielen ihr sanft über die Schultern. »Ich wünsche Ihnen einen angenehmen Aufenthalt und möchte Sie bereits jetzt über das Tagesangebot in Kenntnis setzen. Selbstverständlich können Sie auch wie gewohnt à la carte bestellen und dabei den herrlichen Ausblick auf Haven genießen.«

Sie zeigte uns ein paar Fotos makellos angerichteter Speisen, wie sie nicht mal meine Mutter hinbekommen würde – und Mom war wirklich eine gute Köchin.

»Also, was gibt's so Neues? Wie läuft das Training?«, wollte Jasmine das Gespräch eröffnen, aber ich winkte schnell ab.

»Falsches Thema.«

»Aber du musst mir verraten, was das mit dieser Demonstration gestern war.«

Seufzend ließ ich mich mit dem Rücken gegen die Wand des Fahrstuhls fallen. »Ich weiß auch nicht. Das meiste kam ja sowieso im Fernsehen, aber gruselig war es allemal. Wurdest du schon mal angegriffen?«

»Glücklicherweise nein, aber es könnte jederzeit jeden von uns treffen.«

Ehe ich etwas darauf erwidern konnte, hielten wir schon im zwölften Stock. Die Türen öffneten sich lautlos.

Als wir über die Schwelle traten, fiel mir die riesige Glasfront uns gegenüber auf. Staunend trat ich einen Schritt näher und stellte fest, dass man tatsächlich bis an den Rand der Stadt blicken konnte. Bei Nacht würde Haven bestimmt noch atemberaubender aussehen.

»Herzlich willkommen im *SkyHaven*«, sagte auf einmal

eine Stimme neben uns und riss mich dadurch von den Fenstern los. Im Türbogen war eine kleine Frau aufgetaucht. Sie trug einen schwarzen Rock und eine dunkelblaue Bluse mit ebenfalls schwarzer Krawatte. Mit hinter dem Rücken verschränkten Armen lächelte sie uns an. »Darf ich um Ihre Ausweise bitten?«

»Natürlich, einen Augenblick«, sagte ich sofort und öffnete meine Tasche, um meinen neuen Ausweis herauszuholen, der nicht nur meine Identität preisgab, sondern auch meine Mitgliedschaft in der High Society. Er war gerade mal so groß wie meine Handfläche und nichts weiter als ein Stück Plastik mit einem goldenen Chip.

Nachdem ich der Dame vom Service meine Karte gegeben hatte, tat Jasmine das Gleiche.

»Bitte folgen Sie mir.« Die Frau wandte sich mit einem Lächeln um, als sie einen prüfenden Blick auf unsere Ausweise geworfen hatte.

Wir folgten ihr schweigend durch den Türbogen. Hinter einem Tresen aus Glas stand eine weitere Frau, die uns genauso freundlich anlächelte und unsere Karten aus den Händen ihrer Kollegin entgegennahm.

Ich beobachtete sie dabei, wie sie sie scannte, bis ein Piepen den Abschluss des Vorgangs signalisierte. Mit einem strahlenden Lächeln zog sie unsere Ausweise wieder aus dem Gerät und reichte sie uns zurück.

»Ich bin dazu verpflichtet, Sie daran zu erinnern, dass Ihnen ein Drei-Gänge-Menü kostenfrei zusteht sowie alle alkoholfreien Getränke. Da wir auch eine Bar besitzen, haben Sie die Möglichkeit, bis zu zehn alkoholische Getränke zu bestellen.«

Ich nickte brav. Von mitgebrachten Schnapsflaschen sagte sie jedenfalls nichts.

»Wenn ich Sie dann zu Ihrem Tisch begleiten darf.«

Ohne etwas zu erwidern, folgten wir der kleinen Frau durch einen weiteren Türbogen, hinter dem sich das Restaurant verbarg.

Wie bei den Aufzügen waren die Wände komplett verglast, so dass es lediglich ein paar Trägerelemente gab, die den Verlauf der unendlichen Fenster unterbrachen. Die Decken hingen tief, wodurch eine gemütliche Atmosphäre entstand, was auch die schwarzen Deckenplatten unterstrichen.

Eine Unmenge an LEDs beleuchteten die Sitzgruppen und ließen die schwarzen Fliesen zu unseren Füßen funkeln wie Hunderte Sterne am Nachthimmel. In der Mitte des Raumes stand die Bar in Form eines Kreises, in dessen Zentrum sich ein rundes Regal mit Drehelementen befand. Darin wurden unzählige Flaschen aufbewahrt.

Ich kam aus dem Staunen gar nicht mehr raus, während wir der Frau weiterhin zu einer Wendeltreppe folgten, die nach oben auf die Dachterrasse führte.

Dort angekommen entdeckte ich unseren Tisch sofort. Ben, der natürlich neben Chris saß, erkannte uns zuerst und hob den Arm. Die Angestellte verstand das wohl falsch, denn sie führte uns an den unbesetzten Plätzen am Anfang des Tisches vorbei und blieb auf einmal vor den freien Plätzen bei Chris stehen.

Ausgerechnet. Drei. Freie. Plätze.

Jasmine bekam von meiner stummen Bitte, sich neben Chris zu setzen, überhaupt nichts mit, sondern ließ sich auf den freien Stuhl in der Mitte fallen. Ich könnte mich jetzt also lächerlich machen, indem ich absichtlich den Stuhl weit weg von Chris wählte, oder ich riss mich zusammen und bewies ihm, dass ich keine Angst vor ihm hatte.

Da er ganz genau merkte, wie unwohl ich mich fühlte, zog er den schwarzen Stuhl neben sich an der Lehne zurück und suchte meinen Blick. Ich machte den Fehler, ihn zu erwidern, und erntete dafür ein überlegenes Grinsen.

»Du kannst dich ruhig hier hinsetzen«, meinte er mir zuzwinkernd, während er auf die Lehne klopfte. »Ich beiße nur, wenn's zur Sache geht, und wir wissen doch beide, dass du dazu nicht den Mumm hast.«

23

Ich ließ seine Stichelei unkommentiert und setzte mich stattdessen schweigend auf den Stuhl, den er mir hinhielt, achtete aber peinlichst genau darauf, dass ich ihn nicht versehentlich berührte.

»Vielleicht solltest du dir erst einen hinter die Binde kippen, damit du dich mit mir unterhalten kannst. Oder soll ich dich anrufen?«, fragte er mich so laut, dass es die Rekruten um uns herum definitiv mitbekommen hatten.

»Nicht nötig!«, erwiderte ich etwas zu gehässig und drehte mich demonstrativ zu Jasmine, die mich mit erhobener Augenbraue verwirrt ansah. Gut, sie hatte ja auch keine Ahnung, dass das mit mir und Chris nicht so einfach war.

Vor allem, wenn er so dasaß, mit seinem schwarzen Hemd, dessen Ärmel er bis zu den Ellbogen hochgekrempelt hatte, und mir damit einen unrhythmischen Puls verursachte. Er sah wie immer gut aus. Zu gut. Verdammt.

Ich blendete Chris' leises Lachen aus, als Kay am Tisch auftauchte und sich neben Jasmine setzte. Sie sah aus, als hätte sie mal wieder am liebsten jemanden verprügelt, aber glücklicherweise galt das nicht meiner Person.

So unauffällig wie möglich rutschte ich mit meinem Stuhl näher an Jasmine heran, um mich auch mit Kay unterhalten zu können, die bereits begonnen hatte sich mit ihrer anderen Sitznachbarin auszutauschen.

»Vielleicht flambieren die uns hier direkt vor unseren Augen einen lebendigen Hummer«, überlegte Kay laut und schob dabei nachdenklich die Unterlippe vor.

Das Mädchen mit den hellbraunen Haaren lächelte Kay verhalten an. »Ich bin nicht so der Fleischesser.«

Kays Blick wanderte skeptisch zu Jasmine und mir. »Und ihr?«

»Ich mag Fleisch«, antwortete ich. Zwar jetzt nicht unbedingt Hummer – zumal ich den noch nie gegessen hatte –, aber wenn Mom zum Jahreszeitenwechsel ein bisschen mehr verdiente, bereitete sie auch gern ein Hähnchen zum Abendessen zu.

»Ich auch«, stimmte Jasmine zu und grinste Kay an.

»Okay, danke für das Gespräch«, gab sie sich plötzlich desinteressiert dem braunhaarigen Mädchen gegenüber und wandte sich uns zu. Dabei huschten ihre Augen kurz zu Chris, der neben mir saß. »Hättet ihr euch nicht einen anderen Platz suchen können?«

»Wir wurden hier hingesetzt«, nuschelte ich nur zurück, weil es mir unangenehm war, dass Kay so laut gesprochen und Chris alles mitbekommen hatte.

Bevor er allerdings etwas sagen konnte, tauchten auf einmal fünf Angestellte aus dem Nichts auf und drückten jedem von uns ein Tablet in die Hand. Das Gerät war flacher und viel leichter als das, das wir für die Schule bekommen hatten.

Während ich begann in der Speisekarte zu blättern, beschlich mich das Gefühl, dass Chris sich absichtlich näher zu mir lehnte. Daraufhin rückte ich Jasmine auf die Pelle.

»Sieh mal. Die haben hier Vanillepudding mit heißen Kirschen«, schwärmte die Wassersoldatin. Von meiner eigenen Karte war ich nun abgelenkt.

Kay verzog angewidert die Lippen »Und Blattgold. Ist das deren Ernst? Vanillepudding mit Blattgold? Wieso nicht auch noch Kaviar obendrauf, hmm?«

»Das wäre eklig!«, lachte ich widerwillig und versuchte mich nicht darüber zu wundern, dass beide gleichzeitig bei den Nachspeisen gelandet waren.

Ich las mir in Ruhe das Vorspeisenangebot durch. Es gab unzählige Salatvariationen, aber auch die Möglichkeit, sich seinen eigenen Salat zusammenzustellen. In diesem Segment fühlte ich mich noch einigermaßen wohl.

Allerdings tauchten auch Überschriften wie Rinder-Carpaccio und Tomaten-Bruschetta auf, mit denen ich nicht das Geringste anfangen konnte. Willkürlich wählte ich irgendwas.

Kay war inzwischen bei der Hauptspeise angekommen. »Ah, das klingt mal nicht so nach Schickimicki: *Steak vom Rind mit Pfefferrahmsoße und hausgemachten Kroketten.*« Dann verzog sie fragend das Gesicht. »Was zum Teufel sind Kroketten?«

»Im Prinzip so was wie frittierter Kartoffelbrei«, antwortete Jasmine, was uns wieder nur zum Schmunzeln brachte. Wer kam denn auf die Idee, Kartoffelbrei zu frittieren?

Kay schnalzte mit der Zunge. »Das nehme ich. Sieht vernünftig aus.«

»Ich kann mich nicht entscheiden!«, stöhnte ich.

Die Auswahl zwischen Fisch, Geflügel, Rind oder Schwein für den nächsten Gang war riesig. Auch hier gab es wieder die Möglichkeit, sich sein Gericht selbst zusammenzustellen. *Maishähnchenbrust mit Trüffelgnocchi, gerösteten Pilzen und Spitzkohl* klang zwar ganz nett, allerdings wusste ich nicht, was Trüffelgnocchi waren. Und aus dem Bild zu diesen Speisen wurde ich auch nicht schlauer.

»Wenn du was Gutes essen willst«, hörte ich Chris plötzlich neben mir, »dann nimm das hier.« Er hatte sich näher zu mir herübergebeugt und, ohne zu fragen – ha, als ob mich das wundern würde! –, mein Tablet bedient.

Ich spannte mich unbewusst an, als er mich mit seinem Ellbogen am Arm berührte. Schweigend überließ ich ihm die Kontrolle über meinen Hauptgang und konnte gar nicht wirklich erkennen, was er mir da bestellte.

Ich war nämlich viel zu sehr darauf konzentriert, die Kennung auf seinem Handgelenk zu betrachten, wie ich es bei meiner jeden Morgen tat und mir gleichzeitig erhoffte, sie würde auf wundersame Weise verschwinden. *F05212 …*

mehr konnte ich nicht lesen, da er seinen Arm wieder zurückzog.

Chris grinste nur zufrieden, als ich automatisch zum Dessert weitergeleitet wurde. »Du darfst dich gern später bei mir revanchieren.« Sein selbstbewusstes Zwinkern trieb mir die Röte auf die Wangen.

»Bring sie nicht immer so in Verlegenheit«, verteidigte Ben mich, zog mich aber gleichzeitig damit auf.

»Ich«, reagierte Chris, »bringe doch niemanden in Verlegenheit. Sie tut nur immer so, als müsste sie sich verstecken. Was an ihrem Kleid unschwer zu erkennen ist.«

»Was ist mit ihrem Kleid?«, fragte Ben gespielt nach.

»Man sieht kaum nackte Haut.«

»Ähm«, warf ich unsicher ein. »Könntet ihr bitte über etwas anderes reden?«

»Wieso?« Chris wandte sich mit einem scheinheiligen Grinsen an mich. »Nur, weil du mir halb nackt besser gefällst?«

»Jetzt lass den Blödsinn!«, meinte Jasmine beschützend und warf Chris einen warnenden Blick zu. »Dreh dich weg!«

»Das hier ist ein freies Land und ich genieße die Aussicht.«

»Komm schon, Alter. Lass sie in Ruhe«, verteidigte mich jetzt auch noch Ben.

Oh, wie es mich nervte, dass ich genau in diesem Augenblick meinen Mund nicht aufbekam und nur wie eine Bescheuerte auf mein Tablet starrte. Das Herz schlug mir bis zum Hals, als ich aus dem Augenwinkel sah, dass Chris mich immer noch beobachtete. Oder eher durchlöcherte? Er wartete auf eine Reaktion, aber ich wusste nicht, was ich tun sollte.

»Und wenn ich nicht will?«, fragte er, drehte sich dabei auf seinem Stuhl nun vollständig zu mir her und kam mit seinem Gesicht so nah an mich heran, dass ich gar nicht anders konnte, als seinen Blick zu erwidern.

Seine dunkelbraunen Augen begannen zu brennen. Zwar nur ganz leicht, aber ich erkannte trotzdem, dass die Flammen in ihnen tanzten. Neckisch. Verführerisch. Als gäbe es kein anderes Mädchen auf diesem Planeten, das er je mehr gewollt hätte als mich.

»Könntest du bitte woanders hinsehen?« Meine Stimme klang jämmerlich. Ich bekam meine Zähne kaum auseinander.

»Ungern.«

Ich zwang mich dazu wegzusehen. Es war so peinlich. Nicht nur, weil ich das Gefühl hatte, auf einmal von allen angestarrt zu werden. Sondern auch, weil ich mich nicht mal selbst wehren konnte.

Das wühlte mich innerlich plötzlich so auf, dass ich kurz davor war, einfach aufzustehen und aus dem Restaurant zu stürmen. Mir fiel Ryans Schnaps ein, aber diese Lösung erschien mir nicht besonders edel. Ich sollte ihn jetzt lieber noch nicht vergeuden.

»Du solltest die Crema Catalana mal probieren«, empfahl

mir Chris. In der Hoffnung, er würde dann verschwinden, wählte ich das Dessert aus und legte mein Tablet ein wenig zu schnell wieder zurück auf den Tisch.

»Willst du nichts trinken?«, meinte er auch noch.

»Nein.«

»Es ist noch ziemlich heiß heute. Du brauchst später vielleicht noch eine Abkühlung«, schlug er grinsend vor.

»Vielleicht.«

»Ich hätte da auch schon eine Idee«, fuhr er unbeirrt fort. »Aber die muss nicht jeder hören.«

Ohne dass ich damit gerechnet hätte, legte er seinen Arm auf meiner Stuhllehne ab und berührte mich dabei an der Schulter. Als er sich mir plötzlich wieder näherte, ging ich automatisch auf Abstand und erwiderte seinen Blick genauso verwirrt wie er meinen. Er schien überrascht, dass ich es doch tatsächlich wagte, vor ihm zurückzuweichen, zumal ich eigentlich nichts lieber wollte, als ihm noch mal so nah zu sein wie auf der Sportmatte.

»Willst du es nicht wissen?«, neckte er weiter.

»Nein.«

»Kannst du noch etwas anderes sagen? Außer nur *Nein*?«

»Nein.«

»Du bist ziemlich langweilig, weißt du das?«, informierte er mich mit amüsiert erhobener Augenbraue und vergrößerte endlich wieder den Abstand zwischen uns.

»Und du ziemlich aufdringlich.«

»Allerdings!«, mischte sich nun auch Jasmine wieder ein,

griff um mich herum und schubste Chris' Arm von meiner Stuhllehne. »Was ist los mit dir?«

Seine leicht brennenden Augen sprangen zu meiner Begleitung. »Alles bestens«, schnaubte er belustigt und entfernte sich tatsächlich von mir. Anschließend betrachtete er Kay, als hätte er sie gerade eben erst wirklich wahrgenommen. »Ich wusste gar nicht, dass du degradiert worden bist.«

»Spar dir deine Sprüche!«, konterte Kay.

»Aber es macht so viel Spaß.«

Jasmines Blick verdüsterte sich. »Malia, könnten wir kurz die Plätze tauschen?«

Nichts lieber als das. Bereitwillig erhob ich mich von meinem Stuhl und ignorierte, dass das für Aufsehen am ganzen Tisch sorgte; es war mir auch egal. Hauptsache, ich bliebe für den Rest des Abends von ihm verschont.

* * *

Froh darüber, dass das Essen größtenteils schweigend verlief, nutzte ich die Gelegenheit, mich bei Jasmine zu bedanken, als Chris und Ben nach dem Nachtisch aufgestanden und von der Dachterrasse verschwunden waren.

»Was ist denn bitte zwischen euch vorgefallen? So habe ich ihn wirklich noch nie erlebt«, meinte sie, während sie immer noch ihre Crema Catalana löffelte, die auch sie sich ebenso wie ich bestellt hatte.

Eins musste ich Chris wirklich lassen: Ich war froh, dass er sie mir empfohlen hatte, genauso wie den Hauptgang. Ich hatte noch nie etwas so Leckeres gegessen.

Ich ließ die Schultern hängen. »Keine Ahnung. Ich dachte immer, er würde alles angraben, was nicht bei drei auf den Bäumen ist, aber ...«

»Aber?«

»Keine Ahnung«, sagte ich wieder nur. »Ich versteh nicht, was er von mir will. Erst sagt er mir, ich soll mich von ihm fernhalten, und dann flirtet er ständig mit mir.«

»Er hat gesagt, du sollst dich von ihm fernhalten?«, wollte Jasmine verwirrt wissen, was mich glauben ließ, Chris hätte das zum ersten Mal zu einem Mädchen gesagt. Allerdings konnte Jasmine auch nicht alles wissen.

Ich nickte bloß und konnte nicht verhindern, dass meine Wangen zu glühen begannen.

»Ziemlich eindeutig sogar«, erzählte ich ihr. »Als wir vor ein paar Tagen beim Training die Letzten waren, hat er ... versucht, glaube ich, mich zu küssen, aber dann hat er es doch nicht getan.«

»Was?«

»Er hat mich nicht geküsst.«

»Nein, stopp mal. Chris würde nie widerstehen.«

»Hat er aber«, beharrte ich.

Jasmine beäugte mich kritisch. »Das verstehe ich nicht. Davon mal abgesehen solltest du dich auch nicht auf ihn einlassen.«

»Ihr kennt euch ein wenig besser, oder?«, fragte ich.

»Wir haben die meiste Zeit unserer Ausbildung miteinander trainiert. Ich habe früher angefangen und war auch früher fertig«, erklärte sie und klang dabei immer noch sichtlich verwirrt.

»Und dadurch seid ihr gute Freunde geworden?«

Jasmine hob skeptisch eine Augenbraue. »Ich habe dir doch schon gesagt, dass er nicht mein Typ ist.«

»Ich weiß.« Widerwillig musste ich lachen. »Ich meinte mit *Freunde* auch tatsächlich *Freunde*.«

»Dann ja. Mehr oder weniger. Manchmal ist es schwer, an ihn heranzukommen. Aber ich glaube, das ist ein reiner Schutzmechanismus. Als es mir für sehr lange Zeit nicht so gut ging, hat er täglich mit mir trainiert und mir so geholfen darüber hinwegzukommen.«

Kurz überlegte ich, ob ich sie darauf ansprechen sollte, belehrte mich dann aber eines Besseren und wechselte bewusst das Thema. »Was glaubst du, wieso man gerade ihm die Möglichkeit gibt, ein Ausbilder zu werden?«

»Hmm«, machte sie nachdenklich und überprüfte kurz, ob uns jemand belauschte. Doch jeder schien in seine eigenen Gespräche vertieft zu sein. »Ich denke, sie betrachten ihn als eine Art Vorbild. Er ist stark, hat Durchhaltevermögen und ist mutig. Und für die Regierung ist es eben die beste Propaganda, dass sich ein junger Mensch so ins Zeug legt und hinter dem steht, was er tut. Er ist nichts weiter als gute Werbung.«

»Du meinst, dass sie erreichen wollen, dass niemand mehr gegen die Gentherapie ist?«, schlussfolgerte ich. So lautete doch die Wahrheit, auf die sie indirekt hinwies?

Jasmine nickte. »Zumindest niemand von hier.«

Nachdenklich wandte ich den Blick wieder ab und kratzte mit meinem Löffel in der kleinen Porzellanschale rum.

»Weißt du, was ich glaube?«, begann ich erneut.

»Was denn?«

Jetzt lag es an mir, die Stimme zu senken. »Ich glaube, dass der Großteil der Soldaten einfach den Mund hält, um nicht getötet oder eingebuchtet zu werden.« Das würde man nämlich mit ihnen tun, wenn sie sich gegen das Gesetz stellen und die Ausbildung verweigern würden. »Und ich glaube auch, dass er dazugehört.« Unauffällig blickte ich auf Chris' leeren Platz, was Jasmine sofort verstand.

»Wie kommst du darauf?«

»Einmal meinte er zu mir, es wäre ein Fehler gewesen, die Therapie bei ihm gemacht zu haben. Und er ist sich sehr sicher, dass es Krieg geben wird. Fast schon zu sicher, wenn du mich fragst.«

Obwohl ich erkannte, dass Jasmine mir zustimmte, zögerte sie, mit mir darüber zu reden.

»Es gibt Gerüchte«, meinte sie schließlich wegwerfend und warf mir einen kurzen, aber eindringlichen Blick zu.

»Meinst du, er hat irgendetwas vor?«

»Was denn?«, fragte sie und grinste dabei. Meine Frage schien Jasmine bis aufs Äußerste zu amüsieren.

Mich irgendwie auch. Was für ein Unsinn, zu glauben, er könnte irgendetwas planen, das dem Land schadete!

Aber auch wenn er Christopher Collins war und die Welt ihm durch seine Mitgliedschaft in der Elite nahezu offenstand, war er kein heiliger Samariter.

»Ach, ich weiß auch nicht«, flüsterte ich. »Ich habe ein Gespräch mitbekommen, was mir ehrlich gesagt nicht ganz geheuer war.«

»Worum ging's da?«, fragte sie nach.

»Weiß ich nicht genau. Er wollte von jemandem wissen, wer ihm den Befehl gegeben hat. Aber wofür, weiß ich nicht.«

Jasmines Löffel verharrte kurz in ihrem Mund. Sie wirkte nachdenklich. »Ich weiß, was du jetzt denkst. Aber glaub mir, ich kenne Chris. Er liebt es, Soldat zu sein. Er würde einen Teufel tun, das aufs Spiel zu setzen«, sprach sie leise und lächelte mich aufmunternd an.

Ich zuckte mit den Schultern. »Ja, vermutlich«, stimmte ich ihr zu, obwohl ich mir ehrlich gesagt nicht so sicher war, ob es die Wahrheit war.

24

»Für euch gibt es heute mal einen kleinen Tapetenwechsel«, sagte Chris in dem Augenblick, als Kay und ich bei ihm und Ben ankamen. »Kommt mit!«

Mit der Befürchtung, eine halbe Weltreise zu unternehmen, folgten wir ihm schweigend durch den Flur, wo die Umkleidekabinen waren. Meine Stille war allerdings natürlich, Kays sowieso, aber bei Ben war das eher ungewöhnlich. Genauso, dass er immer noch humpelte. Die Sorgen um seinen Knöchel sah man ihm deutlich an.

Am Ende des Flures angekommen gingen wir durch eine verriegelte Tür, die Chris mit seinem Ausweis öffnete. Nachdem wir eingetreten waren, schloss er sie hinter uns.

Wir waren in einer Waffenkammer gelandet. Links von uns reihten sich eine Menge Pistolen, Gewehre, Messer, Wurfsterne und diverse weitere Waffen auf, die mir das Blut in den Adern gefrieren ließen. Ich erkannte Elektroschocker, Schlagstöcke, Handschellen – die typische Ausrüstung der Inneren Sicherheit.

Ich musste schlucken, als ich rechts von mir mehrere Schießstände sah. Deren Bahnen erstreckten sich über mindestens fünfzig Meter, weshalb ich die Zielscheibe am anderen Ende kaum erkennen konnte.

»Geil!«, rief Ben auf einmal aus und strahlte wie ein Honigkuchenpferd. »Wow! Heftig! Wann kann's losgehen?«

»Immer mit der Ruhe«, drosselte Chris Bens Temperament. »Ich habe den Raum den ganzen Tag für uns freigehalten. Du kannst dich später noch austoben, aber zuerst ein paar Regeln.« Chris lehnte sich mit der Hüfte gegen einen Schießstand und verschränkte die Arme vor der Brust.

»Aber beeil dich!«, gab Ben ungeduldig von sich.

»Klappe«, begann Chris und wechselte plötzlich wieder in die Tonlage des Lehrers, den wir alle bereits kennengelernt hatten. »Also, es kann immer mal wieder sein, dass eure Elemente im Kampf beeinflusst werden. Das Wetter reicht schon aus. Deswegen solltet ihr auch mit einer Waffe umgehen können. Wir fangen heute erst mal mit den Basics an.«

»Basics?«, fragte Ben verdutzt.

»Erst ausreden lassen«, ermahnte Chris ihn, »dann Fragen stellen. Ist das so schwer?«

»Schon kapiert«, gab sich Ben gezähmt.

»Hervorragend«, antwortete er sarkastisch und verdrehte die Augen. »Heute geht es noch nicht darum, dass ihr die goldene Mitte trefft. Lernt einfach erst mal die Waffen kennen. Und zu den Regeln hier: Niemand fasst unbeaufsichtigt eine Pistole an, verstanden? Ihr seid bei Weitem noch nicht in der Lage, eine Schusswunde zu verkraften. Pistolen und Gewehre nur unter meiner Aufsicht.«

Ich nickte brav, Kay zuckte nur die Schultern, und Ben starrte ihn an, als hätte er ihm gerade die größte Bestrafung seines Lebens erteilt.

»Damit du endlich Ruhe gibst, fangen wir an«, sagte er an den Dunkelblonden gewandt und stieß sich gleichzeitig von der hüfthohen Tischplatte ab. »Ihr zwei könnt euch schon mal das andere Zeug ansehen. Hinter der Wand stehen ein paar Puppen; da könnt ihr Messerwerfen üben. Aber wehe, einer von euch kommt mit 'ner Schnittwunde zu mir.«

Weil Chris sich wegdrehte, ehe wir antworten konnten, ließ ich es kommentarlos geschehen, dass Kay mich am Ellbogen packte und zum Waffenregal zog. Mit gespitzten Lippen wanderte ihr Blick über das Arsenal, während ich ehrlich gesagt weniger enthusiastisch war. Wenn Chris jeden von uns einzeln trainierte, bedeutete das, dass ich schon wieder mit ihm alleine sein würde; und die letzten Male waren nie gut für mich ausgegangen.

Nachdem Kay sich bedient hatte – offensichtlich für zwei –, folgte ich ihr nach nebenan. Drei puppenähnliche Attrappen standen ordentlich nebeneinandergereiht in der Mitte des Raumes. Eine von ihnen sah schon ziemlich angegriffen aus, was der Grund dafür war, dass Kay eine andere ansteuerte. Alle waren sie einen guten Kopf größer als ich und fast zwei Köpfe größer als Kay, was also ziemlich realistisch war.

»Okay, was sollen wir jetzt machen?«, fragte ich und betrachtete die Messer, die sie auf den Boden gelegt hatte.

»Was wir wollen«, lautete ihr Vorschlag, während sie sich ein Messer griff und mit dem Finger über die unscharfe Seite der Klinge fuhr. Das Grinsen in ihrem Gesicht sah leicht animalisch aus. »Nahkampf, würde ich sagen.«

Daraufhin drehte sie sich um und trat näher an eine Puppe heran. Ohne Vorwarnung schlug sie das Messer mit der Spitze voran in den Brustkorb und zog es sofort wieder heraus.

»Ob sich das in echt auch so komisch anfühlt?«

»Ich möchte es nicht testen«, erwiderte ich Kay.

»Schade.« Sie zuckte mit den Schultern und schlug erneut zu. »Probier mal.«

Mit einem Seufzen trat ich näher heran und hätte beinahe das Messer fallen lassen, das Kay mir gerade gegeben hatte. Ich hörte Schüsse und zuckte zusammen. Hastig drehte ich mich um. Natürlich wusste ich, dass die Schüsse von Ben kamen. Trotzdem regte sich etwas in mir. Panik. Übelkeit.

»Jetzt komm endlich her!«, forderte Kay und zog damit wieder meine Aufmerksamkeit auf sich. »Du darfst mal so richtig deine Wut rauslassen.«

»Aber ...« *Ich bin gar nicht wütend,* wollte ich eigentlich sagen, wurde aber von der Kleinen unterbrochen.

»Kein Aber. Mach jetzt!«

Seufzend legte ich den Kopf in den Nacken, als wollte ich der Puppe direkt in die Augen sehen. Allerdings gab es keine Augen. Der Kopf war, genauso wie der Rest des Körpers, mit einem schwarzen, eng anliegenden Stoff überzogen.

Auch wenn ich mich nicht gern dabei beobachten ließ, hob ich die Hand mit dem Messer und schlug es – offensichtlich mit viel zu wenig Elan – in die Brust der Puppe: Die Klinge steckte nicht mal bis zur Hälfte drin und wäre bestimmt wieder herausgefallen, wenn ich losgelassen hätte.

Bevor Kay auch nur einen Mucks von sich geben konnte, zog ich das Messer schnell heraus und probierte es noch mal. Ich achtete dieses Mal darauf, mehr Kraft aufzuwenden, aber ich schaffte es nicht wirklich weiter hinein.

»Komisch, oder?«, meinte sie. Dann trat sie auf einmal näher heran und drückte ihren Finger in den Stoff. »Also, wenn der keine Puppe wäre, hätte ich behauptet, dass er ein ordentliches Sixpack hat.«

Widerwillig musste ich über ihre Aussage kichern, ließ es aber sofort wieder bleiben, als sie mir einen bösen Blick zuwarf. Anscheinend war sie nicht gerne lustig.

Ich sagte nichts mehr dazu, sondern nahm ihr Angebot an, aus dem Training eine Art Wettkampf zu machen. Kay schlug vor immer abwechselnd zu werfen, und wer das Messer häufiger bis zum Griff hineindrücken konnte, würde gewinnen. Es ging um Ehre. Ehre und Respekt. Und eine Tüte Weingummi.

Ehrlich gesagt achtete ich gar nicht darauf, wie lange Chris und Ben mit den Schießübungen beschäftigt waren. Ich bekam es sogar kaum mit, dass beide auf einmal auftauchten und Ben und Kay die Plätze tauschten. Statt anschließend darüber nachzudenken, dass ich die Nächste und die Letzte sein würde, erklärte ich Ben, was wir in der vergangenen Stunde gemacht hatten. Dass Kay die Weingummis gewonnen hatte, verschwieg ich ihm besser.

Trotzdem veranstalteten wir einen kleinen Wettbewerb und trainierten auch die nächste Stunde. So lange, bis die Schüsse wieder verstummten und Chris und Kay zurückkamen.

Er blieb im Durchgang stehen, wobei sein Blick eindeutig auf Ben gerichtet war. »Du und Kay könnt schon gehen. Ihr seid für den Rest des Tages freigestellt.«

»Aber ich dachte, wir trainieren den ganzen Tag?«, fragte Ben, wobei die Enttäuschung in seiner Stimme kaum zu überhören war.

»Hab's mir anders überlegt. Verschwindet jetzt und am besten so, dass Zoé es nicht mitbekommt.«

* * *

Nachdem Ben und Kay tatsächlich gegangen waren – wobei die Kleine mir noch einen eindringlichen und mehr als eindeutigen Blick zugeworfen hatte –, folgte ich Chris wieder in den vorderen Bereich der Waffenkammer. In der Mitte des Raumes standen drei jeweils voneinander abgeschirmte Tische mit ein paar Schusswaffen darauf.

»Wir fangen leicht an«, sagte Chris in die angespannte Stille hinein und ging bereits zum linken Stand. »Komm mit.«

Ich folgte ihm mit zögerlichen Schritten. Vor diesem Moment hatte ich mich immer am meisten gefürchtet oder besser gesagt vor den Waffen, die mit jedem überwundenen Meter bedrohlicher auf mich wirkten.

Auf dem Tisch vor mir lag eine kleine, handliche Pistole, die dem Gewehr, das ich im Augenwinkel erkennen konnte, aber keine Konkurrenz machte. Froh darüber, dass Chris ebenfalls nicht daran dachte, mir ein so riesiges, mörderisches Ding in die Hand zu drücken, ließ ich es zu, dass er mich am Ellbogen zu sich heranzog. Dass sich seine Berührung nahezu in meine Haut brannte, als würde sie sich auf ihr verewigen wollen, verdrängte ich mit zusammengepressten Lippen. Mit ihm alleine zu sein und nicht zu wissen, woran man eigentlich war, fand ich unerträglich.

Schweigend beobachtete ich ihn dabei, wie er mit einem geschickten, kaum verfolgbaren Handgriff das Magazin aus der Waffe löste und sie mir anschließend hinhielt.

»Das ist eine P12, Halbautomatik«, erklärte er ungeachtet der Tatsache, dass ich seiner offensichtlichen Aufforderung, ihm die Pistole abzunehmen, nicht nachkam. Stattdessen richtete er sie so aus, dass ich einen besseren Blick darauf hatte. »Das da ist der Entspannhebel.« Er deutete auf einen kleinen Hebel oberhalb des Griffs. »Ich zeige dir gleich, was du damit machen musst. Zuerst aber die Munition.«

Ich nickte, damit er wusste, dass ich ihm folgte. Oder es zumindest versuchte.

Als er mir daraufhin die Waffe erneut entgegenstreckte,

verharrte er so lange, bis ich sie ihm endlich aus der Hand nahm. Obwohl sie nicht schussbereit war, gab sie mir das Gefühl, die Entscheidungsgewalt über Leben und Tod zu besitzen. Davon war ich meilenweit entfernt.

Immer wenn Chris meinen panischen Blick bemerkte, ignorierte er ihn. Bestimmt drehte er die Waffe in meinen Händen, damit ich von unten in den Griff hineinschauen konnte. »Da kommt die Munition rein. Nimm dir das Magazin.«

Ich kam zögernd seiner Aufforderung nach, hielt das Teil jedoch nervös in schweißnassen Händen. Da sich beides gleich mörderisch anfühlte, konnte ich nicht sagen, ob ich mehr Angst vor der Pistole oder vor der Munition hatte.

»Jetzt lade sie!«

»Wie?«

»Probier's aus.« Überrascht darüber, wie ruhig seine Stimme klang, kniff ich wieder die Lippen zusammen und warf kurz einen genaueren Blick auf das Magazin.

Bisher konnte ich mich nicht daran erinnern, dass Chris je so geduldig mit mir gesprochen hatte, wenn es um das Training gegangen war. Das machte es mir gerade umso schwerer, mich zu konzentrieren. Mit angehaltenem Atem schob ich schließlich die Munition in die Waffe hinein.

»Du kannst es wieder rausnehmen, indem du hier auf den Knopf drückst«, erklärte er mir.

Ohne auf seine Anweisung zu warten, betätigte ich den kleinen Schalter weiter unten am Griff und fing anschließend das Magazin mit meiner freien Hand auf. Gott sei Dank hatte ich nicht genug Zeit gehabt, mir Gedanken darüber zu machen, wie unsagbar schwer sich eine geladene Waffe anfühlte. Immerhin war das Elend fürs Erste vorbei.

Mein Gegenüber kommentierte meine nicht übersehbare Erleichterung mit einem leichten Kopfschütteln, grinste mich dabei aber unverfroren an. »Greif die Waffe mit beiden Händen und dreh dich zum Ziel!«, forderte mich Chris auf.

Er nickte leicht nach rechts, wo ich vorhin schon die Zielscheibe gesehen hatte, die inzwischen viel näher war. Ich konnte sogar die schwarzen Einschusslöcher erkennen, die ein erfolgreiches Training der beiden vorangegangenen Rekruten bewies. Leider war ich noch nicht davon überzeugt, ihrem Beispiel in Kürze folgen zu können.

Als Chris noch einen Schritt näher an mich herantrat, fühlte ich Gänsehaut im Nacken und entlang der Wirbelsäule. In dem Versuch, sie zu ignorieren, reagierte ich zu spät. Er drückte sogleich von unten gegen den Lauf meiner Waffe und richtete sie leichthändig auf das Ziel aus.

»Keine Sorge, wenn du jetzt schießt, wirst du nicht mal viel davon merken«, erklärte mir Chris, wobei er immer noch auf die kreisrunde Scheibe sah. »Wenn du so weit bist, drück den Hebel dort runter, bis er einrastet. Erst dann kannst du loslassen. Andernfalls – wäre sie denn geladen – löst sich gleich der Schuss.«

Mutiger, weil eigentlich nichts schiefgehen konnte,

drückte ich den Entspannhebel nach unten und ließ ihn erst wieder los, als ich den besagten Druckpunkt spürte. »Und jetzt?«

»Abdrücken!«

Fragend suchte ich seinen Blick, doch da er mich bloß auffordernd ansah, schluckte ich das ungute Gefühl hinunter und konzentrierte mich auf die Pistole in meinen Händen. Mit einer mir unbekannten Entschlossenheit legte ich den Zeigefinger auf den Abzug und löste ihn einfach aus.

In panischer Erwartung, einen lauten Knall zu hören, kniff ich instinktiv meine Augen zusammen – allerdings völlig umsonst. Es erklang gerade mal ein leises Klacken, das die leere Waffe damit verhöhnte.

Chris' Augen, die plötzlich auf meine gerichtet waren, hatten in etwa dieselbe Wirkung. »Das hast du gerade nicht ernsthaft getan.« Vorwurfsvoll zog er die Augenbrauen hoch, weshalb ich mir auf einmal wünschte, es würde sich direkt unter mir ein Loch auftun. »Wenn ich nicht so ein Mitleid mit dir hätte, würde ich jetzt ein paar andere Saiten aufziehen, Prinzessin, aber so ... zur Strafe gleich noch mal mit geöffneten Augen! Und halt den Abzug anders, nur mit der Fingerspitze, nicht mit dem kompletten Zeigefinger!«

In der Hoffnung, nicht rot anzulaufen, weil ich alles falsch machte, was man falsch machen konnte, zog ich den Finger leicht zurück, so dass tatsächlich nur noch die Fingerkuppe auf dem Abzug lag. Doch auch das schien ihn nicht wirklich zufriedenzustellen.

Er seufzte demonstrativ. »Wieder ein Stück nach vorn. Könnte ziemlich beschissen enden, wenn du abrutschst.«

Bevor ich selbst reagieren konnte, schob er meinen Finger zurecht und ahnte nicht, was er damit in mir auslöste. Klar, er war dafür bekannt, dass ihm jedes Mädchen zu Füßen lag, aber gerade tat er so, als würde er wirklich nicht mitbekommen, dass mich seine Berührungen total aus dem Konzept warfen. Oder er machte es mit Absicht, was wohl wahrscheinlicher war.

Ich war überrascht, dass ich es daraufhin überhaupt schaffte, die Waffe erneut zu spannen und abzudrücken, ohne die Augen zu schließen. Weil ich aber das Gefühl hatte, auf diese Weise meine Nervosität abschütteln zu können, wiederholte ich den Vorgang gleich ein paarmal und war sogar ein bisschen stolz auf mich, als ich nicht mal mehr mit der Wimper zuckte, wenn ich schoss.

Leider hatte ich die Rechnung ohne Chris gemacht, der mir angesichts meines Erfolges wieder das Magazin hinhielt. »Meinst du, du kriegst das hin?«

»Ähm«, druckste ich krächzend herum, weil ich bisher so gut wie kein Wort herausgebracht hatte. »Ich weiß nicht.«

»Willst du's ausprobieren?«

Hatte ich denn eine andere Wahl? »Ich versuch's.«

»Dann lad die Waffe und visier wieder die Zielscheibe an«, befahl er sanft und wartete darauf, dass ich ihm das Magazin aus der Hand nahm.

Ich schämte mich dafür, dass ich so lange brauchte, um

danach zu greifen. Schließlich waren wir hier in einem abgeschlossenen Raum, wo ich niemanden verletzen konnte. Es würden einige unerwartete Zufälle gleichzeitig passieren müssen, wenn ich es schaffen sollte, Chris oder sogar mich selbst zu verletzen. Außerdem sollte ich *den Teufel nicht zu früh an die Wand malen*, wie Sara immer sagte … vielleicht war es ja leichter, als es aussah.

Ich nickte, als würde ich mir damit selbst Mut zusprechen, atmete tief durch und griff schließlich nach der Munition. Irgendwie würde ich das schon hinkriegen. Ich konnte, ich musste und ich würde.

Mit ungewohnter Entschlossenheit schob ich das Magazin in die Pistole und lauschte auf das leise Klicken, ehe ich sie erneut auf das Ziel richtete.

25

Chris ließ mich einen Moment ausprobieren, was ich zu lernen hatte, drückte dann aber den Lauf wieder selbst zurecht. Er musste verdammt gute Augen haben, um von der Seite aus abschätzen zu können, wohin ich schießen sollte.

Ich wollte schon den Hebel spannen, als seine Stimme wieder erklang und meinen Übermut mit einem Schlag zunichtemachte.

»Was soll das werden?«, fragte er skeptisch.

»Äh ... ich schieße?«

Missbilligend schüttelte er den Kopf. »Das ist nicht so einfach, wie du denkst, Malia.«

Dass ich nicht im Geringsten daran dachte, das hier wäre einfach, behielt ich für mich.

Als Chris auf einmal näher kam, blieben mir die Worte im Hals stecken. Ich ahnte bereits, was er vorhatte: in meinen Augen absolut nichts Gutes.

Am Rande meines Blickfelds beobachtete ich ihn dabei, wie er sich hinter mich stellte. »Und hör verdammt noch mal auf Angst hiervor zu haben.« Angst vor ihm oder vor der Pistole in meinen Händen? »Es ist kein Problem, wenn du Respekt vor einer Waffe hast, aber es ist eins, wenn du sie über deine Angst bestimmen lässt.«

Wenn er bloß wüsste, dass seine Nähe der eigentliche Grund war, warum ich inzwischen leicht zitterte und es mich große Überwindung kostete, die Waffe überhaupt gerade zu halten. Benommen schüttelte ich den Kopf und räusperte mich. »Es geht schon. Ich schaff das«, versicherte ich ihm.

»Gut. Du solltest noch einen Hörschutz tragen«, meinte er und griff an mir vorbei, um sich ein kopfhörerähnliches Ding vom Tisch zu nehmen. Bevor er es mir aufsetzte, sagte er noch: »Wenn du den Abzug drückst, wirst du einen Rückstoß spüren, aber ich helfe dir.« Dann schob er mir auch schon den Bügel über den Kopf, so dass meine Ohren komplett verdeckt waren. Seine Worte hallten mir dennoch wie eine der gefürchtetsten Hiobsbotschaften in den Ohren wider.

Obwohl sofort klar war, was er mit *ich helfe dir* gemeint hatte, begann mein Herz zu rasen, als er seine rechte Hand über meine legte. Kurz wartete ich darauf, dass auch seine linke folgte, allerdings rührte er sich nicht mehr.

Seine Nähe, dieses unüberhörbare Knistern, beeinträchtigte meine Konzentration zu sehr. Er wusste es. Ich wusste es. Trotzdem tat niemand von uns etwas, um mir das Denken zu erleichtern. Er vermutlich, weil er sah, was er mit mir anrichtete, und es genoss, mit mir zu spielen. Ich hingegen war dumm und unfähig seine Warnung ernst zu nehmen und ihm aus dem Weg zu gehen. Mein Herz ließ es nicht zu; es hoffte zu sehr, Chris wäre mir genauso gern so nah wie ich ihm.

Als ich die Fingerspitze auf den Abzug legte, atmete ich noch einmal tief ein, jedoch nicht wieder aus. Bevor ich abdrückte, bereitete ich mich auf den Rückstoß vor, indem ich mich komplett versteifte – dann knallte es auch schon. Trotz Hörschutz war es so ohrenbetäubend laut, dass ich überzeugt davon war, meine Angst hätte ihre Finger im Spiel. Chris, der nicht mal zusammenzuckte, sondern nur gegen den Ruck arbeitete, der durch meinen Körper gehen wollte, verstärkte den Gedanken.

Da meine Augen dieses Mal vor Schreck und Anspannung weit aufgerissen waren, erkannte ich mit einem gewissen Stolz, dass ich die Zielscheibe am äußeren Ring getroffen hatte. Die Stimme der Vernunft wollte mir zwar einbläuen, dass Chris derjenige war, der eigentlich für meine spontane Treffsicherheit gesorgt hatte, doch ich ignorierte sie.

Stattdessen war mir viel zu bewusst, dass Chris seine Hand von meiner nahm, wodurch auch das Siegesgefühl verschwand. Der Hörschutz folgte nur eine Sekunde später.

»Leg mal die Waffe weg«, forderte er mit einem merkwürdigen Unterton, dachte jedoch keinen Moment daran, mir wieder etwas mehr Freiraum zu verschaffen.

Vorsichtig, so, als könnte sich versehentlich ein weiterer Schuss lösen, legte ich die Pistole auf dem Tisch vor mir ab. Der Druck, der daraufhin von mir abfiel, befreite auch gleichzeitig jede Pore meines Körpers und ließ mich endlich wieder aufatmen.

»Und jetzt?«

»Drehst du dich um.«

Ich versteifte mich für einen Moment, weil ich wusste, dass er weiterhin so dicht hinter mir stand, dass ich mir einbildete die Wärme seines Körpers wahrzunehmen.

Obwohl ich mich gern geweigert hätte seiner Aufforderung nachzukommen, hörten meine Beine nicht auf mich und drehten mich halb um meine eigene Achse. Nur auf meinen Oberkörper war Verlass, der sich gerade so weit zurücklehnte, dass mein Ellbogen Chris knapp verfehlte.

Das erste Mal, seit wir hier standen, sah er mir länger als ein paar Sekunden in die Augen – so intensiv, dass selbst das Blinzeln zum Leistungssport wurde.

Etwas leuchtete in seinen Augen auf, das ich nicht definieren konnte. »Sag mal, wie weit bist du mit deinen Übungen?«

»Mein Feuer?«

Er nickte.

»Geht so«, gestand ich offen, bereute es aber sofort, als er unzufrieden seine Lippen zusammenpresste. Ehrlich gesagt hatte ich außerhalb des Elementtrainings kaum geübt, weil ich danach immer zu müde gewesen war. Und wenn es mal einen Tag gegeben hatte, an dem das nicht der Fall gewesen war, hatte ich es vergessen. Im Training mit den anderen war ich bislang eine ziemliche Niete gewesen.

»Habe ich mir gedacht.« Er hob vernichtend eine Augenbraue. »Du hast es gerade auf mich losgelassen.«

Ich erwiderte seinen Blick verwirrt, weil ich mich nicht daran erinnern konnte, das gewohnte Kribbeln in den Fingern gespürt zu haben. »Das wollte ich nicht.«

»Ja, auch das habe ich mir gedacht«, sagte er, wobei sich das Funkeln in seinen Augen allmählich als versteckte Wut entpuppte. »Gib mir deine Hand.«

»Wieso?«

»Frag nicht. Gib sie mir einfach.« Bevor ich mich überhaupt einen Millimeter rühren konnte, nahm er sie sich.

»Was soll das denn?«, wollte ich etwas zickiger als beabsichtigt wissen und hätte am liebsten die Hand sofort wieder weggezogen, doch natürlich ließ Chris das nicht zu. Stattdessen verstärkte er entschlossen seinen Griff, was ein merkwürdiges Gefühl in mir auslöste. Seine Haut war eiskalt und rau und damit so ganz anders, als ich es von einem Feuersoldaten erwartet hatte.

»Du verstehst es nicht, oder?«, fuhr er mich leicht genervt an. »Mir macht es nichts aus, wenn du es bei mir anwendest. Wir sind gleich. Aber hast du mal darüber nachgedacht, was passiert, wenn du einen normalen Menschen damit berührst?«

»Nein«, gab ich kleinlaut zu und zog den Kopf ein. Allein die Vorstellung, ich könnte meinen Eltern oder Aiden wehtun, ohne dass ich es wollte, bereitete mir Kopfschmerzen.

»Es kommt drauf an, wie viel Kraft du aufwendest. Das eben war nicht so schlimm. Was trotzdem nicht bedeutet, dass es ungefährlich war.« Er sah mich eindringlich an. »Du kannst damit jemanden umbringen, Malia, ist dir das bewusst?«

Bisher hatte ich nie darüber nachgedacht, dass ich unabsichtlich jemanden verletzen oder sogar töten könnte. Es jetzt zu wissen machte es nicht besser – eher schlimmer.

Ich nickte steif. »Warum hast du mir das nicht vorher gesagt?«

»Das versuche ich euch doch die ganze Zeit weiszumachen«, lautete sein ironischer Kommentar zu meiner Frage. Dann drückte er auffordernd meine Hand und legte den Kopf ein wenig schief, was mein Herz zum Stolpern brachte. »Und jetzt hast du die offizielle Erlaubnis, dein Feuer zu benutzen.«

Daraufhin blinzelte ich ihn perplex an. Hätte ich nicht gewusst, dass ich ihm nicht wehtun konnte, hätte ich ihn gefragt, ob er sie noch alle beisammenhatte – vorausgesetzt, ich bekäme es überhaupt hin. Schließlich hatte mich die Vergangenheit gelehrt, dass ich zu schwach war, wenn er mir körperlich nahe kam.

»Gut«, murmelte ich leise in mich hinein und musste den Blick abwenden. Ich konnte ihm nicht länger in die Augen sehen, ohne zu vergessen, wie man überhaupt atmete.

Chris stand viel zu dicht vor mir, sperrte mich förmlich ein, weshalb er mir eine Flucht unmöglich machte.

Nach rechts oder links hätte ich vielleicht noch ausweichen können. Allerdings hätte er nur den Bruchteil einer Sekunde gebraucht, um mich wieder einzufangen.

Als ich hörte, wie er Luft holte, sah ich automatisch wieder hoch und ließ das Schaudern, das seine funkelnden Augen in mir auslösten, einfach über mich ergehen.

»Malia«, sagte er leise, aber fest, wobei sich seine Lippen nur minimal bewegten.

Die Flammen tanzten hinter seinen Pupillen schon wieder. Sie provozierten mich, wollten mich verführen und mir gleichzeitig Angst machen. Wieso, wusste ich nicht. Ich wusste überhaupt nichts mehr, wenn er mich so ansah.

Mein Fehler war, dass ich den Blick nicht abwenden konnte. Ich rannte in mein Verderben und konnte es nicht verhindern.

»Worauf wartest du?«, fragte er.

Ich erwiderte nichts. Egal welche Worte auch immer ich versucht hätte in Sätze zu verpacken, ich wäre gnadenlos und peinlich stotternd gescheitert. Und das bloß, weil mein Körper einfach nicht mit seiner Nähe klarkam. Mein Herz am wenigsten, denn es schlug so schnell wie die Flügel eines Kolibris in meiner Brust, dass ich mir einbildete das dumpfe Echo meines Pulses zu hören.

Nur deswegen war ich so darauf konzentriert, mich wieder zu beruhigen, dass ich nicht mal wahrnahm, ob ich mein Feuer benutzte oder nicht. Ich fühlte nichts – nichts außer Chris' Hand in meiner, deren Griff plötzlich fester wurde.

»Okay«, kam es gepresst über seine Lippen, während er den Blick nicht von mir abwenden konnte. Mir ging es nicht anders. Seine unheimlich faszinierenden Augen hatten mich gefangen genommen und dachten keine Sekunde daran, mich freizugeben. »Hör wieder auf.«

Ich würde ja gern, hätte ich am liebsten geantwortet, aber ich bekam die Lippen nicht auseinander. Genauso wie der Rest meines Körpers schienen sie den Geist aufgegeben zu haben. Mit vergeblicher Mühe versuchte ich meine Hand von seiner zu lösen, doch er hielt sie einfach zu fest umklammert.

Plötzlich schob er mich nach hinten – mein erschrockenes Keuchen beachtete er überhaupt nicht – und presste mich gegen die Tischkante, kesselte mich vollkommen mit seinem Körper ein. Er sah auf mich herab, als müsste er sich zusammenreißen nicht auf mich loszugehen. Dass das Feuer in seinen Augen stärker wurde, konnte nur bedeuten, dass er mit seinem eigenen Element versuchte dagegen anzukämpfen. Nur wusste ich nicht, gegen was überhaupt.

»Malia«, warnte er mich dieses Mal nachdrücklicher. Er biss verkrampft die Zähne zusammen, was auch der Grund war, wieso ich schlagartig Angst vor ihm bekam. Mein Herz hämmerte von einer Sekunde zur anderen gegen meine Rippen – von der Leichtigkeit des Kolibris war nichts mehr zu spüren.

Er war ein fast ausgebildeter Soldat. Er war stärker als

ich, er musste stärker sein als ich. Er musste das doch irgendwie aufhalten können!

Aber das tat er nicht.

Und ich konnte es nicht.

Ich konnte nur noch daran denken, wie er sich an mich drückte, wie er mich mit den Flammen in seinen Augen ansah und den Blick genauso wenig abwenden konnte wie ich. Mein Puls raste inzwischen so unkontrolliert, dass ich befürchtete das Bewusstsein zu verlieren.

Die Berührung seiner Hand in meiner war schmerzhaft, brennend und verwirrend zugleich. Noch verwirrender war, dass ich ihn nicht mal aufhalten wollte, als ich seine freie Hand in meinem Rücken spürte. Dass ich deswegen überrascht und gleichzeitig erstickt nach Luft schnappte, hinderte ihn nicht daran, mich noch enger an seine Brust zu drücken. Schmerzhaft bohrten sich unsere ineinander verschränkten Hände in mein Schlüsselbein. Als er merkte, dass es mir wehtat, löste er endlich unseren Griff.

Für einen winzigen Augenblick schoss mir die Frage durch den Kopf, wie er es so plötzlich schaffte, meine Kraft zu unterbinden. Doch das interessierte mich nur für einen ganz kurzen Moment. Meine Gedanken verstummten, als sich seine Hand sanft, aber bestimmend auf meine Wange legte.

Instinktiv hielt ich die Luft an und hoffte, mir würden meine weichen Knie nicht wegknicken.

»Was ist bloß so anders an dir?«, wisperte er leise und kam mir dabei so bedrohlich und schwindelerregend nah, dass ich seinen Atem auf meinen leicht geöffneten Lippen, auf meiner Wange spürte.

Er war viel zu nah – nur interessierte mich das nicht. Mich interessierte überhaupt nichts mehr.

Als Chris auch das letzte bisschen Abstand zwischen uns zunichtemachte und ich seine Lippen auf meinen spürte, brach mir der Boden unter den Füßen weg.

Ich fiel und fiel und fiel und es war mir vollkommen egal. Egal, ob ich mir beim Aufprall sämtliche Knochen brechen würde. Egal, ob ich niemals aufhören würde zu fallen. Egal, ob mein Herz den Sprung in die Tiefe nicht überleben würde. Noch tat es das. Es schlug so schnell in meiner Brust, als hätte es die ganze Zeit genau hierauf gewartet.

Ohne dass ich wusste, was ich eigentlich genau tun sollte, erwiderte ich den Druck seiner Lippen und somit einen Kuss, wegen dem ich mit Sicherheit durch die Hölle gehen würde.

Eigentlich hätte mich alles hiervon abhalten sollen, aber selbst wenn er mich nicht so fest an sich gedrückt hätte, wäre mir die Gegenwehr nicht gelungen.

Ich war wie gelähmt und mein Verstand ausgeschaltet. Mein Körper, der gefangen von seinen Berührungen, seinen Lippen war, dem Feuer, das sich quälend langsam einen Weg durch meinen Kreislauf bahnte, übernahm ungefragt die Kontrolle.

Als sich seine Hand langsam in meine Haare schob und sich darin festkrallte, raste ein Schauer meine Wirbelsäule hinab. Er hielt mich so fest, als würde er davon ausgehen, ich könnte mich befreien. Aber nicht mal im Traum hätte ich das hier enden lassen wollen, obwohl seine Lippen wie Eis auf meinen brannten.

Er wusste genau, was er tat. Und einen Moment lang war ich davon überzeugt, dass er noch nie ein Mädchen so geküsst hatte, wie er mich gerade küsste. Es war so anders, als ich erwartet hatte. Einerseits spürte ich den deutlichen Widerspruch darin, weil wir nicht tun sollten, was wir gerade taten. Andererseits fühlte es sich so richtig an. So verdammt richtig, dass ich nicht aufhören wollte.

Chris sah das offensichtlich anders.

Als er auf einmal zusammenzuckte, glaubte ich aus meiner Trance aufzuwachen. Ehe ich es begriff, zog er seinen Kopf zurück und drückte sich so heftig vom Tisch hinter mir ab, dass er einige Schritte zurückstolperte.

Er ist ein Soldat, sagte eine leise, nüchterne Stimme in meinem Kopf, der ich jedoch kaum Beachtung schenken wollte. Doch sie ließ nicht locker. *Soldaten stolpern nicht.*

Chris schüttelte benommen den Kopf, als ob er nicht verstehen konnte, was gerade passiert war. Womit wir zu zweit waren. Ich verstand es nämlich genauso wenig.

Während ich teils erschrocken, teils fragend seinen Blick erwiderte, fühlte ich mich alles andere als Herr meiner Sinne; vielmehr so, als hätte ich eine Vase zerbrochen und müsste jede einzelne ihrer Scherben einsammeln, um sie wieder zu einem Ganzen zusammenzusetzen.

»Tu das nie wieder!«, fuhr er mich an, wobei er sich wütend die Haare raufte.

»W-was?«, stotterte ich schwach, weil ich die Welt nicht mehr verstand. War er nicht derjenige, der mich gerade geküsst hatte?

Als sich sein Gesichtsausdruck verdüsterte, bereute ich etwas gesagt zu haben. »Nie. Wieder«, wiederholte er grob und kam erneut näher. Da er größer und zudem unglaublich wütend war, fühlte ich mich unter seinem niederschmetternden Blick wie ein Insekt, das er so schnell wie möglich loswerden wollte. »Halt dich von mir fern, verstanden?«

Mein Herz wollte den Kopf schütteln, aber mein Verstand war immer noch so fassungslos, dass ich einfach nur nickte.

Chris bohrte seinen flammenden Blick direkt in meinen. »Ich werde dich kein drittes Mal vor mir warnen, Prinzessin.«

26

»Geh jetzt«, sagte er schließlich, als ich mich immer noch nicht gerührt hatte. Ich konnte es einfach nicht. Er hatte mich jetzt schon zum dritten Mal aufgefordert ihm nicht zu vertrauen. Und was tat ich?

Ich küsste ihn. Er küsste mich. Wie auch immer.

Ich wollte ehrlich sein: In mir herrschte ein Chaos, mit dem ich nicht gerechnet hatte und das ich nicht zu beseitigen wusste. Ich hatte keinen gottverdammten blassen Schimmer, wie ich das anstellen sollte.

»War daran jetzt irgendetwas unverständlich?«

Ich würde zu gern behaupten, dass seine Stimme freundlich klang, aber ich hatte eher das Gefühl, dass er von Sekunde zu Sekunde wütender wurde.

»Nein, es war klar und deutlich«, erwiderte ich nur leise, ohne ihn anzusehen. Gleich daraufhin setzte ich mich in Bewegung, um weitere Blamagen zu vermeiden.

Ich sollte einfach so tun, als wäre nichts passiert. Das machte man doch so, wenn man nicht wusste, wie man mit einer Zurückweisung umgehen sollte, oder? Zumindest war das in Filmen immer so.

Um den Raum überhaupt verlassen zu können, musste ich direkt an ihm vorbeigehen, was meinen Puls vollkommen aus dem Rhythmus warf. Das hatte er bestimmt geplant.

Während er mir noch vor einigen Tagen zugestanden hatte, dass ich eine Art Experiment für ihn war, eine persönliche Herausforderung, glaubte ich jetzt nicht mehr, dass das nur an meinem Element und seiner Ausbildung lag.

Diese Übung eben gerade hatte nämlich eine nicht wieder rückgängig zu machende Grenze überschritten.

Aber was wollte er dann überhaupt von mir? Wieso hatte er mich geküsst und war jetzt so wütend, als hätte ich etwas Furchtbares getan?

War es, weil ich ihm etwas bedeutete?

Als wir auf einer Höhe waren, packte er mich plötzlich am Oberarm und hielt mich auf. »Bilde dir nichts darauf ein, kapiert?«, verlangte er kühl von mir. Und tatsächlich fühlte sich der Raum binnen Sekunden um einige Grade eisiger an.

Mein Blick verdüsterte sich. Ich hatte genug Filme gesehen, um zu wissen, was sein Satz eigentlich bedeuten sollte. »Wenn du es bereust, kannst du das auch einfach sagen«, entgegnete ich ihm.

»Tue ich nicht«, antwortete er, und ich hatte sogar das merkwürdige Gefühl, dass er dabei nicht einmal log.

Wie konnte er mich so behandeln und dann auch noch behaupten, er würde es nicht bereuen, mich geküsst zu haben?

Stimmt, er war ja dafür bekannt, nichts anbrennen zu lassen.

»Was willst du dann von mir?«

»Nicht das Geringste.«

»Gut, dann lass mich gehen.«

Abrupt, beinahe so, als wäre er derjenige, der sich an mir verbrannt hatte, ließ er mich los.

Ob es Einbildung war oder ich schon wieder mein Feuer auf ihn losließ, ohne dass ich es mitbekam, wusste ich nicht. Nachdem er mich losgelassen hatte, war es mir auch relativ egal. Ich wollte nur noch so schnell wie möglich weg von hier und vergessen, was ich getan hatte. Vergessen, dass ich Christopher Collins an mich herangelassen hatte.

Während Ryan und Boyle mich nach Hause fuhren, wechselte ich kein Wort mit ihnen. Ich war immer noch zu schockiert, zu wütend und zu enttäuscht von mir selbst. Außerdem hätte es mich noch mehr gestört, wenn ich meine Wut an den beiden ausgelassen hätte. Sie konnten doch nichts dafür. Das war alles meine Schuld.

Hatte ich wirklich geglaubt, der Kuss hätte etwas zu bedeuten? Er wollte mich vor sich schützen und er war mein Ausbilder, verdammt. Er hatte diesen Platz ganz sicher nicht bekommen, damit er sich noch mehr Mädchen anlachen konnte. Vor allem nicht solche dummen, naiven und willigen wie mich.

Wenn ich wenigstens gewusst oder verstanden hätte,

wieso er so wütend geworden war. Er hatte doch sonst auch nie ein Problem damit gehabt, irgendwelche Mädchen zu küssen – was er auch gern in der Öffentlichkeit tat.

Wir waren hinter geschlossenen Türen gewesen. Es konnte also nichts damit zu tun haben, dass es ihm peinlich gewesen war.

Ich sollte aufhören mir darüber den Kopf zu zerbrechen und lieber daran arbeiten, ihn ganz schnell wieder aus meinen Gedanken auszusperren.

Ich fing damit an, indem ich Boyle bat mich schon bei Saras Haus rauszulassen, was er dann auch tat. Ich schulterte schnell meinen Rucksack und war schon drauf und dran, aus dem Wagen zu steigen. »Ihr müsst nicht auf mich warten«, versuchte ich mich schnell zu verabschieden.

Ryan drehte sich auf dem Sitz um. »Eigentlich verstoßen wir damit gegen Paragraf 34 Absatz 1e. *Niemals das Küken alleine nach Hause gehen lassen.*«

»Das hast du dir gerade ausgedacht«, gab ich zurück.

»Fast«, erwiderte Ryan. »Den Paragrafen gibt es wirklich. Er behandelt nur irgendwas anderes, keine Ahnung. Aber in der Verordnung steht auch, dass wir dich nicht aus den Augen lassen dürfen.«

Ich verzog fragend das Gesicht. »Ihr campiert doch auch nicht vor unserem Haus?«

»Na ja ... so ist das jetzt nicht ...« Er kratzte sich am Hinterkopf.

Boyle trommelte ungeduldig auf das Lenkrad.

»Also?«, drängelte ich.

»Gut, du darfst den Rest alleine gehen, aber pass trotzdem auf dich auf.«

»Mach ich, Daddy.« Ich konnte nicht anders. Es musste sein. »Bis morgen früh«, verabschiedete sich Ryan von mir. »Grüß Sara und deine Eltern. Und nicht vergessen: Um einundzwanzig Uhr ist Schlafenszeit. Du musst fit fürs Training sein.«

Ich nickte noch schnell und sprang aus dem höher gelegenen Wagen. Mit einem Rums knallte ich die Tür zu und ging schnellen Schrittes auf das Gartentor von Saras Familie zu.

»Malia!«, rief Ryan noch aus seinem geöffneten Fenster und winkte mir zu. »Daddy hat dich lieb!«

Ich verdrehte nur lachend die Augen und setzte meinen Weg fort, wobei mir die gute Laune allerdings schnell verging. Vor der Veranda zögerte ich und fragte mich, wie Sara auf mich reagieren würde.

Irgendwie fühlte ich mich komisch. Eigentlich konnte sie mit Problemen immer zu mir kommen. Aber dass sie es dieses Mal anscheinend nicht tat, verletzte mich. Egal was es sein würde, ich wäre für sie da. So wie sie für mich.

Etwas unsicher betrat ich die Veranda und drückte schnell die Klingel, bevor ich es mir anders überlegen würde. Sara war meine beste Freundin und ich würde für sie da sein – auch wenn ich selbst dringend jemanden zum Reden hätte brauchen können.

Saras Mom öffnete mir und lächelte mich mit einer fast zu übersehenden Traurigkeit an.

»Hallo Malia, schön dich zu sehen«, begrüßte sie mich standardmäßig und ließ mich eintreten. »Sara ist oben. Soll ich euch etwas bringen? Wasser, Tee?«

Nach Tee roch es schon. Es hing ein angenehmer Duft von Orangen und Nelken in der Luft, der mich an Weihnachten denken ließ. Dabei war Hochsommer. Gut, auch im sogenannten Winter war es kaum kälter als fünfzehn Grad.

»Nein, danke. Wenn wir etwas brauchen, sage ich dir Bescheid«, lehnte ich ab, weil Sara sowieso meistens etwas zu trinken in ihrem Zimmer aufbewahrte, und erwiderte dabei ihr Lächeln.

Die Sorgenfalten bildeten tiefe Furchen in ihrem Gesicht. Ein paar blonde Strähnen hatten sich aus ihrem Dutt gelöst, die sie sich nun hinters Ohr schob.

»Ja, das ist wohl das Beste«, antwortete sie unsicher und wischte sich die Hände an ihrem T-Shirt ab. Sie wirkte nervös, aber ich wollte nicht unhöflich sein und nach dem Grund dafür fragen.

Daher lächelte ich wieder nur und ging nach oben in Saras Zimmer. Allerdings war die Tür geschlossen, was so selten vorkam, dass ich davor stehen blieb und sie kurz unschlüssig betrachtete.

Dann klopfte ich zaghaft.

Ich wartete, konnte aber nicht genau sagen, wie lange eigentlich. Es kam keine Antwort von ihr, aber wenn sie nicht da gewesen wäre, hätte ihre Mom mir Bescheid gesagt. Vielleicht schlief sie ja?

Leise öffnete ich ihre Zimmertür und spähte in den spärlich beleuchteten Raum. Es fiel nur etwas Licht durch die halb geöffneten Vorhänge.

Sara lag zusammengekugelt in ihrem kleinen Bett, ein Kissen unter den Kopf gepresst. Für einen kurzen Moment hatte sie die Augen noch geschlossen, doch dann hob sie die Lider und begann zu blinzeln. Anscheinend hatte sie wirklich geschlafen. Aus diesem Grund schob ich die Tür leise mit einem Fuß wieder zu und schlich zu ihr. Es dauerte noch einen Moment, bis Sara ganz wach war, aber schließlich setzte sie sich schweigend auf und nahm erst mal einen tiefen Schluck aus ihrer Wasserflasche.

Ich sank ungefragt neben ihr aufs Bett. Sara und ich waren seit Kindesalter miteinander befreundet, doch auf einmal schien es ihr nicht zu gefallen, dass ich auf ihrem Bett saß. Ich sah kein bisschen Wiedersehensfreude in ihrem Gesicht – ganz im Gegenteil.

Nachdem Sara die Flasche wieder weggestellt hatte, ging sie meinem fragenden Blick aus dem Weg. Wir hatten nicht mal Hallo zueinander gesagt; hätte auch nicht gepasst.

»Was ist denn los?«, fragte ich stattdessen mit einem sanften Unterton in der Stimme. Sie sah so traurig und verschlossen aus, dass ich sie am liebsten in den Arm genommen hätte. Doch irgendetwas an ihrer Ausstrahlung hinderte mich daran. Sie zog abwehrend die Beine an die

338

Brust, damit sie den Kopf auf die Knie betten konnte. Aber kein einziges Wort kam ihr über die Lippen.

»Hab ich was falsch gemacht?«, tastete ich mich vorsichtig an den Grund für ihr verändertes Verhalten heran.

Sara schüttelte den Kopf.

»Bitte rede mit mir, Sara. Ist irgendetwas passiert?«

Meine beste Freundin zuckte mit den Schultern. »Ich weiß nicht, was ich dir sagen soll.«

Ich blinzelte ein bisschen zu heftig, doch das bemerkte sie überhaupt nicht. Sie war viel zu sehr damit beschäftigt, auf ihre Socken zu starren.

»Was ist denn passiert?«, fragte ich erneut.

»Gut«, meinte sie daraufhin völlig zusammenhanglos und nestelte an einem Faden ihrer Stoffhose herum. »Ich war bei meiner Ärztin. Vor einigen Wochen habe ich mich testen lassen.«

Erstaunt riss ich die Augen auf. »Wieso hast du mir das nicht erzählt?«, fragte ich und konnte nichts dafür, dass meine Stimme einen vorwurfsvollen Unterton annahm.

Natürlich konnte Sara Geheimnisse vor mir haben, gar keine Frage. Aber war dieses Thema nicht etwas, über das sie mit mir hätte reden sollen? Sie hatte doch auch immer gewollt, dass ich sie auf dem Laufenden hielt.

»Ach, komm, Malia, du hasst die High Society. Warum sollte ich dir also erzählen, dass ich mein Ergebnis kaum abwarten konnte?« Sara sah mich immer noch nicht an, sondern starrte nur an die Wand ihr gegenüber.

»Du hast dich testen lassen?«, sagte ich nur auffordernd, damit Sara weitersprach.

Das tat sie zwar, blieb jedoch völlig kühl. »Sie hat gestern angerufen, also bin ich hingefahren.« Sie machte eine Pause, als schien sie auf eine Unterbrechung zu warten – die meinerseits nicht kam. Ich war lediglich enttäuscht darüber, dass sie mir von dem Test nichts erzählt hatte. »Normalerweise dauert ein Langzeittest nur ein paar Tage, maximal eine Woche. Bei mir hat es dreieinhalb Wochen gedauert. Der Schnelltest hat angezeigt, dass zu null Prozent eine Genveränderung stattgefunden hat. Ich habe meine Ärztin gebeten so gründlich wie möglich beim Bluttest vorzugehen; wenn es sein musste, sogar mehrere Tests zu machen.«

Ich schluckte, da mein Hals bei jedem Wort trockener geworden war. Ich wusste, dass Sara ein Teil von der Welt sein wollte, in die ich unweigerlich hineingeraten war. Ich wusste es und hatte geglaubt, sie würde damit klarkommen, es nicht sein zu können.

Doch so wie sie sprach, war sie völlig verzweifelt.

»Und?«

»Nichts *und*. Rein gar nichts. Mein Blut ist zu hundert Prozent rein, nicht mal eine winzige Mutation der DNA. Keine High Society für Sara.«

Nach ihren letzten fünf Worten hätte ich sie am liebsten in die Arme genommen. Ehrlich gesagt aber nicht, weil ich sie trösten wollte, sondern weil ich so froh darüber war, dass sie immer noch die Chance hatte, ein normales Leben zu haben. Keines mit Kriegen und ständiger Angst, womöglich zu sterben.

»Aber das ist doch gut«, sagte ich leise, weil ich befürchtete, dass sie gleich in Tränen ausbrechen würde, obwohl sie allen Grund hatte, sich zu freuen. »Du hast immer noch ein Leben. Du bist absolut sicher.«

»Niemand ist sicher«, schnaubte sie verächtlich. »Wenn ein Krieg ausbricht, wird sowieso jeder eingezogen werden. Aber rate mal, wer dann zuerst zum Opfer wird?«

»Ich weiß ...«

»Die, die sich nicht verteidigen können.« Sie unterbrach mich so grob, dass ich vor ihr zurückschreckte. »Die, die sich immer nur gewünscht haben ein Teil von etwas Besserem als *das hier*«, sie warf einen abfälligen Blick durch den Raum, »zu werden. Aber dank meiner beschissenen Gene ist das vorbei.«

Ich versuchte Sara zu verstehen. Aber etwas in meinem Kopf hinderte mich daran zu begreifen, was tatsächlich in ihr vorging. Sara dachte nicht bis zum Schluss. Das tat sie nie, weil sie sich auf dem Weg dorthin meistens schon wieder etwas anderes hatte einfallen lassen. Sie dachte nur an die Privilegien; daran, dass es dann für ihre Familie genug zu essen, weniger Sorgen gab. Sie stellte sich vor, wie sie ein schattiges Plätzchen in der Mittagspause und so viel Kleidung bekäme, dass sie nicht mal wüsste, wohin damit.

Bis zu diesem Punkt konnte ich sie verstehen. Sie

wünschte sich eben ein besseres Leben als das, das sie jetzt hatte. Aber sie vergaß das Training, das mich bereits nach einem Tag so fertiggemacht hatte, dass ich mich kaum noch hatte bewegen können. Sie dachte nicht an den Krieg oder an die Möglichkeit, zu sterben. Sie verschloss die Augen vor den Dingen, die das Leben im Militär zu einem gefährlichen und trostlosen Dasein machten.

»Ich kann nicht glauben, dass du das so siehst, Sara«, sagte ich betont ruhig, auch wenn ich sie dabei verletzte. »Du kannst doch nicht so besessen von dieser Welt sein.«

Plötzlich riss Sara die Arme von ihren Beinen und stand auf. »Das musst ausgerechnet du sagen? Du kannst es doch sowieso nicht verstehen!«, zischte sie mich in bitterem Ton an und wandte sich von mir ab.

»Das stimmt. Ich kann nicht verstehen, wieso man unbedingt kämpfen will, egal ob man dabei Menschen verletzt oder tötet. Ich glaube, dass du die Verantwortung nicht annähernd begreifst.«

Sara warf mir einen wütenden Blick zu, der mich vollkommen unvorbereitet traf. Doch nicht nur das; diese komplette Situation überforderte mich.

»Was ich begreife oder nicht, geht dich nichts an, verstanden? Du versteckst dich doch schon dein ganzes Leben hinter dieser schüchternen Fassade und gehst normalen Menschen aus dem Weg«, warf sie mir vor, worauf ich nichts zu erwidern wusste. »Außerdem – erzähl du mir nichts von Besessenheit! Du versuchst doch die High Society schlechtzureden, nur weil Jill daran gestorben ist. Meine Fresse, komm endlich drüber hinweg!«

Mir entglitten die Gesichtszüge, als diese Worte zu mir durchdrangen. Vor Schock stand mir der Mund offen, aber sie bemerkte es nicht einmal.

Sie begann aufgebracht in ihrem Zimmer herumzurennen und gestikulierte dabei wild vor sich hin. »Es ist so verdammt unfair, dass die Menschen, die dieses Gen unbedingt haben wollen, es nicht bekommen. Du bist so undankbar, Malia. Du kriegst alles. Du brauchst um nichts mehr zu bitten, aber trotzdem trittst du dieses Geschenk mit Füßen. Ich – ich hätte es wirklich verdient, in die High Society aufgenommen zu werden. Aber du kapierst es einfach nicht.«

»Sara.« Bei dem Versuch, ruhig zu bleiben, bebte meine Stimme bedrohlich. »Das ist krank. Merkst du das nicht?«

»Ach, nerv mich nicht mit deinem Scheiß-Psychogelaber!«, fuhr sie mich völlig außer sich erneut an und sah so aus, als hätte sie mir gern ins Gesicht gespuckt: So angewidert verzog sie die Mundwinkel. »*Ich* werde es ja wohl noch am besten wissen, was zu mir passt und was nicht.«

»Ich glaube nicht, dass du das noch kannst.« Ich schüttelte mehrmals unkontrolliert den Kopf; konnte nicht begreifen, wieso sie deswegen so durchdrehte. Das war krank. Einfach nur krank. Sie verstand es nicht.

Dann rutschten mir die Worte raus, die diesen Streit endgültig eskalieren ließen. »Genau deswegen bin ich froh, dass du niemals eine Soldatin werden wirst.«

Ich spürte Saras Blick auf mir, schaffte es aber nicht, sie anzusehen. Ihr plötzlicher Hass war auch so eindeutig genug.

»Verschwinde.« Ihre Stimme war nichts weiter als ein eisiger Hauch; die Hände neben ihren Hüften hatte sie bereits zu Fäusten geballt.

»Alles klar!«, erwiderte ich nur knapp und erhob mich von ihrem Bett.

Vielleicht brauchte sie nur ein paar Tage Zeit und sie würde wieder die alte Sara sein. Ihr größter Wunsch war gerade unerreichbar geworden. Da konnte man schon mal so reagieren. Ich war mir sicher; ein paar Tage und wir würden über diesen Streit nur noch herzhaft lachen können.

Gerade als ich an ihr vorbeigehen wollte, stellte sie sich mir in den Weg. Auffordernd streckte sie die Hand aus.

»Ich will den Schlüssel wiederhaben!«

»Dito«, würgte ich hervor, auch wenn es mich große Mühe kostete. Wir hatten vor ein paar Jahren unsere Schlüssel ausgetauscht, damit wir zu jeder Tages- und Nachtzeit zum anderen gehen konnten. Dieses kleine Stück Metall war wie ein Vertrauensbeweis gewesen. Ein Beweis, dass wir immer füreinander da waren.

Dass Sara ihren jetzt wiederhaben wollte, ließ mich für einen Moment glauben in eine tiefe Schlucht zu fallen. Es fühlte sich an, als hätte ich mir unsere Freundschaft nur ausgeliehen und müsste sie jetzt zurückgeben. Daher fiel es mir nicht leicht, mich zu meinem Rucksack zu beugen

und den Schlüssel herauszuholen. Mit vor Wut und Enttäuschung zitternden Händen löste ich ihn von meinem Bund.

Sara hielt meinen längst fest und gab ihn mir im Aus-
tausch gegen ihren ebenfalls wieder zurück.

Nachdem ich den Schlüssel weggesteckt hatte und bei
ihrer Tür angekommen war, drehte ich mich noch einmal
zu ihr um.

Stur sah sie auf das geöffnete Fenster vor sich.

»Du kannst dich gern melden, wenn du wieder normal
geworden bist«, bot ich ihr an.

»Warte besser nicht darauf.«

Ohne noch etwas zu sagen, ging ich aus ihrem Zimmer
und musste mich zusammenreißen nicht wie eine Irre
die Treppe hinunterzusprinten. Bestimmt hatte ihre Mom
längst mitbekommen, dass wir uns angeschrien hatten,
aber ich hatte keine Lust, ihr zu erklären, was los war.

Ich war ganz sicher nicht mit dem Vorhaben hierherge-
kommen, Sara zu verlieren. Wenn sie mir doch wenigstens
vorher schon gesagt hätte, was sie so beschäftigte, wäre ich
vielleicht nicht jetzt erst zu ihr gegangen ... ausgerechnet
jetzt, wo ich sie wirklich gebraucht hätte. Zuerst Chris und
jetzt Sara, die die Wunde von Jills Tod wieder aufriss, an den
ich dank des Trainings kaum hatte denken müssen.

Das war einfach zu viel an einem Tag.

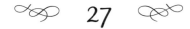

27

Froh, dass ich endlich zu Hause war und schnell feststellte, dass meine Eltern nicht da waren, rannte ich in mein Zimmer und warf die Tür hinter mir zu. Gerade noch rechtzeitig, bevor alles in mir explodierte.

Ein rasender Schmerz schoss mir durch den Kopf und trieb mir Tränen in die Augen; mir schnürte es die Kehle zu, als ich mich fragte, wie das alles hatte so weit kommen können.

Ich hatte Chris nie küssen wollen. Zumindest nicht auf diese Art und Weise, nicht so.

Es war so leicht gewesen, sich in diesem Gefühl zu verlieren, das er in mir ausgelöst hatte. Jetzt aber hinterließ es einen bitteren Nachgeschmack. Bedeutete das, was geschehen war, dass all seine und meine Bemühungen völlig umsonst gewesen waren? Konnte ich mich längst zu denjenigen zählen, deren Herz ihm zum Opfer gefallen war?

Mit wem sollte ich jetzt darüber reden, wenn nicht mit meiner besten Freundin? Wer sonst würde genau wissen, was zu tun war und wie ich den Schmerz wieder loswurde?

Ich fühlte mich allein und ich verstand mich selbst nicht

mehr. Ich hasste die High Society und ich hasste das, wofür diese Elite stand. Reichtum. Attraktivität. Mut. Ansehen. Aber je mehr Zeit ich beim Training verbrachte, je mehr ich in diese Welt hineinrutschte, desto schwerer fiel es mir, all die Vorzüge nicht zu genießen.

Bedeutete das, dass ich Jill verriet? Immerhin war sie der Grund, wieso ich die Regierung überhaupt hasste. Die Staatsführung war schuld an ihrem Tod. Aber, nein … Ich glaubte nicht, dass Jill es mir übel nehmen würde. Mom und Dad hatten es verdient nach allem, was passiert war, ein besseres Leben zu führen. Wenn ich dafür das Opfer bringen und beim Militär arbeiten musste, wäre ich inzwischen bereit es jederzeit wieder zu tun.

Vielleicht war es genau dieser Gedanke, den Sara schon seit Ewigkeiten hatte, den ich aber jetzt erst so wirklich verstehen konnte. Nur war es dafür zu spät.

* * *

Schon als ich am nächsten Vormittag mit Kay die Trainingshalle betrat, fiel mir die drückende Stimmung auf, die von den Ausbildern ausging. Anders als üblich standen sie alle zusammen, darunter auch Chris und Zoé, die miteinander sprachen und dabei keine freundlichen Gesichter machten. So schreckte es mich immerhin doppelt ab, verstohlen in seine Richtung zu schielen und jedes Mal rot anzulaufen, weil ich bei seinem Anblick an den Kuss dachte.

»Worüber sie sich wohl jetzt schon wieder auskotzen?«, fragte Kay in die Runde, als wir uns zu Ben und ein paar anderen Rekruten gesellten.

»Deine Zickerei?«, fragte er schmunzelnd und sah auf Kay, die eineinhalb Köpfe kleiner war als er, herab.

»Deine dämliche Fresse?«, konterte sie genervt und verschränkte die Arme vor der Brust.

Gerade war ich noch davon ausgegangen, dass sie einigermaßen gute Laune hatte – das schien jetzt vorbei zu sein.

»Ich denke, es geht um unsere Leistungen«, warf irgendein Rekrut ein, den ich nicht mit Namen kannte. »Morgen steht der Fitnesstest an.«

»Morgen steht der Fitnesstest an.«

»Aber wir haben uns doch schon verbessert«, meinte ein anderer mit kurzen braunen Haaren.

»Wir sind eben keine Maschinen«, erwiderte Ersterer.

»Für die schon«, kam es von dem Jungen mit dem braunen Haar, der Saras Typ hätte sein können.

»Was soll's? Die können uns ja nicht bestrafen«, kam es nun wieder von dem, der das Gespräch begonnen hatte.

»Das glaubst du ...«, befürchtete der Braunhaarige.

»Alle herkommen!«, rief Zoé laut und unterbrach dabei die Diskussion der Gruppe. Da es ihr aber offensichtlich zu lange dauerte, bis wir uns bewegten, setzte sie herrisch hinterher: »Wird's bald!«

Ich wartete darauf, dass die anderen sich zuerst in Bewegung setzten, damit ich mich hinten einreihen konnte.

Denn ich hatte keine Lust, ganz vorne zu stehen und ausgerechnet Chris' Blick ausgeliefert zu sein.

Als wir vor den Ausbildern zum Stehen kamen, versteckte ich mich hinter Bens großer Statur. Falls er es bemerkte, würde er nichts dazu sagen.

»Ihr habt mal die Aufgabe bekommen, eure Elemente zu trainieren«, begann Zoé und hob dabei die Stimme. Ich konnte sie zwar nicht sehen, spürte aber trotzdem ihren bohrenden und wütenden Blick. »Und weil ihr anscheinend nicht in der Lage seid, es zu kontrollieren, werden wir uns heute darauf fokussieren. Alle Feuerrekruten finden sich bei Chris ein. Alle Erdrekruten gehen zu Lydia und Tyler, alle Luftrekruten zu Brandon und Rosie. Die Wasserrekruten kommen zu mir.«

Mein Herz machte einen Satz, als sich die Gruppe schweigend auflöste. Im ersten Moment hatte ich das Bedürfnis, mich an Kay zu heften, doch sie war zu schnell aus meinem Sichtfeld verschwunden und außerdem eine Wassersoldatin.

Mir blieb also nichts anderes übrig, als zu Chris zu gehen, der ein paar Meter entfernt darauf wartete, dass alle bei ihm eintrafen. Bei jedem Schritt schien mein Herz kleiner und kleiner zu werden und sich immer mehr dagegen zu wehren zu ihm zu gehen. Allerdings war meine Sorge, er könnte mich mit seinen Blicken töten, total unbegründet. Er ignorierte mich nämlich auf ganzer Linie.

»Ihr habt von euren Ausbildern Übungsgegenstände bekommen«, sagte er in professioneller Tonlage, so wie immer, wenn er seine Stellung deutlich machen wollte. »Damit könnt ihr machen, was euch gefällt. Verbrennt sie meinetwegen. Wir werden mit meiner Methode arbeiten.«

Er verschränkte die Arme vor der Brust, was seine Unzufriedenheit nur unterstrich.

»In der Kiste hier sind Streichhölzer. Ihr werdet euch gleich jeweils eine Schachtel nehmen und damit üben. Ich gebe euch eine Viertelstunde, um euch vorzubereiten und mir dann ausführlich zu präsentieren, wie weit ihr seid. Ich will, dass ihr das Feuer kontrolliert, und nicht umgekehrt.«

Ein zustimmendes Gemurmel ging durch die Runde, die mit mir aus acht Leuten bestand. Allerdings war ich mir sicher, dass keiner von ihnen für diese plötzlich angesetzte Übung verantwortlich war. Keiner von ihnen hatte Chris angegriffen und ihn dazu gebracht, ihn zu küssen.

»Fangt an!«, befahl er, nachdem sich niemand gerührt hatte, und trat mit dem Fuß beiläufig gegen eine Blechkiste.

Anders als die anderen stürzte ich mich nicht gerade darauf, diese Übung zu machen, sondern wartete, bis sich alle eine Schachtel genommen hatten. Dann griff ich in die Kiste.

»Du kannst sie gleich wieder zurücklegen.« Chris' Stimme hinter mir ließ mich zusammenzucken, weshalb mir die kleine Packung wieder aus der Hand fiel. Mein Puls schoss in die Höhe. Wollte er mich etwa ausschließen? Mich als ein gescheitertes Experiment abstempeln?

Bevor ich darüber nachdenken konnte, drehte ich mich zu ihm. Er sah mir direkt in die Augen und verursachte mir damit eine Gänsehaut, die mich mal wieder daran erinnerte, dass ich auf Abstand gehen sollte. Aber wie immer, wenn er mich so ansah, konnte ich mich nicht bewegen.

»Wieso?«, fragte ich lediglich und hasste mich gleichzeitig dafür, dass meine Stimme sich kratzig anhörte.

»Weil du mehr Training brauchst, als ein paar Streichhölzer dir bieten können«, erklärte er kühl. »Du bist schon zu weit fortgeschritten dafür.«

»Ich nehme an, das ist kein Kompliment.«

»Nein.« Ein kurzes, beinahe ehrliches Schmunzeln huschte ihm über die Lippen.

Ich ignorierte, dass mein Herz dabei schmolz. »Gut. Was soll ich dann machen?«

»Du wirst mit mir trainieren.«

Super. Als wäre das gestern nicht schon genug gewesen, wollte er es wiederholen? Hielt er mich etwa für bescheuert?

Anhand meiner Reaktion erkannte er genau, woran ich dachte. »Das wird nicht mehr passieren. Dein Training wird – davon abgesehen – anders sein.«

»Ich bin ganz Ohr.« Hatte ich eine Wahl?

»Du spürst dein Feuer nicht, richtig? Deswegen hast du keine Kontrolle«, erklärte er und trat näher, blieb aber einen Schritt von mir entfernt stehen. »Also werden wir es sichtbar machen. Ohne Hilfsmittel.«

Als ich ihn daraufhin nur stumm ansah, hob er fragend

eine Augenbraue. Obwohl ich eigentlich diejenige mit Millionen Fragen war, sagte ich nichts dazu, sondern wartete nur ab, was ich denn tun sollte.

Auf einmal streckte Chris locker den Arm aus, die Hand dabei so gedreht, dass die Innenfläche nach oben zeigte und ich einen kurzen Blick auf seine Kennung am Handgelenk erhaschen konnte. Es dauerte nur einen Wimpernschlag – dann flammte die Hand auf, als hätte er sie mit Benzin angezündet.

Wohl eher aus Reflex als aus Angst trat ich einen Schritt zurück, zwang mich aber gleichzeitig dazu, weiterhin das Feuer zu betrachten. Als er die Faust schloss, erlosch die Flamme, als hätte er sie einfach erstickt.

»Streck deine Hand aus«, verlangte er von mir, während er seine eigene immer noch nicht zurückgezogen hatte.

Zuerst glaubte ich, er wollte meine Hand greifen, und zögerte deswegen, doch auch diese Sorge war unbegründet. Er achtete peinlichst genau darauf, dass ich ihm nicht zu nah kam, als ich meine Hand so ausstreckte wie er.

»Du musst dich ein bisschen konzentrieren«, begann er, wobei ich mich vollkommen auf seine Stimme konzentrierte. Falls die anderen Rekruten uns beobachteten, bekam ich es nicht mehr mit – es war mir auch egal. Ich war zu erleichtert darüber, dass Chris mich anscheinend für den gestrigen Vorfall doch nicht hasste. Mein Herz war froh. Mein Verstand bestrafte mich dafür mit Kopfschmerzen.

»Ich weiß nicht, wie es geht«, gestand ich offen, zwang mich aber dazu, ihn jetzt nicht anzusehen.

»Fokussier deine Hand. Du bestimmst das Element, Malia.« Seine Stimme, die meinen Namen aussprach, bereitete mir eine Gänsehaut. »Streng dich an.«

»Ich versuch's.« Dabei tat ich überhaupt gar nichts.

Ich wusste nicht, was er mit *fokussieren* meinte, wenn ich das Feuer nicht spürte. Musste ich das nicht, um es greifbar zu machen? Vielmehr schien ich blind in ein schwarzes Loch zu greifen, darauf hoffend, irgendetwas zu finden.

»Ich weiß, dass du es schaffst«, sagte Chris ruhig und beobachtete mich dabei eindringlich, was mich völlig aus dem Konzept brachte. Um mich besser konzentrieren zu können, kniff ich die Augen zusammen.

Fokussieren. Okay. Einfach nur noch daran denken, wie meine Hand brennt. Aber ich dachte es nicht nur – ich stellte mir die durchsichtige, orange Flamme auch bildlich vor: wie sie meine Haut umspielte. Ich versuchte an die Hitze zu denken, die ich spüren müsste. Aus Angst, es würde nicht funktionieren, behielt ich die Augen geschlossen.

Ich sammelte mich und bündelte meine Energie so lange, bis Chris mir ein Zeichen gab. Dann wartete er stumm.

Als sich meine Hand auf einmal unsagbar heiß anfühlte, riss ich erschrocken die Augen auf. Es tat nicht weh, aber es kribbelte ungewohnt heftig, beinahe so, als wäre sie eingeschlafen. Aber es lag an den Flammen zwischen meinen Fingern, die mir zeigten, dass ich es geschafft hatte.

Da ich befürchtete, das Feuer würde einfach verschwinden, sah ich Chris nicht an – dennoch lächelte ich stolz und wartete auf seine nächste Anweisung.

Er hatte seine Hand inzwischen zurückgezogen. »Wann hattest du deinen Bluttest noch mal?«, fragte er mit einem komischen Unterton in der Stimme.

Da sich das Feuer nicht davon stören ließ, wagte ich es, seinen Blick kurz zu erwidern.

»Vor knapp drei Wochen, wieso?«

»Und davor? Hat man in dem halben Jahr davor schon etwas festgestellt?«

»Nicht dass ich wüsste«, murmelte ich verwirrt. »Ihr habt doch alle Unterlagen meiner Ärztin?«

»Ja.«

»Stimmt etwas nicht?«

»Ja.« Chris runzelte die Stirn. »Ich habe über zwei Monate dafür gebraucht.«

»Vielleicht bin ich einfach besser als du?« Keine Ahnung, woher dieser Satz kam, aber ganz bestimmt nicht aus meinem Mund. Auch wenn sein fragender Blick etwas anderes sagte.

Zornig zog er die Augenbrauen zusammen. »Offensichtlich«, erwiderte er leicht schnippisch. »Wenn du so eine große Klappe hast, dann mach es wieder aus!«

Ich nickte, allerdings war ich mir sicher, dass er darauf nicht achtete. Wir sahen beide auf meine brennende Handfläche, die ich nach unten drehte, um zu prüfen, was passierte. Zögernd bewegte ich die Finger, als wollte ich das Kribbeln loswerden, stellte dabei aber nur fasziniert fest, dass die Flamme größer wurde.

Als ich die Faust schloss, erwartete ich, dass sie ebenso wie bei Chris erlöschen würde, aber sie zeigte sich völlig unbeeindruckt. Am liebsten hätte ich mich einfach hinuntergebeugt und sie ausgepustet, aber ich bezweifelte, dass das klappen würde.

Das Feuer zu ersticken erforderte mehr Konzentration, als ich geglaubt hatte. Ich brauchte fast doppelt so lange, bis die Flamme endlich schwächer wurde und schließlich zu einer kleinen Rauchwolke verpuffte.

Verwundert betrachtete ich meine Hand, die inzwischen nicht mehr kribbelte. Dafür fühlte sie sich schrecklich kalt an. Ich musste den Drang unterdrücken, sie mithilfe meiner anderen warm zu kneten.

Da Chris nichts sagte, hob ich vorsichtig den Blick. Fragend sah ich ihn an, erkannte aber nicht, was sich in seinem Kopf abspielte. Er hatte eine ausdruckslose Miene aufgesetzt, obwohl seine Augen verrieten, dass er nachdachte.

»Gut so?«, wollte ich schließlich wissen, weil ich befürchtete etwas falsch gemacht zu haben. Vielleicht war ich ihm zu langsam gewesen?

Als Chris den Kopf schüttelte, verpasste er mir damit einen Tritt in den Magen. »Ja«, sagte er aber und verwirrte mich damit vollends. »Und nein.«

»Was denn nun?«

»Du bist … ich muss mit Zoé sprechen.« Er zog wieder die Augenbrauen zusammen, als würde irgendetwas ihm Kopfschmerzen bereiten. »Warte hier. Und fass nichts an.«

Ich schaffte es bloß zu nicken, ehe er mich stehen ließ.

28

Und so wartete ich einige Minuten lang. Chris war zu Zoé gegangen, die ihren Wasserrekruten gerade irgendetwas mit einer Schüssel zeigen wollte. Bevor sie dazu kam, hatte er sie weggeholt und diskutierte nun mit ihr.

Ich erkannte sein Gesicht nicht, da er mir den Rücken zugedreht hatte – besser machte es das aber nicht. Die Art, wie er die Schultern anspannte, ließ nichts Gutes erahnen.

Was war denn so schlimm daran, wenn ich besser war als er? Ich hatte ihn eigentlich nicht wie jemand eingeschätzt, der das persönlich nehmen würde – oder hatte er etwa Angst, dass sie ihm sein Training zum Ausbilder wieder wegnehmen würden? Abgesehen davon hatte ich geglaubt, dass es doch genau das war, was er gewollt hatte: dass ich zu den Besten gehörte. Obwohl ich mich fragte, woher auf einmal mein plötzlicher Fortschritt kam. Stimmte vielleicht etwas nicht mit mir? Stimmte etwas mit meiner Therapie nicht?

Als Chris zusammen mit Zoé zurückkam, schlug mir das Herz bis zum Hals. Ich wusste, dass meine Stimme ebenso zittern würde wie meine Hände, wenn ich jetzt sprechen würde.

Zoé wirkte nicht gerade glücklich. Sie stemmte die Arme gegen die Hüfte und betrachtete mich eingehend.

»Na los! Ich will es sehen!«, forderte sie in rüdem Ton.

Fragend sah ich zu Chris, der bloß zustimmend nickte und sich ansonsten im Hintergrund hielt.

»Kann mir erst mal jemand sagen, was hier los ist?«, wollte ich von ihr wissen.

»Nein. Zuerst will ich es sehen«, erwiderte Zoé.

Es klappte nicht sofort, aber dieses Mal schaffte ich es sogar schneller, die Flammen entstehen zu lassen. Da ich auf das Kribbeln vorbereitet gewesen war, fühlte es sich weniger fremd an. Dennoch war ich froh, als es nach ein paar endlos wirkenden Sekunden wieder verschwunden war. Zusammen mit dem Feuer in meiner Hand.

Nachdem es wieder erloschen war, ließ ich den Arm sinken und sah beide abwechselnd an. Ich sollte mir also keine Panik machen ... es war bestimmt alles gut ... oder?

Zoé schnalzte nachdenklich mit der Zunge. »Nein, Chris, das ist sicher nicht auf deine Naturtalente zurückzuführen«, sagte sie schließlich mit einem abwertenden Ton an ihn gerichtet, der daraufhin nur mit den Augen rollte. »Aber harmlos ist das nicht, da gebe ich dir recht.«

»Nicht harmlos?« Ich blinzelte fragend.

»Süße, anscheinend hat das Serum es besonders gut mit dir gemeint.« Zoé grinste mich an, aber nett wirkte es nicht.

»Du weißt schon, Weihnachten und Geburtstag an einem Tag.«

»Was?« Ich verstand überhaupt nichts.

»Du bist außerordentlich stark«, sagte sie bloß und wandte sich dann wieder an Chris, bevor ich darauf reagieren konnte. »Ich will, dass du sie im Auge behältst. Tut sie 'ner Fliege was, passiert das unter deiner Verantwortung.«

Sein Blick verdüsterte sich schlagartig. »Ich ...«

»Deine Rekrutin, deine Verantwortung«, unterbrach Zoé ihn barsch. »Leb damit oder willst du den Schwanz einziehen?«

»Nein.«

»Dann wäre das ja geklärt.« Als sie an Chris vorbeiging, stieß sie ihn mit der Schulter an, als würde er ihr im Weg stehen. »Kümmere dich selbst darum.«

Im nächsten Moment war sie auch schon wieder so weit weg, dass es sich nicht lohnte, ihr etwas hinterherzurufen. Kurz blieb mein Blick an ihrem Tattoo hängen. Als Chris sich wieder zu Wort meldete, sah ich zu Boden.

»Wenn du willst, kannst du nach Hause gehen.«

Verwundert blinzelte ich ihn an. »Aber wir haben doch gar nicht richtig trainiert.«

»Du brauchst ein anderes Training«, erinnerte er mich kühl. »Das habe ich dir doch eben schon gesagt. Ich muss mich jetzt um die anderen kümmern.«

»Okay«, erwiderte ich leise. Trotz seiner Erklärung fühlte ich mich abgeschoben. Als hätte er keine Lust, sich mit mir und meinen Fähigkeiten auseinanderzusetzen. Als würde er mich aus der Welt schaffen wollen.

War das denn wirklich so abwegig?

Chris legte den Kopf schief. »Morgen wiederholen wir den Fitnesstest. Übermorgen können wir mit dem Elementtraining weitermachen. So lange übst du und versuchst nicht euer Haus abzufackeln, kapiert?«

Ich nickte, was ihn – warum auch immer – seufzen ließ. Mein Herz meldete sich erwartungsvoll, indem es plötzlich aufgeregt gegen meine Rippen sprang. Aber er sah mich nicht mehr an, sondern ging einfach an mir vorbei und rief den anderen zu, dass die Viertelstunde um sei.

* * *

Aus Angst, ich könnte tatsächlich versehentlich das Haus in die Luft jagen oder meine Familie verletzen, übte ich die ganze Nacht. Zuerst hatte ich all meine Streichhölzer aufgebraucht, dann übte ich wieder das Feuer in meiner Hand zu formen und zu löschen.

Mit der rechten klappte es besser, stellte ich fest, nachdem ich es auch mit der linken probiert hatte. Ich war stolz auf mich es nach stundenlanger Übung besser in den Griff bekommen zu haben, so dass ich am nächsten Tag ein gutes Gefühl hatte, als ich zum Training aufbrach.

An diesem Abend würde ich mich zu Hause direkt nach dem Essen wieder mit meinem Feuer befassen und es trainieren. Einerseits wollte ich Chris zeigen, dass ich keine Angst mehr hatte, erst recht nicht vor dem, was ich war. Andererseits wollte ich mir selbst beweisen, dass ich mein neues Leben akzeptiert hatte.

Und es sah sogar ganz gut aus.

In der Turnhalle war der Parcours längst aufgebaut. Zum Aufwärmen sollten wir ein paar Runden laufen, bevor wir uns in unseren Teams zusammensetzen und warten sollten.

Es konnten immer nur drei Leute gleichzeitig den Test machen, ohne sich gegenseitig zu behindern. Der erste Durchgang lief gerade schon.

»Wohin bist du gestern so schnell verschwunden?«, fragte Ben mich, beobachtete dabei aber Kay, die sich gerade wie Tarzan von Seil zu Seil schwang.

Ben und ich kannten uns noch nicht so gut, aber es fiel mir leicht, mit ihm zu reden. Er war so eine Person, die mir auf Anhieb sympathisch war.

»Ich wurde sozusagen zu Einzelunterricht verdonnert, weil ich zu stark bin«, antwortete ich ihm.

Im Augenwinkel sah ich, wie er amüsiert eine Braue hob. »Also bist du ein Streber?«

»Nicht beabsichtigt«, erwiderte ich schmunzelnd und wechselte dann schnell das Thema. »Wie geht es deinem Fuß?«

Als wäre es ihm peinlich, darüber zu sprechen, verdeckte er den besagten Knöchel mit einer Hand und zuckte mit den Schultern. »Geht so.«

»Klingt nicht gut.«

»Das ist nicht mal das Schlimmste«, meinte er dann und wirkte mit einem Mal irgendwie niedergeschlagen. »Ich war bei meinem Arzt. Es wurde noch mal ein Bluttest gemacht. Dabei ist herausgekommen, dass meine Gene sich gegen das Serum wehren.«

»Ist das überhaupt möglich?«

»Ja, aber in der Regel gibt sich das. Bei mir dauert es nur ungewöhnlich lang.«

»Na, da hat Chris wohl ein richtig tolles Team, oder?«, fragte ich und musste leicht darüber grinsen, obwohl es eigentlich gar nicht lustig war.

Ben sah mich von der Seite an. »Was meinst du?«

»Na ja. Bei dir macht die Therapie Probleme, bei mir war sie ein bisschen übereifrig. Und Kay ... bei ihr scheint immerhin alles normal zu sein.«

»Nur, dass man bei ihr das Wort *normal* neu definieren müsste«, meinte er ironisch.

Mein Kichern erstarb, als Chris plötzlich meinen Namen rief. Überrascht sah ich hoch und stellte fest, dass die Gruppe vor uns fertig und ich jetzt an der Reihe war.

Da mein Hochgefühl immer noch anhielt, wartete ich ein wenig ungeduldig darauf, dass er den Test starten würde. Als er es tat, lief ich los, ohne lange nachzudenken.

Zuerst der Hütchenlauf, dann die Kletterwand, dann die Seile, dann der Hürdenlauf. Darauf folgte eine zweite Kletterstation, die mich an den Kinderspielplatz erinnerte, weil wir uns an einer quer gelegten Leiter entlanghangelten, bevor wir dann über eine große Kiste voll Sand springen mussten. Ich erinnerte mich noch zu gut daran, dass ich beim ersten Mal darin gelandet war. Jetzt schaffte ich den Sprung und landete sogar mindestens einen Meter davon entfernt.

Als Nächstes kam der Balken. In Windeseile kletterte ich darauf und balancierte auf dem ersten Abschnitt schneller als üblich, damit mein Nachfolger nicht auf die Idee kam, mich runterzuschubsen. Aktuell war ich noch leicht im Vorsprung. Schnell schaffte ich es bis ans andere Ende, sprang auf die Matte und rollte mich ab, um Zeit zu sparen.

Dann kam ich mit einem Sprint im Ziel an.

Anders als beim letzten Test gab es aber keine Pausen. Das bedeutete, ich musste sofort die nächste Runde starten. Beim ersten Test hatten wir wenigstens nach jeder Runde kurz verschnaufen können, um immerhin nicht ganz so schlecht abzuschneiden. Heute würden wir an unsere Grenzen gehen.

Erst nach neun Runden geriet ich an meine. Es lag wieder an den Seilen, an denen ich mich nicht mehr festhalten konnte, weil mich meine Kraft in den Armen verlassen hatte. Da ich aber trotzdem zwei Runden mehr als beim ersten Test gelaufen war, ließ ich mich zwar wie ein nasser Sack, jedoch voller Stolz auf die Matte fallen und sah, wie schwarze Flecke vor meinen Augen tanzten.

Und damit endete mein Test mit neun Runden und einer Zeit von achtzehn Minuten und dreiunddreißig Sekunden.

Genauso wie beim letzten Mal waren meine Muskeln kaum in der Lage, sich noch einen Millimeter zu bewegen, so dass Chris irgendwann auftauchte und mir mit strengem Blick half von der Matte aufzustehen.

»Du bist viel besser als beim ersten Test«, kommentierte er mich und sah mich mit zusammengezogenen Augenbrauen an, als könnte er es selbst kaum glauben. »Wenn ich nicht so überrascht davon wäre, würde ich mich vor dir verneigen.«

»Tu dir keinen Zwang an«, konterte ich und musste dabei tief Luft holen, um die Worte nicht zu verschlucken.

»Passe.« Chris ließ mich erst los, als er sicher sein konnte, dass ich nicht gleich wieder zusammenbrach.

Als seine Hand von meinem Arm verschwand, musste ich immer noch und schon erneut feststellen, dass ich es genoss, wenn er sich – zumindest allem Anschein nach – um mich sorgte.

Ich wollte schon einfach zurück zu Ben und Kay gehen, als er mich noch mal aufhielt.

»Du bist für den Rest des Tages freigestellt«, meinte er mit einem merkwürdigen Funkeln in den Augen, das mir eine Gänsehaut bereitete. »Nutz die Zeit zum Üben. Morgen befassen wir uns mit deinem Feuer.«

»Aber ich dachte, wir trainieren heute?«, fragte ich, wobei ich die Enttäuschung in meiner Stimme nicht verbergen konnte. Gestern hatte er mich eher nach Hause geschickt, heute schon wieder.

»Morgen. Und jetzt hau ab! Am besten so weit weg wie möglich von hier!«

»Wenn es wegen dem ist, was in der Waffenkammer passiert ist, dann …«, wagte ich einen Klärungsversuch.

Chris drehte sich von mir weg. »Da ist überhaupt nichts passiert«, erwiderte er mit düsterer Miene, die jegliche Schmetterlinge in meinem Inneren sterben ließ. »Ich habe für einen Moment die Kontrolle verloren, aber das hat nichts damit zu tun, dass ich dich nach Hause schicke.«

»Sondern?« Ich glaubte ihm kein Wort.

»Weil auch ich erkenne, wann jemand seine Grenzen erreicht hat, und du hast genug für heute. Also fahr nach Hause zu deiner Familie.«

Überrascht, dass seine Stimme etwas sanfter geworden war, stand ich einen kurzen Moment da und betrachtete ihn argwöhnisch von der Seite. Irgendwas stimmte hier nicht … aber gut. Vielleicht war er doch nicht das Arschloch, das er immer vorgab zu sein, und hatte auch irgendwann mal Mitleid.

»Okay. Dann bis morgen.«

»Ja«, bestätigte er nur, sah mich aber nicht noch mal an.

Bevor ich mich davon noch länger aufhalten ließ, setzte ich mich in Bewegung, winkte Ben kurz zu, der diese Geste etwas verwirrt erwiderte, und verschwand dann hinter der Tür zu den Umkleiden.

Je schneller ich von hier weg war, desto weniger würde es mir wehtun, dass Chris sich so komisch verhielt.

29

Mehrmals hatte ich über das Telefon im Foyer der Residenz versucht Ryan und Boyle zu erreichen. Aber man sagte mir nach dem dritten Anlauf, dass die beiden bei einer Fortbildung seien. Da diese bis zum eigentlichen Ende meines Trainings dauerte, beschloss ich kurzerhand mit der Bahn zu fahren. Nur weil ich inzwischen den Luxus gewohnt war, innerhalb von zehn Minuten zu Hause zu sein, musste es nicht bedeuten, dass ich nie wieder Bahn fahren würde.

Mit meinem Rucksack auf den Schultern richtete ich noch schnell mein dunkelblaues T-Shirt und trat dann nach draußen. Sofort umfing mich die angenehme Wärme, weshalb ich kurz stehen blieb und tief Luft holte.

Es fühlte sich merkwürdig an, nicht das Auto meiner Bodyguards zu sehen, sondern die Stufen mit dem Wissen herunterzugehen, dass ich das erste Mal nach dem Training alleine war. Alleine mit meinen Gedanken, vor allem.

Während ich zur Haltestation ging, die gerade mal zwei Gehminuten entfernt war, beobachtete ich die Sonne dabei, wie sie hinter den Gebäuden der Stadt verschwand. Es war bestimmt schon nach neunzehn Uhr.

Da das Training sonst meistens bis zwanzig Uhr ging, hatte ich heute eine Stunde mehr, in der ich kaum etwas mit mir anzufangen wusste. Hoffentlich hatten meine Eltern auf mich gewartet. Dann könnten wir endlich mal wieder seit langer Zeit zusammen essen.

Als ich bei der Station ankam, lag sie verlassen da, was zu dieser Uhrzeit kein Wunder war. Die Geschäfte hatten bereits geschlossen und die meisten waren bestimmt schon zu Hause bei ihren Familien.

Ich setzte mich auf die Bank, die im Halbdunkeln unter einem Dach stand, und blickte gedankenverloren auf die Anzeigetafel. In rund zehn Minuten würde die Bahn kommen. Also stellte ich meinen Rucksack auf den Boden und wartete.

Natürlich ließen meine Gedanken nicht lange auf sich warten. Ich wollte nicht, dass sie mich jetzt auch noch nach Hause verfolgten. Vielleicht sollte ich einfach erst mal abwarten, was morgen passieren würde, wenn Chris mich wieder allein trainierte. Vielleicht hatte er ja nur Stress und ... okay, das musste aufhören. Er hatte mich geküsst und das war's. Es war keine Absicht gewesen und ganz bestimmt würde ich da jetzt keine große Nummer draus machen.

Dieses Kribbeln im Bauch würde schon wieder verschwinden. Früher oder später.

Um mich davon abzulenken, konzentrierte ich mich auf den Blumenkübel, der in unmittelbarer Nähe zu meiner Bank stand. Dass es keine echten Pflanzen waren, störte mich nicht. Ich wusste ja nicht mal, wie echte Blumen überhaupt aussahen oder wie sie sich anfühlten. Mir gefiel es, dass man sich nicht um die unechten Pflanzen kümmern musste. Und die Farben, die mochte ich auch.

Als ein paar Meter von mir entfernt die Straßenlaternen angingen, sah ich noch mal auf die Anzeigetafel. Noch drei Minuten. Die Sekunden bis dahin schienen sich endlos hinzuziehen. Je länger ich hier saß, desto schwerer fiel es mir, nicht an Chris zu denken. Es nervte mich, dass er meine Gedanken so dominierte, doch mein Herz schien das nicht begreifen zu wollen. Jedes Mal, wenn ich an den Kuss dachte, setzte es einen Schlag aus, als wäre es nicht nur eine Erinnerung, sondern würde in genau diesem Moment erneut passieren.

Zu fühlen, wie seine Lippen auf meinen lagen, drängte ich erst an den Rand meines Bewusstseins, als die Lichter der Bahn auftauchten.

Ich griff schnell nach meinem Rucksack und stand auf.

Die Bahn wurde langsamer, bis sie mit quietschenden Rädern direkt vor mir zum Stehen kam.

Die silbernen Türen öffneten sich nur für mich, weshalb ich schnell hineinsprang und mich auf den erstbesten Platz setzte. Als sich die Türen schon wieder schlossen und die Bahn sich in Bewegung setzte, sank ich mit dem Hinterkopf gegen die Glasscheibe. Sie war hart und kühl, aber gerade das entspannte mich. So hatte ich immerhin das Gefühl, dass meine aufgeheizten Gedanken allmählich Ruhe gaben.

Meine Augen schlossen sich fast von alleine, aber ich driftete nicht ab und lauschte stattdessen der Melodie, die aus den Lautsprechern kam.

Ich hörte, wie sich zwei Soldatinnen am anderen Ende des Waggons miteinander unterhielten und leise kicherten. Was sie sagten, verstand ich wegen der lauten Musik aus den Lautsprechern nicht.

Ich öffnete meine Augen, weil ich wissen wollte, wie sie aussahen. Die beiden waren Erdmädchen. Das verrieten mir ihre Uniformen und die grünen Haare: komplett grüne Haare wohlgemerkt.

Drei Stationen, bevor wir bei *Haven 15* ankommen sollten, kämpfte ich mit der Müdigkeit. Ich blinzelte mehrmals, um das dumpfe Gefühl aus dem Kopf zu sperren, und streckte Arme und Beine aus.

Kurz vor der letzten Station hielt die Bahn abrupt an. Ich realisierte es zu spät, so dass ich fast zwei Plätze weiterrutschte und mein auf dem Boden liegender Rucksack wie von Geisterhand quer durch den Zug schlitterte.

Gerade als ich aufstehen und fragen wollte, was passiert sei, setzten die Sirenen ein.

Man hörte sie so laut durch die Lautsprecher der Bahn, dass ich zusammenzuckte und mir die Ohren zuhielt. Normalerweise waren sie darauf ausgerichtet, dass man sie über den Lärm der Mitfahrer hinweg hören konnte – doch da die Bahn fast leer war, gab es nichts, wogegen die Sirenen ankämpfen mussten.

Der tiefe und dann stetig ansteigende Ton des Alarms bereitete mir eine Gänsehaut. Ohne nachzudenken, stand ich von meinem Platz auf, musste aber bis zur zweiten Tür laufen, um meinen Rucksack mitzunehmen. Auch wenn ich mit dem Gedanken spielte, ihn achtlos zurückzulassen, brachte ich es nicht übers Herz.

Im Augenwinkel sah ich noch, wie die Soldatinnen aus der Bahn rannten. Sie waren darauf gedrillt worden, ich nicht. Ich taumelte bloß benommen von den lauten Sirenen durch die Tür und begann zu laufen.

Schnell stellte ich fest, dass der Alarm nicht verstummte. Er kam aus den Lautsprechern der gesamten Stadt, bäumte sich im rasenden Tempo auf und ließ mich schaudern. Der Klang der Sirenen bohrte sich in mich hinein und schien von einer Sekunde zur anderen die Kontrolle zu übernehmen.

Schon als kleines Mädchen hatte ich gelernt mich in den nächstbesten Bunker zu begeben, sobald der Alarm erklang. Egal wo ich mich gerade aufhielt oder wohin ich wollte, ich musste Schutz finden. Aber jetzt konnte ich an nichts anderes denken als an meine Familie. Ich hatte sie bereits beim letzten Mal alleingelassen – noch einmal würde ich das nicht tun. Selbst wenn ein möglicher Angriff wieder nur von kurzer Dauer war, nahm ich es nicht noch mal in Kauf, solche Angst um sie haben zu müssen.

Ich lief fast blind durch die Straßen nach Hause. Eine Zeit lang nahm ich überhaupt nichts mehr wahr, abgesehen von den Sirenen, die einfach nicht leiser wurden. Normalerweise dauerte der Alarm auch nicht so lange an. Normalerweise gab es drei Tief- und drei Hochphasen, bevor sie wieder verstummten. Normalerweise.

Auch wenn ich nicht mitgezählt hatte, wusste ich, dass es dieses Mal viel mehr waren. Ich versuchte mich damit zu beruhigen, dass es bestimmt nur eine Übung war. Vielleicht wollte Zoé sehen, wie wir in diesem Fall reagierten.

Wenn es so war, war ich mir sicher, dass ich falsch handelte. Auch ohne direkte Anweisung hätte mich mein Instinkt zurück zur Residenz führen sollen. Doch stattdessen dachte ich nur an Jill. Ich durfte nicht zulassen, dass ich noch jemanden verlor.

Als ich endlich in unsere Straße einbog, nahmen die Sirenen wieder an Fahrt auf. Sie schrien mich an, dass ich umdrehen sollte, doch meine Beine liefen einfach weiter nach Hause.

Dann geriet ich plötzlich ins Straucheln.

Meine Füße verhedderten sich, bis ich schließlich stehen bleiben musste und die Straße hinuntersah.

Ich war nicht allein. Eigentlich hätte jeder zu Hause sein müssen, in Sicherheit. Doch ich konnte kein einziges Gebäude erkennen, bei dem die schützenden Eisenvorrichtungen heruntergelassen waren. In dem Moment, als der Alarm aktiviert worden war, hätte das System reagieren müssen.

Aber das hatte es nicht.

Hektisch und mit rasendem Herzen blickte ich mich

um, versuchte mir einzureden, dass das nichts zu bedeuten hätte, aber es gelang mir nicht.

Verdammt, warum fuhren die Tore nicht runter? Warum wurden die Fenster nicht verriegelt?

Rechts und links füllten sich die Vorgärten mit kleinen Familien. Väter trugen ihre Kinder auf den Armen nach draußen. Mütter hatten ihre Babys in Decken eingewickelt und rannten barfuß die Straße hinunter. Ein Großteil stürmte auf mich zu. Sie alle wollten in der Residenz Schutz finden.

Da sie das sicherste Gebäude der Stadt war, hätte auch ich dorthin rennen sollen, aber ich wollte meine Familie nicht im Stich lassen. Erst recht nicht, wenn das System versagte und ich damit zu rechnen hatte, dass ihnen etwas passierte. Das hier war definitiv keine Übung.

Bei diesem Gedanken geriet mein Herz völlig außer Kontrolle. Es begann wie wild um sich zu schlagen, versuchte sich einen Weg aus mir hinauszukämpfen und schnürte mir dabei die Kehle zu. Jeder Schlag vergrößerte meine Angst.

Ich wusste nicht, was ich tun sollte, ich war hierauf nicht vorbereitet. Ich wollte nicht auch noch meine Eltern oder Aiden verlieren.

Mit zitternden Beinen trieb ich mich voran. Keine Ahnung, wie ich es überhaupt schaffte, einen Fuß vor den anderen zu setzen, ohne dabei zusammenzubrechen. Ich hatte keine Kraft, aber trotzdem rannte ich weiter. Ich zwang mich dazu, obwohl mein Brustkorb langsam zu bersten drohte.

Immer, wenn meine Augen etwas erblickten, das mich an meine Eltern erinnerte – ein rotblonder Haarschopf, Moms hellblaues T-Shirt, Dads müdes Gesicht –, begann mein Herz zu rasen und blieb vor Enttäuschung beinahe stehen, weil es nie meine Eltern waren.

Mir kamen nur weiterhin verzweifelte, weinende Menschen entgegen, die ihre Kinder auf den Armen hatten und nicht wussten, was zu tun war. Das herzzerreißende Geschrei der Babys ging mir bis ins Mark und sorgte dafür, dass ich vollends meine Konzentration verlor und zu spät bemerkte, wie jemand in mich hineinrannte.

Er erwischte mich so heftig an der Schulter, dass ich aus meiner Panik gerissen wurde und schmerzhaft nach Luft schnappte. Mein Rucksack rutschte mir runter, während ein stechender Schmerz meine Wirbelsäule hinabraste.

Durch den Zusammenprall drehte ich mich um die halbe Achse und blickte plötzlich in die Richtung, in die alle flohen. Was ich dann sah, verschlug mir die Sprache.

Ich konnte nur auf die Stadtmitte und auf die orange Färbung am Horizont, direkt über der Residenz, starren. Erst glaubte ich, meine Augen spielten mir einen Streich und es wäre nur die Sonne, die gerade unterging, doch mein Verstand erfasste die Situation schneller.

Der Geruch drang erst jetzt zu mir durch. Verbranntes und brennendes Holz, ein Geruch nach Chaos und Zerstörung, wurde vom Wind aus der Stadtmitte zu mir getragen.

Ich sah das Feuer, das aus dem Dach der Residenz mehrere Meter in die Höhe ragte. Aber es war nicht nur das. Die komplette Stadtmitte – in der ich mich gerade noch befunden hatte – stand in Flammen.

Der Himmel brannte.

Epilog

»Wir müssten jetzt direkt über der Residenz sein«, hörte er die Stimme seines Sitznachbarn durch die Lautsprecher des Helmes sagen, während sie über Haven kreisten.

Sie nutzten die Gunst der Dämmerung, um den Angriff wie geplant durchzuführen. Sie hatten gewartet, bis die Sonne fast untergegangen war. Dann waren sie mit den getarnten Autos ein paar Kilometer in die Ödnis gefahren, wo sie die Hubschrauber versteckt hatten. Von da ab war alles nur noch ein Kinderspiel gewesen. In die Maschinen setzen, sich Haven langsam nähern ... und *Boom!*

Beim letzten Mal waren sie wohl etwas zu voreilig gewesen, doch jetzt lief alles genau nach Plan.

Fynn lächelte, obwohl sein Sitznachbar es nicht sehen konnte. Ein kleiner Knopfdruck trennte sie noch davon, diesen Kampf zu eröffnen, aber ein Blick auf die Uhr bestätigte ihm, dass er noch einen Augenblick warten musste. Er konnte nur hoffen, dass alle anderen sich ebenfalls an den Zeitplan hielten und die Sprengsätze im selben Moment zündeten.

»Sie haben uns bemerkt«, sagte Iwen monoton, wobei

es leise in den Lautsprechern knackte. »Soll ich den Countdown starten?«

»Noch nicht!«, befahl Fynn und warf einen genaueren Blick auf den kleinen Bildschirm zwischen ihnen. Ja, sie hatten die Hubschrauber über der Stadt tatsächlich bemerkt – nur würden sie nichts gegen sie ausrichten können.

Fynn und sein Team hatten genügend Vorbereitungen getroffen. Nachdem sie schon vor Wochen heimlich in New America einmarschiert waren, hatten sie sich mit ihren Verbündeten zusammengesetzt, die Pläne ausgearbeitet und alle Vorbereitungen getroffen.

Vermutlich war Chris deswegen so sauer gewesen, weil sie entgegen seiner ausdrücklichen Anweisung den Angriff hatten vorziehen wollen – das Warten war aber auch wirklich eine Farce. Fynn empfand jede Minute, in der er so tun musste, als würde er dieses Land und seine Sichtweisen toll finden, als Verschwendung. Allerdings war Fynn loyal. Wenn es nötig gewesen wäre, hätte er noch mehr getan, als etwas zu verehren, was eigentlich nur abstoßend war. Verstehen konnte er diesen Hype um die Elite New Americas sowieso nicht – aber viel hatte er sich damit auch nicht beschäftigt. Er hatte ein anderes Ziel: Er wollte die unwürdigen Experimente an Menschen stoppen.

Als hätte seine innere Uhr geläutet, überprüfte er erneut den Bildschirm. Er sah sofort, dass sie jetzt nicht mehr länger warten konnten – und auch nicht mussten.

Der Zeitpunkt war gekommen.

Mit einem leichten, fast schwerelosen Gefühl im Magen nickte Fynn Iwen zu und beobachtete ihn dabei, wie er den Countdown startete. Zehn Sekunden würden sie ab jetzt davon trennen, dem Präsidenten dieses Landes die Stirn zu bieten und die natürliche Ordnung wiederherzustellen.

Keine Experimente mehr, keine menschlichen Waffen mehr, keine Übernatürlichkeit mehr.

Nur im Augenwinkel nahm er wahr, wie der Countdown gen null wanderte. Vielmehr konzentrierte er sich auf die anderen Hubschrauber, die sich nur zwei Sekunden später angeschlossen hatten.

Die Zeit verging so schnell, dass er fast sogar erschrak, als sein Hubschrauber den Sprengsatz fallen ließ und dieser auf den Dächern der Residenz explodierte. Er glaubte sogar eine Erschütterung zu spüren, aber Angst hatte er deswegen keine. Er war viel zu begeistert von der Szene, die sich vor seinen Augen abspielte.

Rings um ihn herum ließen die anderen ebenfalls die Bomben fallen; sie krachten auf die umstehenden Gebäude und entzündeten ein Feuer, das sich auf Fynn übertrug.

Aufregung, Nervosität, Euphorie, blanke Wut – er konnte nicht in Worte fassen, was sich in seinem Inneren abspielte. Er wusste nur, dass es ihm egal war, was oder wen er traf. Ob es eine Schule war, interessierte ihn nicht. Ob es Wohnhäuser waren, ebenso wenig.

Stolz klopfte sich Fynn mit der Faust auf die Brust, dorthin, wo sein Herz schlug, und dorthin, wo der goldene

Drache prangte. Im Augenwinkel sah er, wie sein Kamerad das Gleiche tat, ehe dieser den Hubschrauber in Bewegung setzte und über der Stadt kreisen ließ.

Er konnte sich nicht daran erinnern, wann er je glücklicher darüber gewesen war, ein Teil des Militärs von New Asia zu sein. Ein Teil von denen, die mit Herzblut um die Menschenrechte kämpfen würden. Sie würden als diejenigen in die Geschichte eingehen, die New America aus den Zwängen eines Wahnsinnigen befreit hatten.

Es dauerte nicht lange, da liefen die Bewohner wie Ameisen aus ihren Häusern, rannten auf die Straßen, wo sie nichts weiter waren als Beute. Fynn und seine Leute waren wie Adler auf der Jagd. Allerdings hatten sie es nicht auf die Schwachen abgesehen. Sie wollten die, die das Land als die Stärksten der Nation anpries.

Sie wollten jeden einzelnen Soldaten tot sehen.

Ende von Band 1

Ich bin gut, aber kein Engel.
Ich bin ein Sünder, aber nicht das Böse.
Wie kannst du mir in die Augen sehen und lächeln,
wenn du weißt, dass du brennen wirst?
Wie kannst du dich in das verlieben,
das du am meisten fürchten solltest?

Tauch ein in romantische Geschichten.

Hol Dir
BITTERSÜSSE
STIMMUNG
auf Deinen
E-Reader!

E-Books von impress hier:
Carlsen.de/impress

impress IST DAS DIGITALE LABEL DES CARLSEN VERLAGS FÜR GEFÜHLVOLLE UND MITREISSENDE GESCHICHTEN AUS DER GEHEIMNISVOLLEN WELT DER FANTASY.

im.
pre
ss

Prinz zum Verlieben gesucht!

Valentina Fast
Royal, Band 1
Ein Königreich aus Glas
448 Seiten
Taschenbuch
ISBN 978-3-551-31635-6

Valentina Fast
Royal, Band 2:
Eine Krone aus Alabaster
496 Seiten
Taschenbuch
ISBN 978-3-551-31682-0

Valentina Fast
Royal, Band 3:
Eine Hochzeit aus Samt
640 Seiten
Taschenbuch
ISBN 978-3-551-31700-1

Im Königreich Viterra, einem durch eine Glaskuppel vom Rest der Welt abgeschirmten Land, findet alle paar Jahrzehnte eine prunkvolle Fernsehshow zur Prinzessinnenwahl statt. Zusammen mit den schönsten Mädchen der Nation soll die siebzehnjährige Tatyana um die Gunst vier junger Männer werben, von denen nur einer der wahre Prinz ist. Sie alle haben royale Eigenschaften und eine geheimnisvolle Vergangenheit, aber wer ist wirklich königlich? Und wie weit wird Tatyana in der Auswahl kommen?

www.carlsen.de

Seitenweise Herzklopfen!

Stefanie Hasse
BookElements, Band 1:
Die Magie zwischen den Zeilen
288 Seiten
Taschenbuch
ISBN 978-3-551-31633-2

Stefanie Hasse
BookElements, Band 2:
Die Welt hinter den Buchstaben
288 Seiten
Taschenbuch
ISBN 978-3-551-31673-8

Stefanie Hasse
BookElements, Band 3:
Das Geheimnis unter der Tinte
368 Seiten
Taschenbuch
ISBN 978-3-551-5 30094-2

Wenn die Leute nur wüssten, wie gefährlich Lesen ist, wäre Lins Job um einiges leichter. Aber leider verlieben sich täglich Mädchen in Romanfiguren und hauchen ihnen mit jedem schwärmerischen Seufzer etwas mehr Leben ein – bis die Figuren aus den Büchern heraustreten und Lin sie wieder einfangen muss. Vampire, Außerirdische, Bad Boys ... Als Wächterin der Bibliotheca Elementara kennt Lin sie alle – außer Zacharias, den Helden ihres Lieblingsbuchs »Otherside«. Dabei würde sie ihm nur zu gerne einmal begegnen ...

www.carlsen.de

Die Elfen sind zurück!

Sandra Regnier
Die-Pan-Trilogie
Die magische Pforte der Anderwelt (Pan-Spin-off)
336 Seiten
Taschenbuch
ISBN 978-3-551-31687-5

Die unterirdischen Gassen Edinburghs sind für die 16-jährige Allison nichts weiter als eine Touristenattraktion. Bis sie bei einer Führung mit ihrer Schulklasse aus Versehen eine mysteriöse Pforte öffnet und unsägliches Chaos anrichtet. Denn von nun an heftet Finn sich an ihre Fersen, der zwar verdammt gut aussieht, aber leider ziemlich arrogant ist und obendrein behauptet, ein Elfenwächter zu sein. Er verlangt von Allison, das Tor zur magischen Welt wieder zu schließen. Doch wie soll sie das anstellen, wenn sie noch nicht mal an die Existenz von Elfen glaubt?

www.carlsen.de

Ein zauberhafter Serienauftakt!

**Stefanie Diem
Fairies, Band 1:
Kristallblau**
416 Seiten
Taschenbuch
ISBN 978-3-551-31712-4

Abgöttisch schön, betörend elegant und absolut stilsicher – das sind Eigenschaften, von denen die 18-jährige Sophie nur träumen kann. Bis sie zur Feier ihres Schulabschlusses ins exotische Lloret de Mar reist und dort dem atemberaubend gutaussehenden Taylor über den Weg läuft. Dieser entdeckt das in ihr, was sie niemals in sich sehen konnte: Sophie ist eine Fairy und gehört damit zu den schönsten Wesen des Universums. Zumindest fast, denn vor ihrer endgültigen Verwandlung muss die unsichere Abiturientin erst die Akademie der Fairies besuchen und all das lernen, was die Wesensart einer Fairy ausmacht. Und das ist nicht gerade wenig ...

www.carlsen.de

CARLSEN